我在清华园听红楼

樊志斌 著

清华大学出版社
北京

内 容 简 介

本书系曹雪芹纪念馆研究员樊志斌在过去五年间在清华园街道办举办的《红楼梦》主题讲座的汇编，共十二讲，包括《红楼梦》的价值、欣赏研究《红楼梦》的方法、《红楼梦》写作中的世家精神、《红楼梦》与北京的关系、从纳兰性德到《红楼梦》、曹雪芹故居与文物之谜、从三山五园到《红楼梦》中的大观园、《红楼梦》中六大支配性人物、《红楼梦》的含蓄写作与欣赏，以及《红楼梦》中的中国传统哲学精神等，基本涵盖了《红楼梦》解读中需要了解的主要基础问题。本书融合历史学、文物学、北京学、园林学、文学于一体，兼备专业学术性与赏析趣味性。

本书封面贴有清华大学出版社防伪标签，无标签者不得销售。
版权所有，侵权必究。举报：010-62782989，beiqinquan@tup.tsinghua.edu.cn。

图书在版编目（CIP）数据

我在清华园听红楼 / 樊志斌著．—北京：清华大学出版社，2022.1（2022.11重印）
　ISBN 978-7-302-59003-3

Ⅰ．①我… Ⅱ．①樊… Ⅲ．①《红楼梦》研究 Ⅳ．① I207.411

中国版本图书馆 CIP 数据核字（2021）第 176418 号

责任编辑：杜春杰
封面设计：刘　超
版式设计：文森时代
责任校对：马军令
责任印制：朱雨萌

出版发行：清华大学出版社
　　　　　网　　址：http://www.tup.com.cn，http://www.wqbook.com
　　　　　地　　址：北京清华大学学研大厦A座　邮　编：100084
　　　　　社 总 机：010-83470000　　　　　　　邮　购：010-62786544
　　　　　投稿与读者服务：010-62776969，c-service@tup.tsinghua.edu.cn
　　　　　质量反馈：010-62772015，zhiliang@tup.tsinghua.edu.cn
印 装 者：大厂回族自治县彩虹印刷有限公司
经　　销：全国新华书店
开　　本：148mm×210mm　印　张：12　字　数：254 千字
版　　次：2022 年 1 月第 1 版　印　次：2022 年 11 月第 3 次印刷
定　　价：56.00 元

产品编号：082864-01

我在清华园听红楼
编委会

顾　　　问	高　斌	许立冬	梁立军	闫聚群	薛仁杰
编委会主任	方仲奇	曾海虹			
执 行 主 任	张成伟	孟先梅	王震宇		
编委会委员	卢　谦	郭蓉妤	孙溪煦	韦洪义	苏渝杭
	张文峰	郝晓河	王若溪	徐春林	柏　杨
	杨晓波	苏　悦	李少方	姚天洋	

序

  科技要与世界接轨，而文化则要保持其民族的根本特色，这是国家发展的根本。

  习近平总书记指出，全党必须"牢固树立中国特色社会主义道路自信、理论自信、制度自信、文化自信"。2014年10月13日，习近平在中共中央政治局第十八次集体学习时强调："中华优秀传统文化是我们最深厚的文化软实力，也是中国特色社会主义植根的文化沃土。"

  2016年11月30日，习近平《在中国文联十大、中国作协九大开幕式上的讲话》中指出：

  文化是一个国家、一个民族的灵魂。历史和现实都表明，一个抛弃了或者背叛了自己历史文化的民族，不仅不可能发展起来，而且很可能上演一幕幕历史悲剧。……古往今来，世界各民族都无一例外受到其在各个历史发展阶段上产生的精神文化的深刻影响。

  文化自信的前提，是了解我们自己的文化。

  近年来清华园街道办事处积极贯彻落实习近平总书记关于文化

自信的一系列重要论述的精神，着力丰富社区居民文化生活，先后推出一系列文化讲座、文化活动，其中，与曹雪芹和《红楼梦》相关的活动最受欢迎。

《红楼梦》是世界文化的瑰宝，而北京是曹雪芹的故乡，海淀是曹雪芹重要的活动区域，圆明园一带留下了曹雪芹的诸多足迹。因此，社区居民喜欢曹雪芹、喜欢《红楼梦》是自然而然的。

现在，清华园街道办事处把历年来樊志斌老师在清华园所做的讲座内容整理出来，分享给大家，既是对以往工作的整理和回忆，也是为把北京建设为全国文化中心、全国"红文化"重镇贡献一份力量。

高　斌

2021 年 10 月

目 录

第一讲　如何研究和欣赏《红楼梦》　　/001

一、《红楼梦》是什么　　/001

二、如何解读《红楼梦》　　/009

三、关于不读《红楼梦》与读《红楼梦》　　/018

第二讲　曹雪芹与他的《红楼梦》　　/023

一、关于曹雪芹的生卒年问题　　/023

二、曹雪芹生活的时代与他的身份　　/025

三、曹雪芹家族的情况与《红楼梦》的创作　　/028

四、曹雪芹在北京的生活与创作　　/032

五、从《风月宝鉴》到《红楼梦》：曹雪芹的生活
　　与哲学观的变化　　/033

六、曹雪芹的交游和《红楼梦》的传播与
批评 /039

第三讲 《红楼梦》中与批评中的"世家"意识　/047

一、引言:"世家观念"是《红楼梦》解读的重要
视角之一 /047

二、关于曹雪芹的"自我身份认同" /049

三、《红楼梦》叙述中的"世家意识" /057

四、《红楼梦》真实细腻的"世家景象"描写促使
其在上层的传播 /059

五、早期"批语"中对《红楼梦》"世家"观念的
关注 /061

六、结语 /066

第四讲 曹雪芹、《红楼梦》与北京　/069

一、《红楼梦》不可企及的价值及其与北京的
关系 /069

二、曹雪芹及其家族都是北京人 /073

三、曹雪芹的家族与北京　/076

四、曹雪芹的教育　/084

五、曹家的抄家和曹雪芹的回京　/086

六、曹雪芹与北京　/091

七、《风月宝鉴》《红楼梦》在北京的
　　创作　/101

第五讲　从纳兰性德到《红楼梦》　/109

一、《红楼梦》公侯家庭的细节描写与纳兰性德家
　　事说　/109

二、纳兰明珠与纳兰性德的概况　/112

三、纳兰家族与曹雪芹家族　/120

四、纳兰性德、纳兰词与《红楼梦》　/123

第六讲　曹雪芹故居与文物之谜：曹雪芹京西居所、行迹研究及相关问题　/127

一、关于曹雪芹与香山镶黄旗营的传说　/127

二、关于曹雪芹镶黄旗营居所：民间传说与文献对照进行的研究　/129

三、关于曹雪芹京西正白旗故居的传说　/134

四、正白旗曹雪芹故居与正白旗 39 号院　/136

五、关于正白旗 39 号院与曹雪芹故居关系的研究　/140

六、正白旗与镶黄旗外北上坡　/150

七、镶黄旗外北上坡与白家疃　/152

八、一个概念的区分：居所与住过　/156

九、结语：未解决的问题　/159

第七讲　从三山五园到《红楼梦》中的大观园　/161

一、《红楼梦》中的时间设置：清朝初年　/161

二、《红楼梦》中的空间设置　/165

三、大观园的书写与清代北京西郊皇家平地造园　/170

四、结语：解读《红楼梦》应注意小说的模糊性书写与细节式暗示　/177

第八讲　红楼六主：《红楼梦》中起到支配作用的六个人物　/179

一、整部书是一个"了缘"的过程　/179

二、故事都围绕贾宝玉、林黛玉、薛宝钗展开　/180

三、警幻仙姑是整个故事的终极支配性人物　/183

四、甄宝玉与贾宝玉　/186

五、贾雨村与甄士隐　/193

六、论《红楼梦》的"四引"与《封神演义》的"三妖"　/200

第九讲　诗画式小说：《红楼梦》的含蓄写作与欣赏　/203

一、引言　/203

二、两山对峙（特犯不犯）　/206

三、草蛇灰线法与补写法　/210

四、千皴万染法　/212

五、横云断岭法与重作轻抹法　/214

六、颊上三毫 /217

七、不写之写、一击两鸣、一笔作三五笔用 /219

八、十面照应的故事结构 /224

九、诗词与小说 /229

十、诗画手法创造出"虚实互现"的意境 /233

十一、结语 /237

第十讲 说晴雯——谈《红楼梦》中写人的映照技法 /239

一、晴雯不是反抗封建家庭和等级制度的斗士 /239

二、晴雯的志向与行为 /242

三、晴雯的人际关系 /246

四、是谁害了晴雯 /251

五、晴雯的可爱处 /254

六、作为晴雯反面或者坐标的袭人 /260

七、脂批是怎样看待晴雯、袭人的 /275

八、研究晴雯应该注意的一些问题 /278

第十一讲　论清代《红楼梦》的传播与部分江浙士绅
　　　　　和旗人官员的"禁红"行为　　/281

一、《红楼梦》查禁事情主要集中在江浙
　　地区　/281

二、清代皇族与《红楼梦》　/283

三、关于弘旿不欲观《红楼梦》原因的分析　/291

四、何以禁毁《红楼梦》集中于江浙：兼论丁日昌
　　对《红楼梦》的"矛盾态度"　/294

五、关于所谓"文字狱"与《红楼梦》的写作、
　　传播　/298

六、论《红楼梦》需要回归曹雪芹的时代与
　　身份　/303

七、谈王文元的"红学非学术"，说《红楼梦》
　　研究需要回归曹雪芹的时代与身份　/306

八、结语　/316

第十二讲　《红楼梦》的主张与当今生活：《红楼梦》与
　　　　　中国哲学精神　/317

一、"复杂"的命意　/317

二、关于文学与哲学的关系 /319

三、脂批所谓《红楼梦》的"纲" /321

四、《红楼梦》中的毁僧谤道与崇佛信道 /323

五、《红楼梦》中对"三教归一"的描写与三教归一 /325

六、超越与回顾：《红楼梦》对三教归一的讨论 /328

七、意淫与悟道解：甄宝玉之与《红楼梦》 /336

附录　樊志斌答听众问　/345

后记 /367

第一讲

如何研究和欣赏《红楼梦》

一、《红楼梦》是什么

1. 《红楼梦》是中国文学的符号之作,无可比拟

2015 年是曹雪芹三百周年诞辰。大家都知道,《红楼梦》是四大名著之首,但在我个人看来,可能还不是这么一个简单的定位。我认为,在中国学术史或近代文化史上,《红楼梦》的地位是不可以用其他任何一部作品来进行衡量的。

清朝末年,中国有一位非常著名的诗人,叫黄遵宪,他在与日本文化学人谈中国小说的时候,对《红楼梦》有一段经典论述,可能有些人知道,有些人不知道。

在众多《红楼梦》爱好者、专家中,还没有人说出这么经典的话,所以我在莎士比亚、托尔斯泰、巴尔扎克和曹雪芹四大名人历

史博物馆高端论坛上,专门向国外的研究者和学者推荐这句话。现在,我们分享给大家:

《红楼梦》乃开天辟地、从古到今第一部好小说,当与日月争光,万古不磨者。

也就是说,《红楼梦》不仅仅是最好的著作,只要中国人还在,只要中国文化还能延续下去,《红楼梦》就一定不会被中国人忘记。

他这段话后面还有一句话:"恨贵邦人不通中语,不能尽其妙也。"这段话也很有意思,就是说,不懂汉语,没法理解《红楼梦》书写的含蓄和中国文化的表达,是很难较为深入地理解《红楼梦》的。

虽然这句话是说给当时的日本人的,可对于当下的《红楼梦》研究和阅读,我认为也是合适的。

具体说到《红楼梦》在文学上有什么价值,学界也有极其经典的论述,比如鲁迅先生在《中国小说的历史变迁》中对《红楼梦》的一段评论。当然可能各位老师对这段文字的理解不太一样。

受传统教育或者相关论述的影响,我们更习惯把鲁迅当作革命家和思想家,但实际上,鲁迅先生既是中国近代史上著名的小说家,也是中国小说史上最了不起的研究者之一,所以,我们论及《红楼梦》,引用他的论述时,应把他作为一个有水准的学人来看。

鲁迅先生谈到《红楼梦》的价值时说,(《红楼梦》)在中国小说里面"实在是不可多得的",要点在哪里?在"敢于如实描写,和从前的小说叙好人完全是好,坏人完全是坏,大不相同"。

四大名著中除《红楼梦》外的其他几部，人物都比较平面或者比较单一，读者用几句话就可以概括出某个人物的性格或者学养，但是《红楼梦》不一样，《红楼梦》里基本上没有单纯的好人或者坏人，人物性格是多面的、复杂的。如果有人告诉你《红楼梦》中某人是一个什么样的人，那么，可以断言，他所描述的基本不是《红楼梦》里的人物。《红楼梦》对人物复杂度的描述要丰富得多，所以才是一部百看不厌的书。鲁迅先生给它一个经典评述："自有《红楼梦》出来以后，传统的思想和写法都打破了。它那文章的旖旎和缠绵，倒是还在其次的事。"

　　实际上，很多人喜欢《红楼梦》，是喜欢它优美的文字。但鲁迅先生从中国小说沿革角度看，文章的旖旎和缠绵只是《红楼梦》高妙之处的其次；看完《红楼梦》前八十回和后四十回，鲁迅先生认为，《红楼梦》打破了中国小说传统的思想和写法。

　　那么，他所谓的"传统思想"是什么呢？就是传统小说写人只写一个面，全善全恶，写不出真实人物。那么，他所谓的"写法"又指什么呢？就是塑造一个多面立体真实人物的技法。这是从文学的角度谈《红楼梦》和曹雪芹，即中国文学"符号性"的作品和人物。

2. 关于曹雪芹为什么写作《红楼梦》，各家因"眼光不同"，看到的《红楼梦》主题不同

　　但是，我要告诉大家，《红楼梦》远远比一部伟大的小说、成功的小说更复杂，为什么这么说呢？

　　在我看来，《红楼梦》不仅仅是一部文学作品，或者一部小说。

我从事红学研究十余年,经常听到很多专家说,《红楼梦》是一部小说,或者《红楼梦》就是一部小说。

这样说不能算错,因为《红楼梦》文体是小说,但这是就形式说的。我们说形式和内容、思想不是一回事,那么,《红楼梦》要表达的思想是什么呢?就是讲一个故事吗?

曹雪芹在《红楼梦》开篇里写了一句"都云作者痴,谁解其中味"。假设《红楼梦》只是一部写得很好的爱情小说,它通过对爱情和一个家族的描写展现了社会百态,曹雪芹何以还要作"谁解其中味"的感慨呢?

我们有一次开红学会的时候,北京文联的原党组书记赵金九同志问红学专家:"曹雪芹为什么写《红楼梦》?"他认为,明清时代《红楼梦》这样的小说不可能为挣钱而写,也不可能为名而作。因为那个时代写小说不是露脸的事情。

哪样的小说是挣钱的呢?像《水浒传》这种英雄侠义小说,《西游记》这种神魔小说,因为大众喜欢看,比较有市场,能卖出钱来。

如果大家了解红学的传播史就知道,《红楼梦》自问世以来主要是在知识分子中间传播,说到底它并不是一部适合大众的作品。当时,普通群众了解《红楼梦》主要通过两个途径:一个是绘画,很多的墙壁、盐罐、赏瓶上面有《红楼梦》的画;再一个就是戏曲,1949年前后,中国汉文化圈里所有的剧种,如京剧、昆曲、梆子、评戏、京韵大鼓、梅花大鼓,包括子弟书、八角鼓,都有大量关于《红楼梦》的唱词。梅兰芳先生不仅有京剧的《红楼梦》唱段,还演过《红楼梦》的电影。

那么，回到赵先生的提问，曹雪芹为什么写一部并不能挣稿费的书呢？

实际上，很多学人、爱好者都很关注这个问题，那么如何解答呢？

"五四运动"以后，西方文学理论进入中国，我们在阅读、研究《红楼梦》时往往先给《红楼梦》一个定位，说它只是一部小说，大家看它写得如何好，像鲁迅先生所说，文章的旖旎和缠绵，写真的人物。那么，在曹雪芹生活的时代、在有综合国学素养时代的知识分子是怎么看的呢？我们看这里有一段文字：

《石头记》一书脍炙人口，而阅者各有所得：或爱其繁华富丽；或爱其缠绵悱恻；或爱其描写口吻——逼肖；或爱其随时随地各有景象。

我们现在对《红楼梦》的理解和喜爱基本在前面这一句话的水准上，可能有人或多或少会谈到"谓其一肚牢骚"。

我们知道，在曹雪芹时代的那些有综合国学素养的知识分子中，有一些人是这样看待并理解《红楼梦》的："或谓其盛衰循环，提朦觉聩；或谓因色悟空，回头见道。"这是从佛学或者易学的角度来讲的。

那么，还有从史学角度来讲的，"或谓章法句法本诸盲左腐迁"，就是将《红楼梦》的笔法与《左传》《史记》笔法进行比较。现代社会，不管学界还是大众阅读，这一点更是难以做到，因为我们对传统史学文法的理解根本达不到传统时代知识分子的熟悉和贯

通程度。

鲁迅先生对中国文学史特别是对"红学史"的沿革有一个经典的论述。当然，这句话是以半开玩笑的方式说的，他说《红楼梦》是中国许多人所知道的，但是读者的"眼光"各不相同，所谓"经学家看到《易》，道学家看到淫，才子看到缠绵，革命家看见排满，流言家看见宫闱秘事"。

我们以前看这段文字时，觉得是一个经典论述，说得很对，但是，有一个问题我们从来没有思考过，为什么现在《红楼梦》的读者和研究者只能看到缠绵或宫闱秘事了？这是一个需要认真思考的问题。为什么我们看不到《易》了，也看不到淫了呢？

实际上，鲁迅先生已经说出来了，因为"眼光"。什么决定眼光呢？就是"学术背景"和"学术素养"，我们之所以在《红楼梦》里看不到《易》、淫，是因为我们没有传统时代经学家和理学家的素养，但是，这并不能说曹雪芹不具备这样的素养。

3.《红楼梦》是中国传统儒释道三教原典思想的打通之作

既然曹雪芹具备综合国学的素养，他的素养和创作目的就决定了《红楼梦》到底要表达什么。

此前与北京电视台的人谈一部片子，他们就问到"《红楼梦》到底要表达什么"的问题。我写的《〈红楼梦〉与中国哲学精神》这篇文章就是谈《红楼梦》的性质、曹雪芹的创作目的的。

我们看《红楼梦》可以发现，贾宝玉表面上对儒释道三教都有批评，包括对科举制，但是细看就会发现，贾宝玉也有很多对三教原典的尊重。简单地说，贾宝玉对历史书籍有批判，认为除"四书"之外杜撰的也多。为什么除"四书"之外？

如果大家了解清代的理学史或者科举制，就会明白"四书"对理学、儒家知识分子的哲学观、价值观、政治观的意义。"四书"的主张在当时政府顶层设计中起着支配性的作用，是儒家知识分子最基本的追求或者说修养，所以，贾宝玉对"四书"格外尊重——曹家世代以理学为家学。

另外，还有一个需要注意的人，这个人在《红楼梦》中很重要，他就是甄士隐，是《红楼梦》故事的开启者，也是《红楼梦》故事的归结者。

脂批说，甄士隐这个名字大有来历，意思是"真事隐去"，很多专家都注意到了这一点。但是，有一点大家可能忽略了，甄士隐的名字叫"甄费"，"士隐"是他的字。《论语》中说："君子之道费而隐。"

曹雪芹为什么给甄士隐起这样一个名字，在我看来，甄士隐的行事意味着君子之道。

更有意思的是什么呢？甄士隐的悟道出家是由一个道士渺渺真人来接引点化的，而渺渺真人用以点化甄士隐的却是充满了佛教思想意味的《好了歌》。

大家知道，雍正皇帝也有一首《好了歌》——雍正皇帝是参透佛教三关的大行家，对儒教也有极深的修养。雍正皇帝和曹雪芹的《好了歌》表现出的就是佛家对世俗"过分欲望"的鄙薄和舍弃。

那么,《红楼梦》中这个有意思的现象很值得研究者和阅读者关注,为什么一个儒家的知识分子被一个吟诵着佛教智慧歌词的道教人士接引而去?

以前似乎没有人专门考虑过这个问题。还有一个问题大家要注意,《红楼梦》中"毁僧谤道"的贾宝玉爱看的书是什么?有《庄子》,是道教的。还有什么?《周易参同契》,这是道教炼丹的名著。还有禅家公案汇编,叫《五灯会元》。

因此,不论从曹雪芹对《红楼梦》中"三教"学术角色的总体设定角度,还是对甄士隐的名字、悟道、在小说中角色的设定,还是对贾宝玉平常喜爱图书的设定,都可以看出曹雪芹的一些特定的用意。

如果简单地说《红楼梦》是反儒家或者反佛家的,我认为是一种简单粗暴的研究方式和思维结果。

这里我只做一个比较简单的论述,具体的我就不说了,因为这个论证过程很复杂,很难在十几分钟内说清楚,估计很多同学也未必有兴趣听。

我有一篇《〈红楼梦〉与中国哲学精神》的文章专论这一问题,有12 000多字,主要考察曹雪芹对儒释道三教原典思想的打通问题,也就是说,曹雪芹让贾宝玉毁佛也好,谤道也好,骂儒也好,都只是表面的,实际上在曹雪芹的内心深处,他对三教原典都是非常尊重的,甚至说,他已经打通了三教思想之间的共同点。不过,这篇文章现在还没有发表,将来如果发表了,有兴趣的可以找来看。

我可以负责任地告诉大家,出现于18世纪中国传统社会的《红楼梦》不应该用西方小说理论定义——小说理论只是就常规作品而言的，虽然也适用于对经典的阐释，但阐释不清经典之所以经典的"个性"所在——只是一部小说，或者首先是一部小说。

如果从中国传统知识分子写书作文的表达思维和习惯角度而言，我们讲"形而上者谓之道，形而下者谓之器"。"小说"只是《红楼梦》的体裁，只是表达"道"（也就是作者写作目的、思想）的一种工具而已，"小说"体裁背后隐藏的作者要表达的中心思想才是我们更应该关注的。

所以，我想我们以后无论是看《红楼梦》，还是读《红楼梦》相关研究书籍，这个前提是应该需要时刻关注的。下面讲"如何解读《红楼梦》"。

二、如何解读《红楼梦》

一般说来，原典解读有两个方向：一种是原典阐释，一种是原典回归。

有人说阐释原典也是一种学问，不过我个人认为，阐释原典更多的是一种个人爱好，是满足时代大众的学问，由于它并不顾及原典的字面意思或者原典作者要表达的主旨，这种研究只是按照自己的学术水准、审美意识进行自由发挥，想怎么理解都可以，或者随着时代的变化、时代意识的变化，根据时代政治的需要，做"需要性"的解读。

在这种研究下,原典只是一种用来做阐释的工具而已。

再一种研究方式就是原典回归。

早些年,我在清华大学的一次讲座上,有一个学生提问,"老师,我只要知道苹果好吃就完了,为什么还得知道苹果是谁种出来的呢?"

我回答说,我们谈的和要解决的,不是苹果好吃、如何好的问题,我们想要解决的是这个苹果为什么比其他苹果好吃的问题——既然有那么多的作品,为什么只有《红楼梦》这一部作品比别的好,并且高不可及,或者为什么只有曹雪芹这个人才能够写出这样的一部作品来?

1. 我们要了解曹雪芹写作《红楼梦》的原始用意

有些人对历史一无所知,对传统的文论和知识分子素养只了解个皮毛,就在那里大放厥词:你们搞这个有什么用啊,跟《红楼梦》的解读有什么关系啊,不知道作者是谁也不影响作品欣赏啊,等等。这种人要么不关注作者的写作初衷,要么就是无知。

当然,还有人说,我们永远不能达到作者的本旨,所以我们干脆就不要去了解原典的主旨好了,我们想怎么看就怎么看好了。

没有人要求别人必须跟我们一样,但是要互相尊重,而不是互相攻击。实话说,我真的不认为那些东西是一种拥有永恒价值的研究方式,因为我们要考察的是原典作者的创作初衷,考察的是作品要告诉我们什么。只有了解了,或者说尽可能地靠近作者的原意,我们才可能从作者那里得到我们想要的"智慧",从而真正指引我们前进，才不至于像那些明知有电灯、手杖，却要在黑暗中摸索，还高喊着自己掌握了光明的"妄人"一样。

2. 我们如何回到《红楼梦》作者写作的原始用意

基于原典回归这样一个研究方向，对《红楼梦》的解读，我们应该如何回归到原典的主旨，或者如何进入曹雪芹的思想呢？

这一点，鲁迅先生也给过一个经典的论述。

实际上，民国时期，中法大学比较文学博士李辰冬先生——此人素爱《红楼梦》，对西方原典研究和文学理论有着极高的造诣，当年的博士论文《红楼梦研究》也有相关论述。他认为，研究作品需要将时代意识、个人意识和作品意识结合起来，否则就会脱离作者表达的原意。

他说的当然是对的，但是，我觉得他的表达不如鲁迅先生说得简洁或者到位，所以，在这里我就引用鲁迅先生的这段文字。

世间有所谓"就事论事"的办法，现在就诗论诗，或者也可以说是无碍的罢。不过我总以为倘要论文，最好是顾及全篇，并且顾及作者的全人，以及他所处的社会状态，这才较为确凿。要不然，是很容易近乎说梦的。

我们现在研究《红楼梦》有两个大方向：一种是原典阐释；一种是原典回归。我觉得都可以，也无所谓对错——对错本身就是从立论者的角度来说的。但是，现在"红学"研究有一个比较奇怪的

现象,有些学者不仅自己不研究相关学术基础,认为不用了解作者,直接看书就可以了,还爱攻击其他研究者,不应过多地纠结于文本以外的东西,而要直达作者本心。

从文本到文本,假设只是顾及自己的感受,不用顾及作者或作者的原意,我想也可以;但是,要想直达作者本心,在研究经典的时候,除了圣人,没有人做得到。

近代红学史上一大公案,是周汝昌先生与余英时先生就红学研究的范畴和境界的争论,不少国内学者也都被卷了进来——实际上,"红学"是什么,哪些研究算是"红学"的争论至今也没有达成一致意见,因为其受研究者的学术背景、学术素养、生平经历等诸多原因的影响。

余英时当然是我很尊敬的史学大家,他对《红楼梦》很热爱,也很熟悉。但是,他对《红楼梦》的研究,只是简单地认为基于西方文学基本理论是一切文学研究的通用武器,他认为《红楼梦》首先是一部小说——这也是如今主流的看法和主张。所以,"红学"好像不应包括周汝昌先生搞的清代政治或者曹家家事的相关研究。

周汝昌先生后来在《云南民族学院院报》上发表一篇文章,大概叫《红学的高境界何处可寻》。

在这篇文章里,周先生语气虽刻薄,但这篇文章很有道理,对"红学"研究具有很高的指导意义。

周先生说,对《红楼梦》和曹雪芹估价的那样低,对自己的估价又那样高,在这种情况下,妄谈高境界是没有什么价值和意义的。

对于余、周二先生对"红学"范畴界定的是非,我们姑且不论,但是，周先生对曹雪芹和《红楼梦》的高定位无疑是非常正确的。

孔子的学生称孔子的境界为"瞻之在前，忽焉在后"，不可思议，不可捉摸；佛陀的学生也说佛陀境界不可思议，难值，难信；老子自称其道很简单，但下士必笑之，不笑不足以为道。

曹雪芹与《红楼梦》也一样，我们往往觉得很好理解，但当把全书系统起来，放在18世纪中国思想史大时空背景下看，就会发现我们把曹雪芹看得太低了——这也是同一个读者以不同年龄、不同经历、不同学术视野看《红楼梦》感觉不一样的根本原因。

如果把《红楼梦》当作一部爱情小说，那么，我们不用考虑曹雪芹所说的"十年辛苦不寻常""谁解其中味"这些话。

曹雪芹写《红楼梦》是在说人生的梦，喜欢《红楼梦》的人都是痴人，我们看《红楼梦》、谈《红楼梦》确实是在"痴人说梦"。但是，我们说也应该去说曹雪芹所说的那个梦，而不应该是自己想当然、"想入非非"的梦。

借鉴鲁迅先生写小说和研究中国小说史的经验，我认为解读《红楼梦》要顾及全篇，从作者和他所处的时代和社会状态着手考察，是可行的。这也就是周汝昌先生极力主张《红楼梦》研究必须使基础扎实的原因。

在这种视野下，有关曹雪芹的一切，包括时代意识、家族意识、个人意识（家风、学养、经历、交游等）都是作品创作的动力与元素，甚至是支配性的元素，即鲁迅先生所谓的"作者的全人以及所处的社会状态"，都是《红楼梦》研究的基础。

如果没有这些，对《红楼梦》的研究就是建在沙滩上的"美丽

花园"；如果没有这些，对《红楼梦》的解读，就会像鲁迅先生嘲笑的那种人一样，只是自顾自地"说梦"而已。

3. 曹雪芹所处的时代与他的生活状态是解读《红楼梦》的基础

既然涉及作者及其所处的时代和生活状态，我们就要知道《红楼梦》的作者是谁。

这个问题似乎是一个很可笑的问题，因为曹雪芹写作《红楼梦》已经成为常识。但是，这个结论在学界却一直存在分歧，或者态度很正经，或者态度没那么正经——因研究者的学养和研究目的各有不同。这里面有两个问题：

第一，在近代红学史上，大家认为是胡适确定了曹雪芹对《红楼梦》的著作权。

实际上，这是不对的。当然，如果从近代学术体系的角度说是对的，但单纯就这一观点而言可谓荒唐。实际上，在曹雪芹生活的时代或者之后，不管是曹雪芹的友人也好，还是早期的一些旗人也好，都认为曹雪芹就是《红楼梦》的作者，而且是唯一作者，他们也都知道曹雪芹与曹寅的关系。

我在做"曹雪芹传说"项目（现在"曹雪芹传说"已经入选国家级非物质文化遗产名录了）的时候发现一个很奇特的文化现象——旗人对《红楼梦》的作者是曹雪芹，曹雪芹是曹寅的后代知道得比较多，对曹雪芹早期的一些传说也比汉人了解得多。

后来，我反复追寻出现这一现象的原因并得出结论：曹雪芹的出身是内务府，属包衣旗人，旗人通婚的圈子比较小，基本局限在几个旗中的几个佐领中，所以很多旗人都是亲戚，或者关系虽远，但也连着圈地能成为亲戚，相互比较了解。

所以，曹雪芹对南方知识分子来说很陌生，但在旗人中就不那么陌生了。

近一百年的红学研究史上，红学研究者多为江浙地区的知识分子，他们做出了巨大贡献。但是，对曹雪芹的身份、经历、生活环境、交游情况等，他们往往不能结合北京或者旗人情况进行了解，也不免出了不少问题。

第二，社会上经常有一些关于谁是《红楼梦》作者的争论。

最近又有新的争论，我前些天去江苏如皋开会，有人提出冒辟疆是《红楼梦》的作者。

实际上，这个说法不新鲜，但是作为一种很大的声势出来，是最近一段时间的事情。前些年吉林省工会的原主席土默热提出，《红楼梦》的作者是洪昇。关于《红楼梦》作者的说法很多，这些年来大约有二十多种。

但是，如果我们仔细考察关于《红楼梦》作者的第一手文献，分析文献背后的逻辑，可以发现，除"曹雪芹说"外，其他说法不管在使用材料上，还是思维逻辑上都存在最明显的学术问题。

我写过一篇文章，在《曹雪芹研究》2014年第二期上发表的，叫作《关于〈红楼梦〉著作权的相关研究问题和研究原则》。

在这篇文章里，我从历史学考证的角度重新审视了现在能够找到的关于《红楼梦》原始作者的第一手资料，并分析了《红楼梦》

第一回中从空空道人从石头上抄录故事至甲戌脂砚斋抄阅再评一段文字中各人的角色,证明曹雪芹是《红楼梦》的作者,是《红楼梦》的唯一作者,也回应了否定曹雪芹《红楼梦》著作权各说的质疑。

大家可能会注意到,我说的是原始作者,而不是著作权。这是为什么呢?因为关于《红楼梦》的著作权各说中,很多人承认曹雪芹最终完成了《红楼梦》,他们争论的是在曹雪芹之前还有没有一个"原始作者"。

《红楼梦》第一回里有这么一段文字,就是《红楼梦》第一回开篇写到的,空空道人将青埂峰下石头上的《石头记》抄录下来之后传世,"东鲁孔梅溪则题曰《风月宝鉴》。后因曹雪芹于悼红轩中披阅十载,增删五次,纂成目录,分出章回"。这段文字是所有关于《红楼梦》著作权和原始作者讨论的一切前提。

那么,很多人就拿曹雪芹这段话作证据,认为曹雪芹自称只是《红楼梦》的披阅增删者,前面还有其他作者,并以此去"追寻"各自认为的作者。

实际并非如此,因为石头、空空道人、吴玉峰、孔梅溪、曹雪芹、脂砚斋中,除了石头和曹雪芹与《红楼梦》的创作有关外,其他人要么是传抄者,要么是题名者,要么是批评者,也不可能有一块有神通的石头能够记录故事。再者,在"曹雪芹在悼红轩中披阅十载"一段文字之后,就有一段相应的亲友"批语":

若云雪芹披阅增删,然则开卷至此,这一篇楔子又系谁撰?足见作者之笔狡猾之甚,后文如此处者不少。这正是作者用画家烟云模糊处,观者万不可被作者瞒蔽了去,方是巨眼。"

可见,曹雪芹亲友认为,曹雪芹之所以说自己对《红楼梦》只是披阅增删,而不是作者,是用了中国传统画家画水墨山水画时水墨模糊的美学处理方式,从侧面肯定和提醒大家《红楼梦》的作者就是曹雪芹,大家不要被曹雪芹的狡猾之笔欺骗了。

因此,就《红楼梦》本身的文字来说,曹雪芹是《红楼梦》的最终作者和原始作者、唯一作者,不存在任何其他人与《红楼梦》的创作有关。

关于曹雪芹对《红楼梦》的著作权问题,除了文本和友人的书写外,还有一条重要的资料,即乾隆三十三年宗室诗人永忠(康熙皇帝十四子允禵的孙子,清朝著名的宗室诗人)的一首诗,叫作《因墨香得观〈红楼梦〉小说,吊雪芹三绝句》。

墨香就是曹雪芹友人敦诚、敦敏的叔叔,诗中有一句:"可恨同时不相识",意思是说,我看了《红楼梦》,知道它的作者是曹雪芹,很伤心的一件事情,我们两个属于同时的人却没有能够见面交往,很可惜。

明义的《题红楼梦》诗 20 首序言说得也很明白:

曹子雪芹出所撰《红楼梦》一部,备记风月繁华之盛:盖其先人为江宁织府……惜其书未传,世鲜知者,余见其抄本焉。

明义说,曹雪芹写了《红楼梦》,他的先人是江宁织造,他的《红

楼梦》抄本我曾经见过。意思非常明确，没有任何歧义，《红楼梦》就是曹雪芹写的，这是关于《红楼梦》作者问题的第一手资料。

这些资料非常明确地证明，曹雪芹是《红楼梦》的作者，他生活在乾隆中期以前，这是我们现在能够掌握的最直接的资料能够推导出来的基本结论。异端论者往往以乾隆晚期，甚至嘉道、同治的相关资料质疑第一手资料的可信性。

既然曹雪芹是《红楼梦》的作者，且是唯一作者，他生活在乾隆三十年前那段时间，那么，我们就可以将此时间作为了解《红楼梦》作者生活、见闻、创作的基准。

三、关于不读《红楼梦》与读《红楼梦》

有一个调查显示，现在读《红楼梦》的大学生越来越少，而且他们最不愿意看的书就是《红楼梦》。

这种调查，依我的经验判断，本身不具备任何可信度或者代表性。比如，这个调查在广西桂林和南宁做，得出的结论就很可能不一样；在北京和在广西做，结论又可能不一样；在这二十个人和那二十个人中做，结论又不一样。因此，这种调查作为参考也就罢了。

我认为当代大学生还是应该读《红楼梦》，因为《红楼梦》的价值是多方面的，最起码可以提高我们的审美能力。

我现在因为研究《红楼梦》坐下了"病"，经常问朋友："你现在看电视剧或者小说的时候，会有一个判断和评估，说这本书写

得不好,或者说,这本书的这句话写得不好,为什么?"

因为曹雪芹和《红楼梦》已经使写作的"合情理"成为判断作品高下的一个基本标准了。

在小说中,作者借石头之口、贾母之口,批判历来小说故事写作不合情理,胡乱妄作,《红楼梦》力纠其偏。《红楼梦》的了不起之处在于,小说中每一个人在每一个环境下的表现,你会觉得是合理的,因为他的年龄、性格、出身决定了他一定这样做,而不是那样做,这在其他书里是不多见的。

那么,通过阅读、赏析《红楼梦》,不知不觉中我们的生活质量或审美能力会提升到与常人不同的层次。

另外,我们还是要相信曹雪芹和《红楼梦》本身的魅力的。中国最后一批国学大师都看过《红楼梦》,我们现在知道的至少有十几个人,甚至有些人还写过专文,王国维、鲁迅、蔡元培、胡适、吴宓、陈寅恪等人都研究过《红楼梦》,这不是没有原因的。我曾看过一份资料,说曾国藩这样的博学大儒也看过《红楼梦》。虽然他是为了解闷,但放在"曾文正"身上倒是一件很难想象的事情。足见曹雪芹和《红楼梦》本身的魅力。

大学生不读《红楼梦》,我也不觉得是一件悲哀的事情。因为不论从《红楼梦》的写作目的来说,还是从《红楼梦》的传播史、接受史来看,《红楼梦》本来就不是"大众的"。

传统时代,看、评《红楼梦》的多是一些有一定层次的知识分子,大众更多通过绘画和戏曲了解《红楼梦》。现在的大学生是否了解《红楼梦》不重要,等他们的知识和阅历达到一定层次、能够比较深地理解《红楼梦》以后再看,也不见得是一件坏事。

最后,我们来谈大学生读《红楼梦》的问题——如果大家有读《红楼梦》的兴趣的话。

首先,我觉得不要受到相关研究的影响和束缚,相关研究当然可以看,但是不要以这种研究作为读《红楼梦》的前提,因为有可能会"误导"阅读。比如"《红楼梦》只是一部小说""《红楼梦》的后四十回不是曹雪芹的原著"等问题暂且不讲,因为提问环节一定会说到这个话题。

其次,我希望大家看一点原典。我们说的"原典",就是指《红楼梦》早期的一些抄本,上面有曹雪芹亲友的一些批语。因为现代人的传统文化素养相对那个时代的人来讲比较弱,我们对很多东西的敏感度也相对较弱,脂批有的地方帮我们指出来了,结合文本与批语,有助于理解作者和文本的含义,包括一些文学上的技巧和妙处。

我觉得,中国人民大学的学生读《红楼梦》是比较有优势的,为什么这么说呢?因为鲁迅先生说了,"论文"要考虑作者的时代与生平。中国人民大学有清史所,有哲学系,这两个学科在全国各高校相应学科中的研究水准都比较高,而这两个学科的相关学术研究和学术资料对解读《红楼梦》都有着基础性和指导性的作用。

当然,我们还要了解曹雪芹生活的具体时代,他的家史、生平,刚才我们已经谈到了。我个人曾写过一部《曹雪芹传》,是中华书局出的,如果大家有兴趣,可以拿来作为参考。

在此还要谈到一个文本的认识和选择问题,这个问题关系到

《红楼梦》的原貌和全貌问题,这个比较复杂,三两句是说不清的。

如果想全面了解、深入赏析《红楼梦》,我个人的建议是,应该将现有主要版本综合起来看,早期12个抄本加上程甲本、程乙本,这样才能得到所谓的曹雪芹的"原意"。如果只想大体了解,我想选程甲本就可以了,并不会影响阅读与基本理解,这一点历史已经为我们证明了。

我最后要说的是:读《红楼梦》,做有品质的人。谢谢大家!欢迎批判。

第二讲

曹雪芹与他的《红楼梦》

一、关于曹雪芹的生卒年问题

我有两篇相关文章,一篇是《曹雪芹生卒年考辩》,这个已经发过了(发表时题为《曹雪芹生卒年再探讨》);还有一篇《曹雪芹卒年研究批判》,也快发表了。

在这两篇文章里,我对曹雪芹生卒年研究中的很多争议进行了剖析并指出,之所以有争议,固然有材料本身矛盾的原因,但有两个问题影响了相关研究:一个是对某些诗文的理解脱离了诗文本身要表达的情绪;再一个,就是在如何使用一手资料和二手资料上存在着不知道以谁为主的问题。

现在,我们对曹雪芹生年的判断是从他的卒年推出来的,而卒年有三说:乾隆壬午说(卒于乾隆二十七年)、癸未说(卒于乾隆二十八年)、甲申说(卒于乾隆二十九年)。

乾隆三十三年宗室诗人永忠（康熙皇帝十四子允禵的孙子，清朝著名的宗室诗人）有首诗，题为《因墨香得观〈红楼梦〉小说，吊雪芹三绝句》。

墨香就是曹雪芹友人敦诚、敦敏的叔叔，诗中有一句"可恨同时不相识"，意思是，我看了《红楼梦》，知道它的作者是曹雪芹，很伤心的一件事情，我们两个属于同时的人却没有能够见面交往，很可惜。

明义的《题红楼梦》诗20首序言中"曹子雪芹出所撰《红楼梦》一部，备记风月繁华之盛：盖其先人为江宁织府"，也明确了曹雪芹是江宁织造曹家的后代。

结合曹家档案和曹雪芹友人诗歌内容我们就可以推算出曹雪芹的生卒年份。

曹雪芹友人敦诚《四松堂集》的"付刻底本"中有《挽曹雪芹》诗，说明曹雪芹在乾隆甲申年去世，或者是在乾隆癸未末去世的；"甲戌本"《脂砚斋重评石头记》上有"壬午除夕，书未成，芹为泪尽而逝"的夹批，再根据敦诚《四松堂集》的编年（乾隆二十八年春末，敦诚尚有邀曹雪芹诗），曹雪芹当卒于乾隆二十八年除夕。

关于曹雪芹的生年，敦诚《四松堂集》中有《挽曹雪芹》诗二首，中有"四十年华付杳冥，哀旌一片阿谁铭？"说明敦诚参加了曹雪芹的丧礼。但是，曹雪芹的另一个友人张宜泉，在曹雪芹死后，也有一首诗，题为《伤芹溪居士》，其中谈到曹雪芹"年未五旬而卒"。

现在，关于曹雪芹生卒年的争论多集中在这个点上，因为时间差距较卒年争议更大。那么，我们如何能够理性地理解这两首诗呢？

首先，敦诚、张宜泉都是曹雪芹的朋友，对曹雪芹的情况都应比较了解，不应说，这个知道，那个不知道，这种思维不叫研究，那叫讲故事。

其次，如何理解或者解释二者在曹雪芹寿命上的分歧呢？这就要结合诗作的写意手法。同时，敦诚58岁卒，而纪昀为敦诚《四松堂集》作序，称其"甫五旬余而奄化"。二者综合考量，可知敦诚之所以称曹雪芹"四十年华付杳冥"，不过是惋惜曹雪芹才华横溢却英年早逝而已。

综上所述，结合目前所知的材料、档案、曹家诗文等综合考量，曹雪芹的生年只有一个，即康熙五十四年，到2015年，正好三百年。

二、曹雪芹生活的时代与他的身份

曹雪芹生活的时代正好是乾隆前期，就是清朝最稳定、最繁荣的时期，也是中国传统文化集大成的时期之一。

经常有人问，为什么满族人建立的一个朝廷，能让中国的传统文化达到这种高度呢？

明清人认为，因为历朝的文化至此已经发展到顶峰，所以明清人才能搞一个集大成的东西。明末清初的思想家方以智说：

生今之世，承诸圣之表章，经群英之辩难，我得以坐集千古之智，折中其间，岂不幸乎？

那么，再一个问题就是曹雪芹的家族身份。《红楼梦》在某些程度上讲，是一部旗人书。

我们说旗人，是跟"民人"（也就是没有入旗的人）相对来说的。那么，最初对《红楼梦》熟悉和喜欢的读者并不是我们普通的汉人：一种是满蒙旗人上层，包括乾隆、慈禧，一些王爷，如怡王、蒙古车王，还有末代的礼王；另一种里也有旗人高层，如明琳、明义、永忠、顾太清、顾太清的先生奕绘、顾太清的女婿等也都是《红楼梦》读者，而且顾太清还专门续过《红楼梦》。可见，《红楼梦》在旗人里很受欢迎。为什么？因为大家觉得《红楼梦》中所写就是他们身边日常所见的东西。

曹雪芹及《红楼梦》的研究者吴恩裕先生是铁岭人，他研究《红楼梦》的时候，说过一件很有意思的事情：启功先生对清朝典故习俗很熟悉，对《红楼梦》里的一些礼法、习俗也很熟悉，但是对《红楼梦》里面一些语言、习俗就解释不清，而自己知道这是明显的东北话、东北习俗。这说明什么呢？说明旗人从东北入关，经过很长时间的演化，他们的民俗、语言在北京有些变形了，而当时的曹家，旗人的风俗还有很浓的东北风味。

曹家是内务府包衣汉人，大家注意，这个身份表述是最正确的。我经常碰到一些领导，包括一些满族人，会问曹雪芹是满族还是汉族。

关于这个问题，我有一篇专文《满洲、包衣、旗人、满族：曹雪芹"身份表述"中的几个概念》，发表在《红楼梦学刊》2014年第5期。在文章中我指出，汉族、满族是清朝末年从西方传进来的民族概念，在清代，"族"的意思是宗族和家族。在曹雪芹的时代，谈"民族属性"是不太适宜的，因为曹家既不是满族人，也不是一般的汉族人或者汉军。叫他旗人是宽泛地说，再细一些其是内务府正白旗包衣汉人，属满洲旗下，但不是满人，这里涉及满洲旗籍与满洲血统的区别。

有人问，你说的这个很重要吗？

实际上，这个很重要。为什么？

因为这个身份决定了曹雪芹的家族历史，决定了曹雪芹的家风与所接受的教育，以及获取的《红楼梦》的创作素材。下面我们来讲讲这个问题。

为什么说曹家内务府包衣的身份很重要呢？因为只有有了这个身份，他们家的人才可能成为皇帝可以信任的人。

我们都知道，曹雪芹的曾祖母孙氏曾是康熙皇帝幼年的保姆——这一历史无形中极大地提高了曹家的地位；内务府包衣的身份使得曹氏家族能够连续担任五十八年的江宁织造，这在清朝史上没有第二家（样式雷家族做样式房掌案的时间更久，但在世人看来，与曹氏所担任职位的重要性不可同日而语）。当然有的人，比如曹雪芹的舅爷——李煦，担任苏州织造长达三十年。曹家三代四人担任了五十八年江宁织造，再加上曹寅担任苏州织造，长达六十年，这在清朝政治史、文化史上是一件很恐怖的事情。

正是这样的身份和家族历史影响到曹雪芹早年的教育，甚至对《红楼梦》创作题材的获取。

三、曹雪芹家族的情况与《红楼梦》的创作

我们知道,康熙皇帝曾经六次南巡,皇帝去南方,南方各地的巡抚、总督都要去接驾。那么,接驾人员里最重要的两个是谁?

一个是苏州织造李煦,也就是曹雪芹的舅爷,畅春园的第一任总管;第二个就是曹寅,也就是曹雪芹的爷爷。皇帝过苏州,驻跸苏州织造府;过江宁,也就是南京时,驻跸江宁织造府。

《红楼梦》中写元妃省亲,其中的一个素材就是康熙南巡。大家可以去看早期抄本上的脂批,写及元妃省亲时,有一则批语:"借省亲事写南巡,出脱心中多少忆昔感今。"

曹雪芹虽然没有赶上康熙南巡,但是曹家接驾作为这个家族的荣耀,被作为家族历史记住并传承下来,进而影响到他的创作。

第二个影响是什么呢?因为曹雪芹的爷爷跟康熙皇帝关系太好了,加之接驾、公务诸方面有功,康熙皇帝把曹寅的两个女儿,也就是曹雪芹的两个姑姑指婚给王爷为妻,这在清朝政治史上,在曹家之前似乎还没有先例。

因为按照制度来讲,当时的满蒙旗人一般是跟满蒙旗人通婚,包衣家族的女儿嫁给满蒙旗人一般只能做妾,你们看《红楼梦》,可以看出赵姨娘和王夫人地位的区别:妾,从某种角度讲,就相当于奴隶,与嫡夫人截然不同。王熙凤就评论,如果探春是王夫人生出来的,到谁家都得是千金小姐,可惜没有生对肚子。

曹家两个女儿嫁的都是王爷，其中有一个是我们所知道的，清朝初年"八大铁帽子王"之一的平郡王纳尔苏。平郡王府现在还在西单新文化街。这两个王妃和他们的家族在曹雪芹家族被抄家后对曹雪芹的成长有很大的影响。

另外，曹雪芹的家族还极大地影响了曹雪芹幼年的生活和家庭教育，为什么这么说呢？我们从长相、学养两方面分析。

很多人认为，曹雪芹就是文弱书生，就像《红楼梦》中贾宝玉一样。实际上不是：第一，曹雪芹的长相不是那样的，因为曹家是从东北入关的，东北人很难长成贾宝玉那样；第二，从曹寅和李煦的生活来看，读书、涉猎两不相妨。骑射是早年旗人必备的基础教育。《红楼梦》中也谈到这一点。

《红楼梦》第二十六回中写贾宝玉闲溜达，看到贾兰在追一只小鹿，宝玉道："好好的射他作什么？"贾兰笑道："这会子不念书，闲着作什么？所以演习演习骑射。"这就是早期旗人典型的学习和生活方式，包括贾珍、贾琏他们练习射箭时说贾宝玉长了一个劲儿。作为旗人的曹雪芹，受的就是这种文武传家的教育，长相上应该也是孔武有力的。

这种家族背景还影响着曹雪芹的学养。我曾经跟北京电视台的人聊一部曹雪芹的片子，他们问为什么曹雪芹有这样全面的学养。我告诉他们，原因比较多：

第一，这一家人的智商都比较高，有比较好的基因。

这不是开玩笑。那个时代，一般知识分子和贵族家庭幼童六岁开蒙，可以去上学认字了。但是，曹雪芹的爷爷在四岁时就已经对

四声很熟悉了，四声是写诗的基础。曹雪芹的父亲曹頫，康熙皇帝对他的评价是文武皆能，"朕所用包衣子弟者尚无一人及他"，意思是说，皇帝身边用的奴才"包衣子弟"，没有一个赶得上曹雪芹的父亲的，足见曹頫的天分学养很不错。所以，我们从《红楼梦》也能看出来，曹雪芹肯定是天分极高的。

可见，曹家幼童的开蒙比较早，等到六七岁，再到家族或者外面的私塾去上学，像"三百千"、四书五经、理学经典、八股文都要学。

第二，曹雪芹的学养很高，这得益于曹雪芹的爷爷和舅爷都是当时有名的大藏书家。

那个时代，藏书家中比较著名的就是纳兰性德，纳兰的父亲明珠是当时的权相，而且纳兰接触的都是当世文学名家。但是，曹雪芹的爷爷、舅爷的图书馆，藏书万卷以上，当时所有的各种名著，包括小说，曹家都有收藏。曹家被抄家前，将很多善本图书都转移到北京的表叔昌龄家里。前些年，有的拍卖会上出现的一些明清图书，上面是曹寅的章，下面是昌龄的章。

可以想见，曹雪芹幼年时期读书量应该很大，否则，他后来在《红楼梦》里不能有那么多江南风物的细腻描写。

第三，曹家是一个大家族，曹家被抄家时大概有一百多人。王世襄，被称作"中国最后的大玩家"，他曾说："我为什么什么都懂一点？我们家有一百多口人，我问谁，谁都得跟我说，所以，我什么都能懂一点。"曹雪芹也是这样，生在大家族，而又天资聪慧，勤学好问。

以上这些时代、家庭、个人因素综合起来，共同造就出曹雪芹这样博学多识的历史人物。

我在曹雪芹纪念馆工作时，遇到很多参观者，有画家，有中医，有书法家，还有古琴演奏家。他们说，《红楼梦》最了不起的地方，不是什么都说内行话，而是什么都不说外行话，这一点是非常难的。

所以，很多人喜欢《红楼梦》，也是因为《红楼梦》这种百科全书的性质。一个大学问家、大思想家，用讲故事的方式向你展示他的才学，很多人喜欢这个，而曹雪芹之所以能够如此，跟他早年的经历、家庭氛围有关。

另外，这种家族背景还对《红楼梦》的创作题材有影响。我们知道《红楼梦》前面用了两部戏曲作为铺垫，一部是《西厢记》，另一部是《玉簪记》，这两部戏在清朝都非常有名。而后面提到的《续琵琶》就没那么有名，但是，曹雪芹借史太君的口把它说了出来，当年史湘云的爷爷在的时候有人演奏《续琵琶》的"胡笳十八拍"。

现在，《续琵琶》的抄本在国家图书馆，是不是曹寅的作品，学界有争议。我有一篇专门的文章《国图藏〈续琵琶〉为曹寅所作——兼论曹寅对曹操的家族与政治认同》（《红楼梦研究辑刊》第七辑）谈过这个问题，列举了曹寅友人刘廷玑《在园杂志》中记录的曹寅《续琵琶》与国家图书馆藏《续琵琶》的几个相同点，基本能够确定国家图书馆藏的那个本子的底本就是曹雪芹的爷爷曹寅写的《续琵琶》。

可见，曹雪芹对爷爷的藏书和创作都是很熟悉的，而且很好地将它们活用在《红楼梦》里面。

还有一个题材，曹寅是《全唐诗》的监刻者，家里肯定藏有《全

唐诗》。《红楼梦》中大量的诗就是从《全唐诗》中摘引活用而来的。

所以，我们谈曹氏家族的江南生涯，谈曹雪芹的家族、身份，不论是对曹雪芹的学术素养，对曹雪芹的审美倾向，还是对《红楼梦》的创作素材也好，创作的其他影响也好，都是非常重要的，不是像某些人想象的，这些跟《红楼梦》没关系。你所说的没关系，是因为你没看到。

这些事情虽然都发生在江南，但曹雪芹在北京把这些灵活运用到了生活和创作之中。

四、曹雪芹在北京的生活与创作

我们知道，曹家回到北京的时候，曹雪芹是十四虚岁。

按照清朝旗人的习惯，身高五尺或者说十六岁成丁，就可以结婚，可以等着去挑差了。

曹雪芹十四岁回北京，当时住在崇文门外蒜市口一带一处十七间半的房子里，这房子当年是曹家的，后来被没收，之后又还给他们。还有六个仆人照顾他们家，其他具体情况限于资料我们不太清楚。

但是，以曹雪芹家族与诸多权贵的关系和内务府包衣的身份，他可能在咸安宫官学读过书。读书之后，可能就有结婚的问题，娶的应当也是内务府包衣的女儿。

还有一种可能，这一点在档案上是可以得到侧面证明的：曹雪芹成年后应该在表哥福彭的平郡王府里当过差。这个不细讲了，因为前因后果比较复杂。

了解曹家的都知道雍正十一年有个老平郡王敲诈隋赫德案，曹雪芹在这个案子里有相应的活动。大家可以去看我写的《曹雪芹传》，里面有这段内容的详细分析。

当然，曹雪芹在北城之所以有很多活动，是因为曹雪芹的姑父平郡王与礼亲王、顺承郡王同出首任礼亲王代善一支，曹家与怡亲王、庄亲王家族也有交往，因此，不管是会亲戚朋友，还是公差，曹雪芹在北城都会留下很多足迹。《红楼梦》中提到的小骚达子，指的就是东直门内罗家胡同的俄罗斯佐领下人（顺康年间在黑龙江一带俘虏、归顺的俄罗斯人及后代）。

五、从《风月宝鉴》到《红楼梦》：曹雪芹的生活与哲学观的变化

我们现在知道，在《红楼梦》之前，曹雪芹写过一部《风月宝鉴》。

现在很多人说，《红楼梦》里很多东西似乎是曹雪芹用别人的本子改出来的。也就是说，先有一个小说本子，曹雪芹在这个基础上做了披阅增删的工作。

之所以有这样的观点，一来是相信了曹雪芹自谓"披阅增删"《红楼梦》的说法；再一个就是，《红楼梦》中有一些曹雪芹有意或者无意制造的"矛盾描写"——我们现在还确定不了这些"矛盾"是否是曹雪芹模糊写作的一部分。

比如,曹雪芹的友人后裔、著名的《红楼梦》及续书记录者、评论者、《枣窗闲笔》的作者裕瑞就有这样的说法:

> 闻旧有《风月宝鉴》一书,又名《石头记》,不知为何人之笔。曹雪芹得之,以是书所传迷者,与其家之事迹略同,因借题发挥,将此部删改至五次,愈出愈奇,乃以近时之人情谚语,夹写而润色之,借以抒其寄托。

现在就有人抓住这一点,大做文章。这种观点之所以不可取,是因为没有结合脂批的提示来看。

脂批早就指出,曹雪芹说自己"披阅增删"是用了画家"烟云模糊"的文学处理方式;又在"东鲁孔梅溪则题曰《风月宝鉴》"处批道:"雪芹旧有《风月宝鉴》之书,乃其弟棠村序也。今棠村已逝,余睹新怀旧,故仍因之。"

有人为了证明曹雪芹的《红楼梦》是从别人作品基础上修改而来的,非说裕瑞这里所说的雪芹旧有的"有",只是说明曹雪芹有《风月宝鉴》这本书而已。

这种不顾头尾的"研究"本可以不用理,但是因为关碍学术,还是需要一辩:试想岂有自己买到一本小说,就让弟弟棠村为之作序的道理?说"旧有",自然是针对"现有"《红楼梦》一书而言的,难道说曹雪芹有《红楼梦》这本书吗?

《红楼梦》"题旨"中又指出:

《红楼梦》旨义。是书题名极多：一曰《红楼梦》，是总其全部之名也；又曰《风月宝鉴》，是戒妄动风月之情。

由此题旨可以看出，《风月宝鉴》一书很可能是类似于《金瓶梅》一样的一部中篇小说，借写风月故事写因果报应。我想或许在二三十回上下。

崇祯年间有个《金瓶梅》本子，它的序言大概意思是说，读《金瓶梅》需要怀畏惧之心，方许他读，若读来有喜悦之心，那便是为禽兽，不应当让他读《金瓶梅》，因为他只看到了作者表面的描写，误会了作者创作该书的本意。

也就是说，《金瓶梅》也好，《风月宝鉴》也好，在作者的本来意思上，并不是让大家去看、欣赏、学习风月故事，而是说风月故事不会有好的报应，应该戒"妄动"。

我们前面已经说了，从《风月宝鉴》到《红楼梦》，从题目上就反映了曹雪芹的哲学思想和写作初衷的变化（也就是说，曹雪芹写作《红楼梦》的目的是表达他的哲学思想，即表达他对人生和社会的关照和思考），那么，又一个问题来了，曹雪芹为什么要选择小说这种体裁呢？

我们知道，明清时期，大城市经济迅速发展，诸多有闲阶层出现，他们对小说、戏曲等较低层次的文化娱乐有相当的需求，小说这种体裁在表达思想、"因材施教"方面的方便性就立刻凸显出来，明代的袁宏道、李贽等人之所以赞扬小说的作用，就是从道德批判和道德教化的角度而言的。

再者,在《红楼梦》中曹雪芹也谈到,"市井俗人喜看理治之书者甚少,爱适趣闲文者特多",曹雪芹很清楚地认识到这一点,故而"随顺世间",用小说这种喜闻乐见的体裁来表达他的哲学观和人生观。

曹雪芹知道时人、后人很可能看不懂他的表达和苦心,还在书中明确写道:"都云作者痴,谁解其中味!""字字看来皆是血,十年辛苦不寻常。"希望有人能够了解他的创作原旨。

我们现在只将《红楼梦》看作一部小说,只关注它的体裁,而没有关注到它的思想。

所以,我们在看待《红楼梦》的体裁和思想时,应当把它们看作一个硬币的两个面:小说是体裁,技法很高明,这没有问题,很多人喜欢,值得大家学习;小说故事背后作者要表达的思想更值得注意、探究,因为这才是作者的目的。

很多人问,《红楼梦》三个字是什么意思?为什么原来叫《石头记》,现在叫《红楼梦》?

一个最简单的回答,历史上"青楼"和"红楼"作为富贵家族的一种代名词都是好词,后来用作指代别的了。曹雪芹之所以用"红楼梦"这三个字,不过是讲人世间的功名、富贵、才貌不可长久保有,都是过眼云烟,不要去特别留恋。

脂批中还有几个评点,讲的什么呢?就是讲人生"乐极悲生,人非物换,究竟是到头一梦,万境归空",这才是《红楼梦》一部书的总纲。

历史上,我们曾经批判过这种思想,认为似乎有违先进思潮,有碍于曹雪芹的伟大；但是，我们要知道，曹雪芹是18世纪的人，他即便是思想家，也是那个时代的思想家，而不是近代思潮下的思想家。

这里还有一个很好玩的事情：贾代善的替身——清虚观的张道士，掌管"道录司"大印，被封为"终了真人""大幻仙人"，大家称他为"神仙"。

有研究者说，没看出他有什么道行啊？他不就一混混吗？他这样，皇帝还封他个"终了真人""大幻仙人"，可见当时的社会有多么混乱。

实际上，这种批评是完全不懂中国哲学情况下的妄言。仔细解析起来，需要涉及禅宗的主张，不细说了。讲一个例子。

当时，雍正成立"当今法会"，力图把儒释道三教思想整合起来，这里面唯一一个"证得"的道士叫娄真人，其他人要么是王爷，要么是高官，要么是高僧，道士只有这一个。怡亲王胤祥与娄真人关系很好，在酒席上，就问娄真人如何养生。娄真人说："王爷，您桌子上的肥鸭、烤猪就是长生。"

如果你了解了道教主张的清心寡欲、自然无为的思想，你还会认为娄真人和张道士是骗子吗？

曹雪芹这样写，是因为他早就参透了三教最基本和最根本的主张，我们一点中国哲学都不懂，就拿"《红楼梦》是一部虚构的小说"的基调妄作批判，不是太搞笑了吗？

儒释道三教之间的根本宗旨没有二样，都是让世人不要过多地沉迷于各种欲望，对不同慧根的人用不同的方式分别说法教化，如

《金刚经》上所说的"一切圣贤皆以无为法而有差别"。

何以有差别？圣人以为人的慧根（不是智商，是对某种思想的契合感和领悟性）不同，不可一概说教，否则枉费工夫，所以才要分别说法。

我们谈《红楼梦》也好，谈曹雪芹对儒释道的理解和打通也好，要下功夫，深入理解《红楼梦》文字中一些看似表面的描写，不要认为我们能很容易地看透曹雪芹，我们没有那个能力。

这个问题，实际上关系着《红楼梦》对我们个人生活的意义。

我们一开始就说了阅读《红楼梦》可以提高我们的审美能力，那么，除此之外，对我们的人生有没有指导意义呢？

这个问题要从《红楼梦》到底讲什么谈起。实际上，这个问题可以换一种说法：曹雪芹在北京时思想的变化是怎样的？

我们知道，曹雪芹的《红楼梦》是从他原先的《风月宝鉴》基础上转化、提升而来的，那么，曹雪芹为什么要做这样的转化呢？

我们北京作协原来的党组书记赵金九老师就曾说，"我就是喜欢《红楼梦》，我不是红学家，我就是想问一句：曹雪芹为什么写《红楼梦》？"

当然，怎么解释的都有，但是以我们从西方引进的文学理论是解释不了的。我把个人的理解给大家简单汇报一下。

我认为，曹雪芹之所以作《红楼梦》，是因为他通过读书、生活，自己的思想境界得到了提升，对人生意义和生活方式进行了思考，人生到底是什么，人生应该用一种什么态度去对待？

之所以采取了小说这样的体裁，是因为曹雪芹要做最广大的关照，给普通人布道。所以，我说曹雪芹是大思想家。

大家可以关注《红楼梦》中对儒释道三教原典的态度。这个问题我有专文，将来如果发表出来，大家可以看一下，总体意思是说，《红楼梦》打通了儒释道三教关于清净、无为的思想认同。

简单地说，《红楼梦》的传播和研究是以北京作为中心开始的，北京为《红楼梦》的创作、传播、研究做出了突出的贡献，北京的名字是与《红楼梦》联系在一起的。

六、曹雪芹的交游和《红楼梦》的传播与批评

1. 关于曹雪芹的交游和《红楼梦》的传播与批评

习总书记在全国文艺座谈会上也曾讲到，曹雪芹写《红楼梦》用了十年之功，经反复修改，才打磨出这样一部书来。那么，是用了哪十年呢？

我们知道，早期的本子上有一句"至脂砚斋甲戌抄阅再评，仍用《石头记》"，明义、永忠都说曹雪芹活在乾隆中叶之前，则此"甲戌"当为乾隆甲戌，即乾隆十九年（1754）。

关于这个"再评"，有两种说法：一种说法，脂砚斋原来有初评，至乾隆十九年再评；再一种说法，曹雪芹的《红楼梦》在还没有完全写完时，友人就去抄阅批评了，脂砚斋称他们为"诸公"，脂砚斋的"再评"，是针对诸公原先的评论而言的，故将自己批评

的《红楼梦》称为《脂砚斋重评石头记》。

我个人是比较倾向于后者的。如果以乾隆十九年抄阅再评为基点,那么,曹雪芹应该是在乾隆十八年写完《红楼梦》的,那《红楼梦》开笔就应该在乾隆九年。

关于《红楼梦》的传播和批评涉及一个很有意思的话题,就是乾隆二十四年的"己卯本"《脂砚斋重评石头记》。

这个"己卯本"很有意思,当然,乾隆二十四年曹雪芹还活着,我认为这个己卯本是真正最早期的抄本之一。

这个本子避几个人的讳,一个避康熙"玄烨"的"玄"字,还避老怡亲王"胤祥"的"祥"字,还避小怡亲王"弘晓"的"晓"字。

不避讳或者避讳不严格,很好理解,因为除了国讳外,私人避讳没有那么严格。但是,只要避讳,尤其是还避到私讳(私讳就是写字的时候回避父母、领导的名字,一般避其中的一个字),如果真的没法避,也有不避的。《红楼梦》中写黛玉写"敏"少一笔,或者写作"密",就是避她的妈妈"贾敏"的讳,避私讳则一定说明,抄录者与被避讳者之间存在不可分割的重要关系。所以从"己卯本"的避讳来说,学界普通认同,这个本子是从怡王府出来的。

曹家与怡王府的关系,雍正在曹頫奏折朱批里说得很明白,胤祥很疼爱曹頫,让曹頫不要怕任何人,有事找胤祥。那么,现在结合"己卯本",可知曹雪芹与弘晓等人都保持了相当亲密的关系。

另外,《红楼梦》早期的几位披阅者有脂砚斋、畸笏叟等人,现在普遍认为畸笏叟就是曹雪芹的叔叔曹頫,但是,脂砚斋是谁大家还不清楚。有两个人我们没有把他们纳入研究视野,但是,现在看起来，他们都很重要。一个是翰林院侍讲学士昌龄，是曹雪芹的表叔（曹雪芹的姑奶奶嫁的是昌龄的父亲傅鼐），曹雪芹爷爷的很多书都转移到了昌龄家。

曹家被抄家之前，雍正说曹家转移家产。很多红学家说不可能，这是雍正的诬蔑。实际上，这一点是事实，当时的善本书很贵，有的书价值数十两，甚至上百两银子。既然善本书都被转移了，其他东西为什么不可以转移？

另一个是李鼎，也就是李煦的儿子，曹雪芹的表叔，他当时也在北京。

我们以前没怎么注意和考察过李鼎——皮述民对李鼎的研究是另外一个路子，不管是缺乏材料也好，还是因为我们觉得他家被抄家以后他就没有了影响力也好，但是这个人是很重要的。脂批"俺先姊仙逝太早"一条，现在已经可以证明作批者不是曹頫，以前怀疑批语为曹頫所作是错误的，现在看来，这条批语的批者很可能就是李鼎，因此，将来至少要把李鼎、李鼐兄弟，包括李煦的其他兄弟家族、李煦女婿黄阿琳家族纳入曹雪芹交游的研究视野中来。

另外，这里要谈到红稻米。我们知道，康熙皇帝当年曾经在丰泽园培育出一种红稻米，《红楼梦》写到贾母喝的红稻米粥用的就是这种米。这种米曹雪芹家族曾经帮助皇帝在南方推广过，北京六郎庄、玉泉山一带也有过种植，历来是贡米。现在京西稻是北京入选国家重要农业文化遗产的品种，将来海淀区还要在玉泉山一带恢复一部分红稻米的种植，将来大家有可能看到。

这种米曹家是有接触的，但是特别好玩的是什么呢？就是曹雪

芹的朋友里面，除了亲戚之外，可能还有一些朋友是南方人，为什么说有可能呢？

在乌庄头进献单上"御田胭脂米"那个地方，有一则批语"《在园杂志》曾有此说"。

查《在园杂志》，其所载"红稻米"事说的是热河，这说明什么？这说明做批者并不了解北京与红稻米的关系，也不了解曹家曾经在南方推广过红稻米。所以，很明显做批者第一不是上层的旗人，第二对曹家的历史并不是很熟悉。

我近些年看到一些材料，曹雪芹回到北京之后，不光跟旗人的朋友有来往，跟汉族某些高层知识分子也有一些交往，当然，这种交往可能是通过某些高层的旗人或者知识分子进行的，那么，这些汉族知识分子中有可能也有《红楼梦》较早的阅读者和评论者。

2. 曹雪芹的最后十年与《废艺斋集稿》《红楼梦》的传播

我们知道，曹雪芹是在四十八岁去世的，三十八岁的时候《红楼梦》已经写完了。那么，他的后十年在做什么呢？

或者，我们换一种问法。我们一直都非常关注的一个问题是：《红楼梦》为什么早期的本子只有八十回？为什么传抄出来的本子没有一回是八十回之后的，曹雪芹不是明明说《红楼梦》写完了，都已经"纂成目录，分出章回"了吗？

这就涉及现在学术界争议性很大的一个问题：曹雪芹的《红楼梦》到底有多少回，为什么早期流传的只有八十回？

关于《红楼梦》的回数，周汝昌先生说曹雪芹仿照"水浒一百单八将"的写作模式，做了一百零八回，有的人说有一百一十回，不过，多数人认为是一百二十回，那么，到底是多少回呢？

我认为，应该是一百二十回。为什么是一百二十回？

乾隆五十六年的"程高本"序言中说，社会上流传的本子有的有一百二十回的目录。

很多人说，这是程高说谎，但是，没有证据证明程高说谎。另一方面，周春的《阅红楼梦随笔》中有这样一段记录：

乾隆庚戌秋，杨畹耕语余云："雁隅以重价购钞本两部：一为《石头记》，八十回；一为《红楼梦》，一百廿回，微有异同……"

乾隆庚戌，即乾隆五十五年（1790）。两个本子一个八十回，一个一百二十回，"微有异同"，那就说明有一个本子有一百二十回的目录，而没有后四十回的内容，否则二书就不是"微有异同"了。

所以，现在学界普遍认为，在"程高本"出现之前，有的《红楼梦》本子上有一百二十回的目录，这一点学界争议不大。

为什么所有流传的早期本子都只有前八十回，没有八十回之后的文字，哪怕是只有某一回呢？

很可能的一种情况是，曹雪芹《红楼梦》后四十回的文字根本就没有真正在社会上，包括在曹雪芹的亲友之间流传过，那么，造成这种现象的原因是什么呢？

可能有两个原因：第一，曹雪芹对《红楼梦》后四十回的结局一直没有一个满意的处理。王蒙先生说，越好的长篇小说到后面结局时就越难处理，所以，一种可能是曹雪芹对《红楼梦》后四十回一直不是特别满意，没有拿出来，这是大小说家的通病；第二，就是跟《废艺斋集稿》的关系比较大。

《废艺斋集稿》这本书在学术界争议比较大，但是，现在能够证明这部书第二卷《南鹞北鸢考工志》的曹雪芹自序的双钩文字与曹雪芹纪念馆题壁诗中的文字、与题"芹溪处士"款的书箱盖后墨迹出自同一人之手，因此，我个人认为，这本书很可能是曹雪芹的，问题不太大。

那么，《废艺斋集稿》这部书里谈到什么呢？

曹雪芹在《红楼梦》刚刚写完之时，他的一个朋友因家里人多，又没有生意谋生，无法糊口，来找曹雪芹帮忙。晚上，两人聊天，谈到一些有钱人买风筝，好的风筝很贵，可达十数两银子。曹雪芹正好会做，就帮朋友做了几个，卖了很多钱。

曹雪芹为此很感慨：一是社会贫富差距大，很多人没有饭吃，很可怜；二是没有想到，知识分子会的一些手艺可以帮助他们谋生。曹雪芹就有一个将自己所知道的手工艺集合起来、帮助残疾人谋生的想法，也就慢慢促成了《废艺斋集稿》这本书。

这本书已经找不到了，在抗战晚期被日本人掠走了，当时很多人见过这本书、抄录过这本书。现在，据《南鹞北鸢考工志》记载复制的曹氏风筝工艺被列为国家级非遗项目，在国际上非常有名。

那么，我个人有一个推测，很有可能是因为《废艺斋集稿》的整理问题，曹雪芹没有把过多的精力放在《红楼梦》后四十回的整理上。

此外，我们还是要考虑曹雪芹的生活状态，他不是职业作家，他得交游，他有亲戚。

在《红楼梦》写就以后的十年，除了《废艺斋集稿》和照顾儿子之外，曹雪芹又一件大事就是再婚。

因为曹雪芹第一位太太去世得比较早，第二位太太我们知道的也不多。光绪时期，齐白石在陕西布政使樊增祥的幕中，有旗人朋友告诉他，曹雪芹后来娶了寡居的表妹为妻。

这里面有一个很有意思的现象：在红学家没有关注曹雪芹与《红楼梦》的关系之前，关于曹雪芹著《红楼梦》、关于曹雪芹是曹寅的孙子、关于曹雪芹娶亲、居所的很多传说，都是一些旗人传出来的。

后来发现一个书箱，落款乾隆二十五年，盖子上镌着"并蒂花成瑞，同心友谊真"的文字。如果去曹雪芹纪念馆，可以看到这对箱子的复制品。王世襄先生曾鉴定过，学界推测是曹雪芹再婚时置办的。

再婚、编纂《废艺斋集稿》、教育儿子、跟朋友串门、喝酒这些事总算起来，得占曹雪芹多少时间呀。

当然，曹雪芹也没有预计到自己会突然离世。乾隆二十八年中秋，曹雪芹唯一的儿子死了，这给曹雪芹以极大的打击。

周汝昌先生推测，曹雪芹的儿子死于天花，为什么说死于天花呢？因为当时城里天花大暴发。但是，香山地区早期民间传说称，曹雪芹的儿子死于一种叫作"白喉"的传染病。

在儿子死后不久,乾隆二十八年的除夕曹雪芹去世了。他死后,朋友中很多人写诗悼念他,其中有一句"前数月,伊子殇,因感伤成疾"就道明了曹雪芹的死因,跟他儿子的死有很大的关系。

曹雪芹虽然对人生看透了,但是看得开与放得下毕竟不同。曹雪芹去世时年龄现在看来很年轻,但在那个时代也不算很年轻,他的表哥、铁帽子王福彭四十多岁就去世了;他喝酒也比较多,伤身比较厉害,在多重打击下,溘然而逝也就是理所应当的事情了。

第三讲

《红楼梦》中与批评中的"世家"意识

一、引言:"世家观念"是《红楼梦》解读的重要视角之一

在《红楼梦》的早期传播中,《红楼梦》的读者、批评者主要为曹雪芹的满洲与旗下亲友,他们对《红楼梦》的文学技法的批评,对曹雪芹家族、个人历史与《红楼梦》创作关系的评点早已受到学界的重视。但是,他们对《红楼梦》描写及披阅中关于《红楼梦》主题的叙述与解读、对世家没落的感慨,却被有意无意地视为没落的封建意识或消极的色空观,被学界予以了回避或者做了轻描淡写的处理。

实际上,不管是曹雪芹生活时代的乾隆皇帝也好,曹雪芹身后的慈禧太后也好,包括其他一些满蒙王公和汉人大臣,由于其身份、阶层、意识等方面的原因,他们在看待《红楼梦》时,一定不是按照《红楼梦》的"人民性"进行阅读的,那么,是什么吸引了他们对《红楼梦》的关注和解读呢?

仅仅因为《红楼梦》宏阔的社会场景、丰富的社会知识、高妙的文学技法吗？

固然，其中有不少人只沉醉于《红楼梦》文学技法的高妙、社会知识的宏阔、儿女真情的流露……

为什么诸多清朝的皇室成员、王爷、宗室如永忠、淳颖、塔旺布里甲拉（蒙古第八代札萨克亲王）、慈禧太后等在读《红楼梦》时往往容易产生共鸣呢？末代礼王毓鋆甚至说："曹雪芹写的《红楼梦》，写的就是礼王府的事。"①

回答这些问题，对理解曹雪芹其人、理解曹雪芹对《红楼梦》的塑造主旨和《红楼梦》的丰富内涵无疑都是极具价值的。

1927 年 1 月 14 日，鲁迅作《〈绛洞花主〉小引》，云：

> 《红楼梦》……命意，就因读者的眼光而有种种：经学家看见《易》，道学家看见淫，才子看见缠绵，革命家看见排满，流言家看见宫闱秘事……②

指出不同读者因为"眼光"（学养、视角）不同，对《红楼梦》的主题（"命意"）解读不同。

虽然不同家庭背景、教育背景、知识层次、社会阅历的读者，看《红楼梦》时，各自看出截然不同的意味来，固然有某人借他人之酒浇自己块垒的原因，但作品本身多层面的内涵，则是本来存在

---

① 许仁图. 一代大儒爱新觉罗·毓鋆[M]. 上海：上海三联书店，2014.
② 鲁迅. 鲁迅全集·集外集拾遗补编·《绛洞花主》小引[M]. 北京：人民文学出版社，2005.

的事实。

因此,在关于《红楼梦》的主题和视角研究中,如果强调某一点时,就应该对某些不同或者"看似相左"的视角给予重视和尊重。

《红楼梦》有着浓厚的"人民性"意识,但是在对《红楼梦》的相关描写与批语进行多方面的解读时,我们也发现《红楼梦》中包含了浓重的"世家意识"。

所谓"世家",见于《孟子·滕文公下》:"仲子,齐之世家也。"《汉书·食货志下》:"世家子弟富人,或斗鸡、走狗马、弋猎、博戏,乱齐民。"颜师古注引如淳曰:"世家,谓世世有禄秩家也。"后泛指世代显贵的家族或大家。

笔者所谓的世家观念即世代为官的意思,非常规意义上的包衣世家、诗书世家之类。

探求曹雪芹的"自我身份认同",解读《红楼梦》描写与批语中的"世家意识",对真正理解《红楼梦》的主题思想和《红楼梦》的个性,都有重要的参考意义。

二、关于曹雪芹的"自我身份认同"

1. 内务府包衣的身份和家族江南世代为官的经历造就曹雪芹"世家"的身份、心态、生活方式

曹雪芹家族的身份,无疑属于内务府正白旗汉人。

作为内务府的包衣,曹雪芹与他的祖上一样,是旗下奴才的身份,在法律上来说,地位是至贱的。

但是,需要注意的是,曹雪芹家族的奴才身份"更多地"是相对于"皇帝个人"而言的,而不是(表面看来的那般)相对于诸多自由民而言的。

就内务府包衣与皇帝的关系、他们得以享受的实际利益而言,在社会大众包括诸多旗人看来,曹雪芹家族是满洲人、是旗人、是汉军、是世家、是上层……

《红楼梦》第四十五回《金兰契互剖金兰语 风雨夕闷制风雨词》中,赖嬷嬷向孙子赖尚荣训话一段,向来被视为曹雪芹对曹家奴才身份和自我对奴才身份的不满写下的泣血自述,但是,大家忽略了这段话出现的场景,即赖嬷嬷说这段话时的对象并非赖尚荣,而是王熙凤与李纨这两个家主,难道赖嬷嬷是要向主子表达对自己奴才身份的不满吗?再结合其中具体场景、语言描写来看,就更容易看到赖嬷嬷说这段话的心情和目的了:

赖嬷嬷向炕沿上坐了,笑道:"我也喜,主子们也喜。若不是主子们的恩典,我们这喜从何来?"

又云:

我说:"哥哥儿,你别说你是官儿了,横行霸道的!你今年活了三十岁,虽然是人家的奴才,一落娘胎胞,主子恩典,放你出来,上托着主子的洪福,下托着你老子娘,也是公子哥儿似的读书认字,也是丫头、老婆、奶子捧凤凰似的。长了这么大,你那里知道那'奴才'两字是怎么写的!只知道享福,也不知道你爷爷和你老子受的那苦恼,熬了两三辈子,好容易挣出你这么个东西来。从小儿三灾八难,花的银子也照样打出你这么个银人儿来了。到二十岁上,又蒙主子的恩典,许你捐个前程在身上。你看那正根正苗的忍饥挨饿的要多少?你一个奴才秧子,仔细折了福!如今乐了十年,不知怎么弄神弄鬼的,求了主子,又选了出来。州县官儿虽小,事情却大,为那一州的州官,就是那一方的父母。你不安分守己,尽忠报国,孝敬主子,只怕天也不容你。"①

作为奴才,赖尚荣"一落娘胎胞,主子恩典,放你出来,上托着主子的洪福,下托着你老子娘,也是公子哥儿似的读书认字,也是丫头、老婆、奶子捧凤凰似的,长了这么大""从小儿三灾八难,花的银子也照样打出你这么个银人儿来了""你看那正根正苗的忍饥挨饿的要多少"?这哪里是抱屈,这简直是夸耀,而"你那里知道那'奴才'两字是怎么写的!只知道享福,也不知道你爷爷和你老子受的那苦恼",也不过是说,奴才与主子的关系在战争年代是何等的亲密罢了!

"安分守己,尽忠报国,孝敬主子"是旗人的道理,也是曹家人的心理,而这种心理是非旗人难懂的——笔者与部分旗人后裔聊

---

① 黄霖. 脂砚斋评批《红楼梦》[M]. 济南:齐鲁书社,1994.

天时也证实了这一点。

正是因为如此,我们在看曹寅、李煦等人的行为时,往往看到的是志得意满。当然,在面对亏空和政治的时候,他们也会心生恐惧,但这种恐惧是守法官员、明白官员同有的,并非旗人包衣才有,不得将其作为包衣意识的反映看待。

曹家三代四人前后任织造近60年,名声显赫,家族又有傅鼐、纳尔苏(平郡王)、某满洲王子等一干满洲上层亲戚,在时人眼中,尤其是在曹雪芹的交游圈子看来,曹雪芹固为世家子弟也。

纳兰性德在《楝亭图》第一卷所做跋语《曹司空手植楝树记》中写道:

> 余谓子清:"……今我国家重世臣,异日者子清奉简书乘传而出,安知不建牙南服,踵武司空。"

可知,纳兰是将曹寅视作国家"世臣"的。世臣就是世家。

关于这一点,著名女真学、满学家金启孮先生(荣亲王永琪七世孙、西林太清五世孙)也曾予以指出:

> 《红楼梦》一书……原因就是不和宫廷接近的人,写不出这样反映贵族生活的巨著。我们只要熟悉清代的王府生活和八旗世家生活习惯,再拿《红楼梦》与《儿女英雄传》二书做一比较,就会发现原本汉人的曹雪芹笔下的《红楼梦》比满族文康笔下的《儿女英雄传》所描写的语言、风俗,更接近于清代

王府，原因是曹家在康熙朝已跻身于当代王府之列，交往既密，处处模拟王府……不但与各府联姻，在一般人心目中，简直与各府相同，绝非一般满族世家所能比拟。①

2. 平郡王府为首的京师亲友的显贵身份与曹氏家族的交往对曹雪芹京师生活及其"世家意识"的影响

有人认为，曹雪芹叔父曹𫖯回京之后枷号，直到乾隆即位方得释放，故曹雪芹的京师生活应该异常难过，导致其对政府和社会的不满。

实际上，这种分析和叙述严重脱离了作为旗人的曹雪芹家族的实际情况。

先不论作为旗人曹家固有的收入，从江南积累和转移的家产（曹雪芹祖父曹寅积累的价值不菲的大量善本藏书多转移到表叔昌龄家，市面上仍旧时见），仅就曹家与清初"八大铁帽子王"之一的平郡王府的关系，曹雪芹的京师生活也不至于沦落到衣食不继的境地——雍正十年，有老平郡王纳尔苏、平郡王福彭"敲诈"继曹家为江宁织造隋赫德银两案（隋赫德革职回京，将官赏曹家江南家产出售）。

在论及曹雪芹的京师生活时，学界多少会注意到曹雪芹与平郡王府的关系，考虑到纳尔苏、福彭的因素②。不过限于资料，对曹

---

① 金适金. 金启孮先生的《红楼梦》研究 [M]// 周汝昌. 五洲红楼. 北京：东方出版社，2013.

② 戴逸有. 曹雪芹与平郡王福彭 [J]. 燕都，1990（1）：10-11.
胡文彬. 福彭与《红楼梦》[J]. 咸阳师范学院学报，2007，22（3）：73-79.

雪芹姑母曹氏的关注相对就少得多。

之所以出现这种情况,或者与一句脂批描写和相应判断有关。

《红楼梦》第十七至十八回《大观园试才题对额　荣国府归省庆元宵》中写元妃省亲,叙元妃未入宫前教导宝玉事,云:"那宝玉未入学堂之先,三四岁时,已得贾妃手引口传,教授了几本书、数千字在腹内了。"① "庚辰本"侧批云:

批书人领过此教,故批至此竟放声大哭,俺先姊仙逝太早,不然余何得为废人耶?

此批没有落款。因曹雪芹大姑母曹氏嫁平郡王纳尔苏,曹雪芹叔父曹頫幼年在江宁织造府生活,据此判断,以元妃教导宝玉事给做批人造成的巨大情感冲击,此做批者当为曹頫;相应的,曹氏应该去世较早,失去了曹氏的平郡王府并没有给回京后的曹雪芹太多照顾。

实际上,曹氏去世颇晚,亲眼目睹了曹雪芹回京后相当时段的生活。《清高宗实录》卷三三五"乾隆十四年二月丁酉"条下载:

礼部议奏:"故多罗平郡王福彭遗表称:'臣父平郡王讷尔苏以罪革爵,殁后蒙恩以王礼治丧赐谥。臣母曹氏,未复原封,孝贤皇后大事,不与哭临,臣心隐痛,恳恩赏复。'所请无例可

---

① 黄霖. 脂砚斋评批《红楼梦》[M]. 济南:齐鲁书社,1994.

援。"得旨:"如所请行。"

按,孝贤皇后大事指乾隆原配皇后富察氏逝世、尸身回京举办丧礼等事。

乾隆十三年(1748)三月十一日,富察皇后卒于德州,三月十七日,灵柩到京,文武官员及公主、王妃以下大臣、官员命妇,内府佐领、管领下妇女分班齐集,缟服跪迎。

雍正四年(1726),平郡王纳尔苏坐贪婪削爵(爵位由曹氏长子福彭袭),曹氏王妃封号亦被剥夺,故而,孝贤皇后大丧,"不与哭临"。故至乾隆十三年十一月十三日,福彭去世前上奏,为母亲恢复封号一事奏闻。

这就说明,至晚至乾隆十三年三四月间,曹雪芹姑母曹氏仍在。其时,她应该已近六旬,曹雪芹业已三十四虚岁。

作为曹寅的大女儿、李氏的女儿、曹頫的姐姐、曹雪芹的亲姑母,若说在曹雪芹家族回京后,曹氏没有给予家族应有的照顾,以至于曹雪芹回京后生活境遇接近普通旗人,似乎是说不通的。因此,曹氏似应"特别"纳入曹雪芹生平的研究中。

那么,曹雪芹另一嫁给满洲王子的姑母及其家族也应该纳入曹雪芹生平的研究中,至少在我们的曹雪芹研究中占有"一席之地"。

在自家、亲戚都是世家大族的情况下,在与社会各界交往时,曹雪芹的心理意识恐怕不是"包衣意识",或者至少不仅是"包衣意识",自觉不自觉的"世家意识"在他的头脑中应该占有相当的分量。

3. 从曹雪芹与敦氏兄弟交游，看曹雪芹意识中的"世家"情结

基于曹雪芹的家族历史与亲友交往，使得他在交往中被世人视为"世家子弟"，这种认知在曹雪芹家族意识中也应在某种程度上有意或无意地存在着，并影响到曹雪芹的交游、表现与思想。我们看敦诚《寄怀曹雪芹霑》：

>当时虎门数晨夕，西窗剪烛风雨昏。
>接䍦倒著容君傲，高谈雄辩虱手扪。①

以前解读这几句诗更多感受到的是曹雪芹与敦氏兄弟的友谊、曹雪芹狂傲的个性与超众的才分，但是，如果曹雪芹家族没有过辉煌的历史、没有一干满洲上层的至亲，仅凭狂傲的个性和极高的才分，曹雪芹敢在右翼宗学这种专门教授皇族子弟的地方如此行为吗？

须知，清代旗人最重主、奴身份，敦氏兄弟固然欣赏曹雪芹的才分与个性，但是，曹雪芹依仗的恐怕不仅仅是友人间的无猜与宽容，"傲骨如君世已奇"背后隐藏的是家族的历史与现实的身份（尤其是在他人眼中看来的身份），也就是所谓的"世家意识"。

正是因为有这样的"世家意识"，曹雪芹对家族的历史、对朝廷的态度都很难说是有揭露和反对意味的。

---

① 敦诚《寄怀曹雪芹霑》，选自《四松堂集》抄本。

三、《红楼梦》叙述中的"世家意识"

由于有着强烈的"世家意识",加之对"世家情形"(包括家族历史)极其熟悉,在《红楼梦》的描写中,"世家情结"和"世家情形"时常自觉不自觉地流露出来。如《红楼梦》第二回《贾夫人仙逝扬州城　冷子兴演说荣国府》中写道:

次子贾政,自幼酷喜读书,祖父最疼,原欲以科甲出身的,不料代善临终时遗本一上,皇上因恤先臣,即时令长子袭官外,问还有几子,立刻引见,遂额外赐了这政老爹一个主事之衔,令其入部习学,如今现已升了员外郎了。

"甲戌本"旁批云:"嫡真实事,非妄拟也。"

我们知道,曹頫是以"内务府主事"身份出任江宁织造,后升任员外郎的。脂批告诉我们,贾政的这段经历来自现实中的曹頫。

我们再来比较,现实中的曹頫与作品中的贾政,可以看出有一定相似度,如自幼酷喜读书、祖父最爱、忠厚老实等。

当然,我们不是说《红楼梦》中的贾政就是现实中曹雪芹的叔叔曹頫,但是这样的相似性和亲友指出的对应关系还是值得我们去思考,曹雪芹对待政府和家族的历史到底是什么态度,何以如此?

又如,《红楼梦》第五回《幻境指迷十二钗　饮仙醪曲演红楼梦》中写道:

偶遇宁荣二公之灵，嘱吾云："吾家自国朝定鼎以来，功名奕世，富贵传流，虽历百年，奈运终数尽，不可挽回者。故遗之子孙虽多，竟无可以继业。"

此处"甲戌本"旁批作："这是作者真正一把眼泪。"

又如，曹雪芹经历了曹家江南十三年的历史，对大家族的各种实际弊病有过切实的感受与反思，故而《红楼梦》第七十一回到第八十回写贾府的败落原因真实可信。金启孮先生即认为，此处系《红楼梦》的最高成就之一。

这十回是清代最早的府邸世家兴衰破败的典型写照。"自杀自灭"——由于主人的矛盾，仆人也分成若干集团；而各集团的仆人，也随着主人出面相斗。以及在府中大开赌局，在府外偷娶偏房。这种败家的先兆，写得实在太精彩了。非亲身经历者，说不出，写不出，也看不出来。

必须声明的是，我们并不是说《红楼梦》全书众多关于宁、荣二府的描写都取材于曹家，但是，曹雪芹"世家子"的身份和深存内心的"世家意识"在他观察、听闻、写作相关问题时起到了重要的作用，使得他对这样世家生活的描写自然而成，生动真实，不至于笔阻墨滞。同时，这种"世家意识"和"世家情结"促使众多王公贵族对《红楼梦》产生了亲切感，引发了《红楼梦》最早在京师上层的流传与批评。

四、《红楼梦》真实细腻的"世家景象"描写促使其在上层的传播

我们知道,《红楼梦》最早在曹雪芹的亲友间传播,并由他们传播到各自的亲友中去。

曹雪芹的亲友,目前我们所知的有福彭家族,曹颀、曹頫兄弟(或者还有李鼎、李鼐兄弟),昌龄家族,弘晓家族,明琳、明义兄弟及家族,敦氏兄弟及家族,墨香,等等。永忠《因墨香得观〈红楼梦〉小说,吊雪芹三绝句》,第一首云:

> 传神文笔足千秋,不是情人不泪流。
> 可恨同时不相识,几回掩卷哭曹侯。

永忠,系康熙十四子允禵之孙,也是曹雪芹友人敦诚、敦敏的友人,其人虽然没有见过曹雪芹,但是他在看到《红楼梦》时,"几回掩卷哭曹侯"。

单纯从诗作的起势来说,似乎是被曹雪芹"足千秋"的"传神文笔"所感动,但是该诗的第三首就透漏了他内心真正的底,云:

> 都来眼底复心头,辛苦才人用意搜。
> 混沌一时七窍凿,争教天下赋穷愁!

"都来眼底复心头,辛苦才人用意搜"两句是说,曹雪芹用意搜求《红楼梦》中的相关素材,故其描写细腻可信,使得永忠读来有"都来眼底复心头"的感受。

实际上,对《红楼梦》中大家族真切描写的认同和感慨,不独永忠有,早期《红楼梦》阅读者和传播者亦多有之。睿亲王淳颖《读〈石头记〉偶成》即云:"满纸喁喁语不休,英雄血泪几难收。"① 金启孮先生亦言,青少年时期就开始对《红楼梦》感兴趣,就是因为书中所描写的生活与自己接触的清代王公世家非常相似。而这种描写的成功促使《红楼梦》在上层迅速传播。

在清代的皇室和宗室王公中,不少人都看过《红楼梦》,如乾隆说《红楼梦》写的明珠家事;明义以为,书中所写部分来自织造府,盖系从家族、人物等方面而言的。满洲王公中,弘晓家族藏有《石头记》,平郡王府、礼王府是否藏有《石头记》不得而知,但以家族关系、曹雪芹另一著述《废艺斋集稿》的流传情况而言,似应有之;奕绘家族也藏有《石头记》,奕绘还曾作《戏题曹雪芹〈石头记〉》,直指曹雪芹即《红楼梦》的作者,奕绘的女婿蒙古赛音诺颜札萨克超勇亲王车登巴咱尔(车王府曲本收藏者,居北京)家中亦藏有《石头记》(至晚为道光年间抄本);塔旺布鲁克札勒(塔王)曾购《石头记》抄本于琉璃厂书肆并家族宝之,至1960年,经政府相关部门反复动员,塔王夫妇才将这个本子捐献给国家图书馆。

---

① 胡小伟. 一首新发现的早期题红诗:睿恭亲王淳颖《读〈石头记〉偶成》诗考析[M]//《红楼梦研究集刊》(第十四辑). 上海:上海古籍出版社,1989.

可见，除了高明的文笔、丰富的内涵等诸多因素外，《红楼梦》"多角度"的描写，也是其成功的诸多原因之一，以至于很多不同身份、层次、经历的"知识人"，尤其是早期京师上层，都能够从中找到自己的"影子"，并引发认同与感慨，引发《红楼梦》在不同层次的传播。

五、早期"批语"中对《红楼梦》"世家"观念的关注

《红楼梦》中对"世家"礼仪、风俗的描写，对大家族没落情形的描写，也受到"评批者"的赞赏，试举几例。

1. 关于贾府衰相的感叹

《红楼梦》第二回《贾夫人仙逝扬州城　冷子兴演说荣国府》中云：

> 冷子兴笑道："……如今生齿日繁，事务日盛，主仆上下，安富尊荣者尽多，运筹谋画者无一；其日用排场费用，又不能将就省俭，如今外面的架子虽未甚倒，内囊却也尽上来了。这还是小事。更有一件大事：谁知这样钟鸣鼎食之家，翰墨诗书之族，如今的儿孙，竟一代不如一代了！"

此处脂批数条,如下:

甲旁批:"二语乃今古富贵世家之大病。"①

甲旁批:"'甚'字好!盖已半倒矣。"

甲旁批:"两句写出荣府。"

甲眉:"文是极好之文,理是必有之理,话则极痛极悲之话。"

蒙旁批:"世家兴败,寄口与人,诚可悲夫!"

这些批语不仅从文学技法方面、作品写作的真实度方面给予作品以高度评价,同时还用一句"世家兴败,寄口与人,诚可悲夫"的感慨,流露出批者的家庭素养与读书时的感慨。

2. 关于皇帝南巡花费的感慨

元妃省亲原型来自康熙皇帝六次南巡江浙的历史事实,这已经是众所周知的事情,但是相关的几句脂批值得注意。

《红楼梦》第十六回《贾元春才选凤藻宫 秦鲸卿夭逝黄泉路》中,赵嬷嬷道:

告诉奶奶一句话,也不过是拿着皇帝家的银子往皇帝身上使罢了!谁家有那些钱买这个虚热闹去?

夹批:"最要紧语。人苦不自知。能作是语者吾未尝见。"

旁批:"是不忘本之言。"

众所周知,康熙皇帝最后四次南巡江浙,曹寅、李煦因系接驾

---

① 关于脂批名称的称呼,本文俱遵从学界常规。

事宜重要执行者而轮管十年两淮巡盐,以巡盐御史每年五十余万两白银羡余作为接驾及相关费用。

《红楼梦》中元妃省亲,赵嬷嬷一句"也不过是拿着皇帝家的银子往皇帝身上使罢了"和旁批"是不忘本之言",反映了曹雪芹对当年曹家辉煌的回忆,以及对家族在皇帝南巡活动中扮演角色的态度,也反映了批评者对曹雪芹此种描写的认同。

3. 关于宁府礼仪

《红楼梦》第三回《贾雨村夤缘复旧职　林黛玉抛父进京都》中,曹雪芹写世家礼仪颇为细腻,而批者于此多有共鸣,随时加批。

写林黛玉见贾母:

于是,三四人争着打起帘笼,一面听得人回话:"林姑娘到了。"

甲眉批:"此书得力处,全是此等地方,所谓'颊上三毫'也。"

贾珠之妻李氏捧饭,熙凤安箸,王夫人进羹……外间伺候之媳妇丫鬟虽多,却连一声咳嗽不闻。寂然饭毕,各有丫鬟用小茶盘捧上茶来。

蒙旁批:"大人家规矩礼法。"
蒙旁批:"作者非身履其境过,不能如此细密完足。"

书中又写:

今黛玉见了这里许多事情不合家中之式,不得不随的,少不得一一改过来。

蒙旁批:"幼儿学、壮而行者,常情有不得已行权达变,多至于失手者,亦千古用慨,诚可悲夫。"

写贾母将伺候自己的得力丫鬟袭人转给宝玉,云:

贾母因溺爱宝玉,生恐宝玉之婢无竭力尽忠之人,素喜袭人心地纯良,克尽职任,遂与了宝玉。

蒙旁批:"贾母爱孙,锡以善人,此诚为能爱人者,非世俗之爱也。"

写袭人云:

这袭人亦有些痴处:服侍贾母时,心中眼中只有一个贾母;如今服侍宝玉,心中眼中又只有一个宝玉。只因宝玉性情乖僻,每每规谏宝玉不听,心中着实忧郁。

蒙旁批:"世人有职任的,能如袭人,则天下幸甚。"

由《红楼梦》的描写和相关批语,可知作者对于世家大族礼仪的熟悉及批者对曹雪芹这般描写真实性的认同。

4. 关于袭人的一段评价

《红楼梦》第三十四回《情中情因情感妹妹　错里错以错劝哥哥》中，袭人因前宝玉、黛玉在蜂腰桥互诉衷肠，恐生不虞，向王夫人报告情况，请将宝玉移出大观园，写道：

王夫人一闻此言，便合掌念声"阿弥陀佛"，由不得赶着袭人叫了一声"我的儿，亏了你也明白，这话和我的心一样"。

蒙旁批："袭卿之心，所谓'良人所仰望而终身也'。今若此，能不痛哭流涕以成此语。"

袭人又云：

二爷将来倘或有人说好，不过大家直过没事；若要叫人说出一个不好字来……二爷一生的声名品行岂不完了，二则太太也难见老爷。俗语又说'君子防不然'，不如这会子防避的为是。

蒙旁批："袭卿爱人以德，竟至如此，字字逼来，不觉令人静听。看官自省，且可阔略戒之。"

袭人告密一段向来为评家所不喜，尤其是喜欢黛玉之人，往往对其行为大加批判。

大家族最重男女之妨。《礼记·内则》云："七年，男女不同席，不共食。"大观园中，唯宝玉为男子，其余尽皆女子，而年龄普遍十四岁上下。这种情形，在社会上看说有违社会通则，史太君、王

夫人心中若没有一丝考虑,成何体统;以袭人性格、身份而言,如不担心发生问题、向王夫人报告,又如何符合曹雪芹对袭人的身份、性格的塑造呢?

当我们理性地看待曹雪芹的描写,回过头看"蒙批"的文字时,只要我们不是用《红楼梦》解放人性、追求自由这样的字眼(这种近现代的社会标准)去衡量这段文字,曹雪芹的道德观与蒙批作者的道德观应该是合榫的。

综上所述,可见《红楼梦》早期抄本描写和批语多写及《红楼梦》中大家族的礼仪、行为、道德真实之情,既能帮助我们从一个侧面理解曹雪芹的意识、身份,也能帮助我们观察曹雪芹亲友的素养、身份等。

六、结语

作为"世家子"的曹雪芹以其特殊的身份活在他的时代,他的思想意识不免受到时代的影响;同样的,也要受到其特殊身份、家族环境,甚至交游情况的影响,这些诸多的"复杂情况"成就了曹雪芹复杂的素养和思想,有意无意地支配到作者的写作,成就了《红楼梦》丰富的内容;反映到《红楼梦》的传播与研究,也就成就了阅读者"复杂"的视角。

没有人否认《红楼梦》的文学性,但是笔者要强调的是,仅局限于《红楼梦》是一部小说,而不去了解《红楼梦》的作者曹雪芹生活的时代、家族、生平、思想、交游等诸多方面，就没有办法深入了解和赏析《红楼梦》。

作为研究者，在考虑《红楼梦》文学性的同时，多方面、深层次地考察其作者的情况，对深入解读和赏析《红楼梦》无疑是大有裨益的。

第四讲

曹雪芹、《红楼梦》与北京

一、《红楼梦》不可企及的价值及其与北京的关系

众所周知，《红楼梦》是中国文学史上最了不起的著作之一。我在曹雪芹纪念馆从事科研工作十二年，有一个很大的感触，《红楼梦》不仅仅是一部文学名著，它更多的是一部文化巨著，是在中国文化史上占据高峰位置的一部作品。

就像鲁迅先生说的，《红楼梦》不一定人人都读过，但是至少都知道这个题目。那么，它是怎样的一部书，或者说它到底伟大在哪里，伟大到什么程度？或者再换一种说法，《红楼梦》在中国文学史、文化史上到底占据一个怎样的位置？

这些问题，历史上有很多经典的评价，那么，现在我向大家推荐两个人和他们的经典论述。

一个是清朝末年著名诗人——曾经做过驻日文化参赞的黄遵宪，他说："《红楼梦》乃开天辟地、从古到今第一部好小说，当

与日月争光,万古不磨者。"他后面的话很有意思:"恨贵邦人不通中语,不能尽其妙也。"

我们一会儿也会谈到《红楼梦》的好处,但是也要注意,在早期的对外文化交流中,《红楼梦》对非汉语圈民众的影响并不大,为什么呢?就如黄遵宪所言的外国人没法真正理解、体验《红楼梦》中特有的那种汉语的含蓄美。

黄遵宪又说,《红楼梦》的文章笔法"宜与《左》《国》《史》《汉》并妙"。我们知道,中国文学史、史学史上有四大经典,即《左传》《战国策》《史记》《汉书》。在黄遵宪看来,《红楼梦》的笔法与四大经典是一样的地位。

那么,另外一位我要跟大家推荐的文化名人就是鲁迅先生。在我们的认知中,鲁迅先生更多地是以革命家、思想家的身份出现的,实际上,我们如果了解红学史或近代小说研究史,就会知道鲁迅先生是中国近代非常著名、非常有学术水准的一位中国小说史研究家、小说家。他对《红楼梦》的评价,历来被视为经典之论。

为什么鲁迅先生评《红楼梦》的言论会被认为是经典之论呢?因为鲁迅先生不仅从自己创作小说的经验来看《红楼梦》,他更从中国小说史的沿革来谈《红楼梦》的价值与地位,这就使得他视野的宽阔、高度超越常人。

大多数读者喜欢《红楼梦》,是因为喜欢它"文章的旖旎和缠绵",也就是说喜欢《红楼梦》无与伦比的语言艺术。但是,鲁迅先生说《红楼梦》的"根本价值"不在这里。那么,它的根本价值在哪里呢?

鲁迅先生说,在于"如实描写,并无讳饰,和从前小说叙好人完全是好，坏人完全是坏的，大不相同，所以其中所叙的人物，都是真的人物"。

什么叫真的人物呢？就是展现了被描写人物真实的方方面面。我们知道，人性是非常复杂的，并不是全好或者全坏。《红楼梦》写每个人物有多个面，给人以真实的感觉，不像之前的《金瓶梅》《三国》《水浒》，人物的性格比较单一。

我们看很多小说，甚至是经典小说、经典名著，可以用一个词、一句话来形容其中一个人的性格；但是，对《红楼梦》中的人物就不能这样做。所以，如果在听到很多人说"《红楼梦》中的某一个人，就是一个什么什么样的人"的时候，我可以负责任地告诉大家，他的这句评价肯定是错的，至少是非常不全面的。因为我们现实中的人，都是很复杂的，《红楼梦》中曹雪芹就"真实"地再现了我们大多数人的这种"复杂"，所以，我们看《红楼梦》中人物的性格既有光明的地方、积极的地方，也有一些比较自私，甚至黑暗的地方，而且每一个人的性格、行为都符合那个人的身份、现实情况。《红楼梦》的这一点，是中国人写人物以来很少能够达到的。

某种程度上来说，到现在中国文学史上也还没有任何作品能跟《红楼梦》相提并论，其关键点也在这个地方。

我不知道大家有没有这样一个经验，看《红楼梦》容易坐下一个病，什么病呢？意思是对某一个电视剧、某一部小说，你会提出写作"合理性"的问题来。看《红楼梦》，你会觉得这个地方是合理的，应该这样；但是，看其他小说或者现在的影视作品，就会觉得这个情节不合理，这个人物表现不合理，这个人物对话不应该这样，等等。

至少我是这样,看影视作品的时候,经常带着批判性的眼光和态度。之所以如此,一个是我是学清史出身,所以关于很多历史知识、历史制度、历史背景,我大约知道,影视剧的某些地方一看就知道不对;再一个,就是读《红楼梦》、研究《红楼梦》的时间长了之后,就会发现《红楼梦》教给你一个人物叙述和描写的合理性,一个人物根据他的身份、环境、对象,应该有怎样的表现。

那么,正是因为这一点,我们说,在中国文学史上也好,文化史上也好,《红楼梦》有这样一个不可企及的价值和高度,所以,我们才说《红楼梦》值得谈。

说《红楼梦》值得谈,不是从我们今天开始的,在《红楼梦》刚一诞生,它就已经迅速风靡京师,人人称赞了。

乾隆五十六年,程伟元、高鹗整理摆印了一百二十回《新镌全部绣像红楼梦》,在其后短短的几年里,风靡京师。当时有一个说法:京师知识分子家庭几乎家置一部《红楼梦》。又有人说,那个时候知识分子见面,"闲谈不说《红楼梦》,读尽诗书也枉然"。可见《红楼梦》的价值。

所以,正是因为《红楼梦》有这样的地位,有这样的价值,我们今天才值得谈《红楼梦》的话题,才值得谈它跟北京的关系。

谈这个问题,我们把它解构成两个大的方面:一个是《红楼梦》的作者与北京的关系,再一个是《红楼梦》这部作品与北京的关系。

因为我们知道,作者的成长、思想的变化、见闻与作品往往在内里上是结合在一起的,所以,我们为了方便讲述,不一定分得那么清楚。

二、曹雪芹及其家族都是北京人

在谈《红楼梦》与北京的关系之前，我们首先要知道《红楼梦》的作者是谁。

很多人可能会说，红学史上不都说了吗，曹雪芹写了《红楼梦》。实际上，问题不是那么简单的，大家如果了解红学史或者了解红学现有前沿，就会知道关于《红楼梦》的作者，有"最终作者""原始作者""第一作者"等说法。

1. 曹雪芹是《红楼梦》的作者

那么，我们目前能够见到的最明确的与《红楼梦》作者同时代的说法，就是富察明义在《题红楼梦》诗序中所说的："曹子雪芹出所撰《红楼梦》一部……盖其先人为江宁织府……余见其抄本焉。"

这条信息是目前所见最早也最直接写及《红楼梦》著作权的第一手信息，是主张《红楼梦》作者他人说者驳不倒的证据——当然这里面还涉及其他很多问题，大家可以参考我的相关文章，这里不细谈了。

2. 曹雪芹系江宁织造曹氏之后

那么，根据明义诗序的信息，我们知道《红楼梦》的作者是曹雪芹，而且能够很容易地了解到他的家庭。

为什么呢？因为在清朝二百六十年的历史上，姓曹的江宁织造是非常容易找的，那就是曹寅家族。

曹寅，我们知道是康熙中晚期非常有名的诗人，也是一位大戏曲家。现在，北昆排演了他的一部昆曲叫《续琵琶》，有的人可能看过。另外，他还是一位大藏书家，他是当时的中国最大的藏书家之一，这个人还是位大刻书家。我们知道古籍版本史上，最好的是宋版，另外一种就是康版，指的就是康熙时期刻印的精版书。康版中的代表性作品之一就是曹寅负责校刻的《全唐诗》。

我们知道，《红楼梦》的作者是曹雪芹，曹雪芹是曹寅的后代，那么我们就很容易了解他的家族，在《八旗满洲氏族通谱》里面有相关的记载。

他们的家族是从曹锡远（又名曹世选）开始，这是目前我们所知曹雪芹最早有明确文字记载的祖先，再往上的相关内容基本是推测。

曹家世居沈阳，曹锡远之后有曹振彦、曹玺、曹寅、曹荃等。在这些人里，最有名的就是曹寅。曹寅之所以有名，一个是因为他是曹雪芹的爷爷，再一个他是当时著名大藏书家、大诗人，有诗集传世。另外，我们知道康熙皇帝六次南巡，曹寅都是主要接驾人员之一，皇帝后四次南巡，在南京（时名江宁）住的时候，就驻跸在他们家，即江宁织造府。

3. 曹雪芹及其家族的户籍在北京

曹雪芹家族的身份，社会上有各种各样的说法，当年周汝昌、王钟翰、李广柏、张书才都就这一问题发表过看法。那么现在来看，曹雪芹的身份最合理的一个表述应该是"内务府正白旗包衣汉人"，从旗籍上说，是满洲旗；管理上，归内务府；身份上，是包衣人，也就是家内奴隶的意思；血统上，则是汉人。是既不同于满洲人，也不同于汉军人，也不同于汉人的一种特殊身份的旗人。

那么作为旗人，在清朝初年，北京旗人的旗籍都在北京，因为他们视北京为入关之后的故乡，他们出去作官，卸职、去世之后都要回到北京来。所以，"曹雪芹与北京"这个题目，从曹雪芹他们家族入京的那一天就开始了。

所以，也就引出另外两个话题：一个是"曹雪芹是北京人"，另外一个是"《红楼梦》与北京"。

4．曹雪芹是北京人

我去南京开会的时候，发现南京人对曹雪芹、《红楼梦》的感情很深，因为曹家长期在南京为官，《红楼梦》里明明确确写到了石头城，也写到了金陵或者南京。说实话，北京人对曹雪芹、《红楼梦》的感情好像没有那么足。

我要提醒大家，曹雪芹首先是北京人，他的一生至少三分之二的时间生活在北京，他的传世巨著《红楼梦》也是在北京写成的，他本人去世后也葬在北京，包括《红楼梦》的传播、研究都是从北京开始的。这应该是值得我们现在的北京人骄傲的一件事情。

我们要很明确，曹雪芹就是北京人，不管是从他的户籍来讲，还是从他的生活来讲，从他的著作来讲，都是这样的。

5.《红楼梦》与北京有着极其紧密的关系

我们知道,《红楼梦》写在北京,也广泛流传于北京。

在历史上,《红楼梦》在中国汉文化圈的影响力和传播度是极大的,现在的人们可能想象不到,据我所看到的资料,在建国初期,汉文化圈里所有的剧种都有《红楼梦》的唱词,包括北京人很熟悉的京剧、京韵大鼓、子弟书、八角鼓、昆曲、评戏、梆子等。

此外,以曹雪芹和《红楼梦》为主题的第一家历史文化名人纪念馆也在北京,也就是位于香山脚下的"曹雪芹纪念馆",典型的旗营建筑,环境很好。

三、曹雪芹的家族与北京

我们谈曹雪芹、《红楼梦》与北京的因缘,首先要从曹雪芹的家族与北京的不解之缘开始。

曹雪芹的家族很多人一直在北京居住,一些人时而北京、时而南京居住,那么,我在讲的时候也尽可能不时给大家点出来,有一些内容实际上是后来曹雪芹在北京创作《红楼梦》的时候写作的,但我们也按照时间关系把它放在前面来讲。

1. 为什么要重视作者的家世

为什么我们要从家族开始?为什么要这么重视曹雪芹的家世?

这可能是很多人不解的问题。

实际上，现在高校中文系教《红楼梦》的很多老师，包括科研院所研究《红楼梦》的很多前辈，他们对曹雪芹家族研究是不太认同的。他们认为，《红楼梦》的作者是谁并不影响《红楼梦》的赏析，更不用说他的家世了。

经过多年的研究我们发现曹雪芹的家世对研究、赏析《红楼梦》还是非常重要的，甚至可以说是极端重要的。

一方面，不了解作者，就不可能真正了解作品的真实表达，这是因为一个家族的环境、教育、家风造成的作者生活和学习环境会影响到作者的思想养成，影响到他对作品的定位与表达。除非读者只关心自己的感受，作者要表达什么根本不想知道；或者说是天才，不用了解别的，也能深刻理解《红楼梦》。另一方面，作者家族历史及其经历会被作者活用到作品中，只有知道了这一点，作品的妙处和作者的写作技巧，才能更好地被读者体味和学习。

《红楼梦》就是如此，以往的研究也已经证明，曹家的家世对曹雪芹的思想、《红楼梦》中的素材有着诸多影响。

2. 曹雪芹的曾祖父曹玺

刚才我们谈到了，曹家从顺治元年（1644）"从龙"入关，就跟北京产生了不可分割的关系。但是曹家真正开始兴盛，是在曹振彦的儿子曹玺时期。

我们知道，曹家是织造世家。那么，曹家第一个担任江宁织造的就是曹玺，他是曹雪芹的曾祖。曹玺在曹雪芹家族研究史上之所

以重要,是因为他真正拉开了曹家担任江宁织造的大幕,造就了后来曹家接驾的辉煌。

曹玺是在北京发迹的,他原来是多尔衮的三等侍卫,后来从征山西,后被顺治皇帝提拔为御前二等侍卫,二等侍卫只有一百多人,就比较能够接近皇上了,而且后来他是顺治皇帝时的銮仪卫总管大臣,负责掌管皇帝皇后车驾仪仗,属于亲军。

在顺治死后,四大臣辅政,康熙二年(1663),曹玺被派到江宁,也就是现在的南京担任江宁织造。

织造,实际上就是给皇帝、宫廷、官府供应各种丝绸、绸缎织品的皇商。不要把皇家和官府的绸缎跟"布料"简单地等同起来。

第一,丝绸的纹样代表一种等级,而在传统社会,等级制度是非常严格的;第二,如果了解北京的众多祭坛或者太庙,就知道祭祀时使用的不同等级的丝绸很多是江南三织造供应的——祭品是给皇天上帝或者皇帝的祖先使用的。所以,织造是一个非常重要的职位。

除了曹家是第一代江宁织造外,曹玺还有两件事很值得一说:文武传家的家风、娶妻孙氏。

我们说《红楼梦》里写到了文武两方面,比如贾珍、贾宝玉、贾兰都要演习骑射,都要读书习字。说起曹雪芹为什么什么都会,这跟曹氏家族的家风是有关系的。

清朝初年,旗人武将比较多,文臣偏少,曹家虽然是汉人包衣,但毕竟是旗人,是满族人比较相信的一批人。曹玺文武双全,弓马文化都好,当时的文献和方志里说他"读书洞彻古今……射必贯札"。曹寅则常说:"读书、涉猎,自无两妨。"

"文武传家"的家风,不仅对曹玺本人的仕途有很重要的影响,对他的后代,包括对曹雪芹的成长都有重要的影响:没有文化既做不了官员,也写不了文章。

3. 满人的主奴关系与雪芹的曾祖母孙氏

曹玺的太太孙氏,不知道叫什么,是康熙皇帝幼年的保姆之一。

康熙小时候是不太受顺治待见的,后来他出天花,被顺治皇帝赶到宫外居住。这时,曹雪芹的曾祖母孙氏就是陪在身边的一个保姆。现在紫禁城外西华门北街有一座"福佑寺"就是当时康熙皇帝避痘的地方。

所以,康熙跟这些乳母、保姆感情很深。后来,康熙南巡经过南京时,见到孙氏,非常激动,对大臣们说,这是我们家的老人,并给孙氏题写"萱瑞堂"的匾额。

所以,曹家在康熙朝受到康熙皇帝的重用,有很多原因,比如说"文武传家"的传统、"忠心耿耿"的办事态度、出众的办事能力等,而曹家包衣人的身份,尤其是孙氏与皇帝的关系也很重要。

满族人对主奴关系,尤其是这种保姆关系非常重视,因为满族人在关外是渔猎民族,跟我们汉民族的农耕文化不完全一样,他们的主奴等级非常严格,但是他们那种亲情又不是拘于汉人主奴关系的我们能理解的。满族人的主奴关系名为主奴,实为家人,努尔哈赤称这种关系是互相供养,所以,我们在《红楼梦》里处处能够看到贾府对家族老年仆人的尊重,贾府的老仆人很多比小主子还有些身份。所以我们研究《红楼梦》,赏析《红楼梦》,必须了解曹家这种身份和他们的历史。

很多解读《红楼梦》的人能在《红楼梦》里读出一些反满的情绪，但是，我们从曹家家族史的角度来看，完全不是这样的。这种情况，《红楼梦》里也有反映，我在这里举两个例子。

《红楼梦》第十六回《贾元春才选凤藻宫　秦鲸卿夭逝黄泉路》中贾琏、凤姐吃饭，贾琏的乳母赵嬷嬷来为儿子求差事。书中是这么写的：

贾琏与凤姐忙让吃酒，令其上炕去。赵嬷嬷执意不肯。平儿等早于炕沿下设下一杌，又有一小脚踏，赵嬷嬷在脚踏上坐了。贾琏向桌上拣两盘肴馔与他放在杌上自吃。凤姐又道："妈妈很嚼不动那个，倒没的矼了他的牙。"因向平儿道："早起我说那一碗火腿炖肘子很烂，正好给妈妈吃，你怎么不拿了去赶着叫他们热来？"又道："妈妈，你尝一尝你儿子带来的惠泉酒。"

凤姐笑道："妈妈你放心，两个奶哥哥都交给我。你从小儿奶的儿子，你还有什么不知道他那脾气的？拿着皮肉倒往那不相干的外人身上贴……我这话也说错了，我们看着是'外人'，你却看着'内人'一样呢。"

说的满屋里人都笑了。赵嬷嬷也笑个不住，又念佛道："可是屋子里跑出青天来了！若说'内人''外人'这些混帐缘故，我们爷是没有，不过是脸软心慈，搁不住人求两句罢了。"

大家看，这一段写得特别温情，跟我们理解的汉人地主与农民关系截然不同。在"赵嬷嬷也笑个不住……若说'内人''外人'

这些混帐缘故,我们爷是没有"侧,庚辰本脂批:"有是语,像极,毕肖。乳母护子。"

贾蔷前往苏州聘请教习、采买女孩子、置办乐器行头等事,贾琏因问:

"这一项银子动那一处的?"贾蔷道:"才也议到这里。赖爷爷说,不用从京里带下去,江南甄家还收着我们五万银子。明日写一封书信会票我们带去,先支三万,下剩二万存着,等置办花烛彩灯并各色帘栊帐幔的使费。

赖爷爷即宁国府大总管赖二(其兄赖大是荣国府总管,二人皆是贾府奴隶后裔),在"赖爷爷"三个字处甲戌本脂批云:"此等称呼,令人酸鼻。"庚辰本脂批则云:"好称呼。"

这些内容名义上写的是贾府的情况,实际上反映的却是旗人的主奴关系,也就是说,曹家与皇家、曹家内部的主奴关系都是这样的。所以说,我们研究曹雪芹的家世、生平,绝不是像有一些人所说的无助于《红楼梦》的解读,恰恰相反,如果不了解这些东西,《红楼梦》也就真的变成一部仅仅是文章"旖旎和缠绵"的爱情小说了,就更容易辜负曹雪芹"字字看来皆是血,十年辛苦不寻常"的苦心了。

4. 曹雪芹祖父曹寅的接驾与嫁女

曹雪芹的爷爷曹寅于康熙二十九年任苏州织造,三十二年任江宁织造,其间,不时回京处理公私各方面的事情。而曹雪芹的叔爷

曹荃一直在北京任职。

曹寅任职江宁织造期间有一件大事,当然也关系着《红楼梦》的写作,就是康熙南巡和曹家接驾。

大家都知道,为了体察江南民情、吏治,康熙皇帝曾经先后六次南巡,后四次南巡过南京的时候,都以江宁织造府为行宫。

皇帝南巡给曹家带来了两件事情:第一是曹寅接驾。实际上,参与接驾的人很多,包括两江总督、江苏巡抚。曹寅,包括曹雪芹的舅爷、苏州织造李煦,都是主要的操作人,虽然级别没有那么高,但因为是皇家的包衣,他们就成为主要接驾者,这是当时曹、李两家最荣耀的事情;第二是曹雪芹的两个姑姑都嫁给了满族的王爷。

按照清朝初年制度来讲,内务府包衣的女儿是不能嫁给满族人或者蒙古人当正妻的,一般是做妾,因为包衣就是奴才,我们看《红楼梦》中赵姨娘的角色就可以体现出妾与妻在名分、等级、实际待遇方面的差别。但是,因为康熙跟曹寅的关系非常好,曹寅给皇帝当过侍卫,又是康熙文治政策的主要推动者,接驾又有功劳,所以,曹寅的两个女儿,也就是曹雪芹的两个姑姑都由皇帝专门指婚,嫁给满族的王爷,回到北京居住生活,其中一个嫁的就是"八大铁帽子王"之一的平郡王纳尔苏。

这个平郡王府现在还在,就在新文化街,好像是被一个学校或是一个教育部门占用着。

为什么说这两件事情对曹雪芹创作《红楼梦》很重要呢?因为脂批给我们点出来了,即《红楼梦》(甲戌本)第十六回《贾元春才选凤藻宫 秦鲸卿夭逝黄泉路》一开始的回前批,是"借省亲事写南巡,出脱心中多少忆昔感今"。

曹雪芹没赶上南巡，但是这种家族的巨大荣耀，作为一种家族记忆被家人传承下来并影响了他。

此外，元妃省亲的时候，描写贾政的反应的那一句历来没人注意到：

贾政亦含泪启道："臣，草莽寒门，鸠群鸦属之中，岂意得征凤鸾之瑞？！"

下边有一句批："此语犹在耳。"

这句批应该是曹𫖯等在江宁织造府生活、经历过相关事件的人写下的，也就是说，当年皇帝将曹雪芹的姑姑指婚给王爷的时候，曹寅有这样的回应。

可见，曹雪芹虽然没有见过爷爷，也没有赶上接驾，但是他的奶奶、他的叔叔等长辈把这些事情都对他有所讲述，并影响到他对《红楼梦》的构思与创作。

所以，曹雪芹的家世研究对《红楼梦》的深度欣赏很有作用。除了这些众所周知的例子，我们还可以举出很多例子来。

5. 曹雪芹的父亲曹颙与叔叔曹𫖯

那么，现在讲一下与曹雪芹关系最直接的两个人：一个是曹颙，一个是曹𫖯。

现在我们普遍认同，曹颙是曹雪芹的父亲。以前只知道曹颙死于康熙五十四年，不知道哪一天，近年发现了曹雪芹舅爷李煦的一

本信札集，叫《虚白斋尺牍》。这里面有一封信，谈到曹颙是在正月初八死的，死在北京。过年前，他从南京到北京觐见康熙皇帝，可能他对南方环境比较适应了，一回来身体不舒服，过了年正月初八就去世了。

其后，接任江宁织造的是曹頫，也就是曹雪芹的叔叔。现在，学界比较公认的说法，《红楼梦》早期脂批中的畸笏叟，很可能就是曹頫。

曹雪芹一生比较坎坷。人们常说，人生三大悲："早年丧父，中年丧妻，晚年丧子。"曹雪芹都赶上了，而且他不仅是丧父，他根本就没见过他父亲，所以也是经历了很多磨难的一个人。

四、曹雪芹的教育

我在有的高校做讲座的时候，很多大学生提问，为什么曹雪芹能够把《红楼梦》写成一个大百科全书式的作品？

我说可能有很多原因，首先，这个家族智商比较高，曹雪芹的爷爷四岁就已经开蒙了。如果大家了解清代教育史的话就知道，很多人包括皇族、贵族、地主等，他们的小孩一般是六岁才开始学习的，但是曹雪芹的爷爷曹寅四岁就已经能"辨了四声"了。"辨四声"什么意思？就是他认识了很多汉字，并懂得了这些汉字的音节高低变化——这是写诗的基础。所以，从这个角度说，曹雪芹能够多才多艺，跟这个家族的基因肯定是多少有些关系的。

其次，这个家族拥有重视教育的家风。曹氏家族，对于曹雪芹可能接受的教育，大约有这些：一是所谓的性理之学。所谓性理之学，就是我们常讲的程朱理学——近代文化史上对程朱理学批判比较多，有些误解，实际上，如果我们真的去理解程朱理学，就知道这是一套非常深奥的体贴天人性命的学问。传统时代，尤其是明清时代，大知识分子学习的核心就是程朱理学。曹雪芹的爷爷曹寅、叔爷曹荃小时候在南京学的就是这套理论，而且在当地很有名声。

二是佛教禅宗的理论。曹雪芹的爷爷曹寅的后期思想从理学转向禅学。现在，很多人研究曹雪芹爷爷曹寅的《楝亭集》，但是很多研究总是给人一种隔靴搔痒的感觉，为什么呢？因为研究者更多地把《楝亭集》当作一种文学作品——诗词集，但是没发现诗词的后面是理学和禅学；我们在《红楼梦》中可以发现浓重的佛教禅宗色彩，这个话题就不展开了，大家很容易看出来，由此可以想象曹雪芹的早年教育内容。

另外，曹家是一个大的藏书家庭，有上万卷的藏书，包括各种杂学，如诗词音韵、餐饮插画、绘画诗词、各种小说戏曲等。曹雪芹的很多学养，除了来自他的家庭、社会各方面外，家族的藏书也是一个非常大的来源。

我们刚才谈到了曹雪芹的早年教育，也谈到曹家的家风是文武传家，这一点在《红楼梦》里也有反映。

《红楼梦》第二十六回《蜂腰桥设言传心事　潇湘馆春困发幽情》中，写贾宝玉无精打采晃出房门，只见：

那边山坡上两只小鹿箭也似的跑来，宝玉不解其意。正自

纳闷,只见贾兰在后面拿着一张小弓追了下来,一见宝玉在前面,便站住了。

下面有一句:

这会子不念书,闲着作什么?所以演习演习骑射。

这是典型的旗俗。

五、曹家的抄家和曹雪芹的回京

1. 江南之与曹雪芹

曹雪芹在南京大约过了十四年,他在十四岁之后就在北京生活。那么早期在南京的生活对他有什么样的影响呢?

可以说,南京生活带给他很多东西,他的基本素养(教育)、他的人生底色(对江南事物的记忆、感情),或者说《红楼梦》中一种富贵型的外衣(对家族富贵时期的记忆与描写)。

都说《红楼梦》写得好,为什么写得好?北京人有一句话,说得很俗但是说得非常准确,就是"人家吃过见过"。为什么他能写,别人写不了?就是与他的家族、他的经历有关。

还有些人说曹雪芹没经历过富贵生活,也能写出《红楼梦》而且可以写得很好。第一,这是狡辩。因为没有任何一部小说写富贵写得像《红楼梦》这般真实细腻。第二，曹雪芹的亲友在《红楼梦》早期的本子里有一些批语，证明很多事情是作者经历过的，其中讲了一个笑话，有个农民进京后返乡对人说见过了皇帝，还说了一些特别不靠谱的事。批语曰：试思凡稗官写"富贵"字眼者，悉皆庄农进京之一流也。盖此时彼实未身经目睹，所言皆在情理之外焉。

这段批语看似是在嘲笑那些没有生活、没有经历的写作者，写出的所谓富贵生活都是假的、凭空想象的；但我们反过来想，这个笑话是在说曹雪芹有富贵的经历、富贵的生活，因此能把这些东西写得这么真实和细腻。

所以，我们不赞同很多人所谓的《红楼梦》就是虚的，不需要经历也可以写出来，甚至说《红楼梦》的作者是谁都无所谓，不影响《红楼梦》赏析的说法。至少我们从曹雪芹的朋友那里知道，这种看法完全不成立。

我们再举一个好玩的小例子，《红楼梦》第十七至十八回《大观园试才题对额　荣国府归省庆元宵》中写"宝玉听了，带着奶娘小厮们，一溜烟就出园来"，下面一句脂批："不肖子弟来看形容。余初看之，不觉怒焉，概为作者形容余幼年往事，因思彼亦自写其照，何独余哉？信笔书之，供诸大众同一发笑。"

所以说，我们举了这么多例子，可以看得出曹雪芹早年的家庭和生活。

2. 曹家的抄家与《红楼梦》的相关描写

曹雪芹为什么要离开南京，回到北京来呢？是因为雍正皇帝对

曹家的抄家,这件事情发生在雍正六年。

抄家不仅改变了曹雪芹的命运和居住地,也涉及大家很关心的一个问题,即《红楼梦》一百二十回是不是曹雪芹一个人写的,或者说后四十回是不是程伟元、高鹗续的?

我们可以看一看前八十回有没有写及相关内容。《红楼梦》第七十五回《开夜宴异兆发悲音　赏中秋新词得佳谶》中写到,惜春言语恼了尤氏,尤氏从惜春处赌气出来,正欲往王夫人处去:

跟从的老嬷嬷们因悄悄的回道:"奶奶且别往上房去。才有甄家的几个人来,还有些东西,不知是作什么机密事。奶奶这一去恐不便。"尤氏听了道:"昨日听见你爷说,看邸报甄家犯了罪,现今抄没家私,调取进京治罪。怎么又有人来?"老嬷嬷道:"正是呢。才来了几个女人,气色不成气色,慌慌张张的,想必有什么瞒人的事情。"

曹家在抄家的时候,雍正皇帝指责曹家转移家产。很多红学家认为没有,说这是雍正对曹家的诬蔑,因为后来没有搜出银子来。但是,这种说法不可信,因为可以从很多迹象分析出来。

曹家被抄时,家有一百多个奴仆,一百多间房,那时候的地产、奴仆、房屋都可以卖钱,为什么不卖这些东西,反而要当东西呢?所以我们很怀疑,曹家鉴于雍正元年苏州李煦家族被抄家的经验,在曹𫖯获罪后,迅速转移了家产,并将很多粗笨之类的家具当掉。

另外,我们知道曹雪芹有一个表叔叫富察昌龄。这个人很有名,曾经给雍正皇帝当过翰林院侍讲学士，他的藏书品质比纳兰性德的还要好。纳兰性德的父亲是纳兰明珠，他们家的条件和纳兰性德好书的习性，藏书竟然比不了昌龄。原因在哪里呢？

原来，昌龄的大量藏书来自曹寅。李文藻《南涧文集·琉璃厂书肆记》载：

> 乾隆己丑（三十四年）……夏间从内城买书数十部，每部有"曹楝亭"印，又有"长白敷槎氏堇斋昌龄图书"记，盖本曹氏而归于昌龄。

在传统时代善本书很贵的，善本书的价钱有的十几两，甚至几十、上百两。那么多的家藏善本书都跑到亲戚家去了，家里那些金银珠宝就没有被转移吗？

我个人认为，前面提到的甄家女人到贾府这一段内容，很可能就是曹家当年被抄家前夕的反应。

曹家被抄家时，曹雪芹十四虚岁，他对这些事情是亲眼目睹的。所以说，抄家不仅改变了曹雪芹的生活、居所，也关系到他回到北京之后思想的转变。

《红楼梦》第一零五回《锦衣军查抄宁国府　骢马使弹劾平安州》谈到抄家。跟贾府关系不同的人，表现完全不一样，描写特别细致。有的是想保护他们家的，有的是有仇的来报仇的，甚至有的人是想趁机捞一把的。可以看一看这段文字的描写：

> 赵堂官便转过一副脸来回王爷道："请爷宣旨意，就好动

手。"这些番役却撩衣勒臂,专等旨意。

这王爷怎么说呢?

西平王慢慢地说道:"先不要着急。"

然后,我们看赵堂官及他的家人的反应:

"传齐司员,带同番役,分头按房抄查登账。"这一言不打紧,唬得贾政上下人等面面相看,喜得番役家人摩拳擦掌。

再看西平王,他说:

"不必忙,先传信后宅……"只见,一言未了,老赵家奴番役已经拉着本宅家人领路,分头查抄去了。

这种描写是那种没有被抄家经历的人能够写得出、写得这么感同身受的吗?所以,前边所讲曹雪芹、曹雪芹家族、江南时光,不仅仅是讲曹雪芹的生平活动,也不仅仅是讲它对曹雪芹的影响,实际上讲的是曹雪芹在北京写《红楼梦》的时候,这些东西是怎么成为他的素材的,《红楼梦》中的相关描写要表达怎样的情绪。

虽然没有时时刻刻说"北京"二字,但也时刻没有离开讲座的题目《曹雪芹、红楼梦与北京》。

六、曹雪芹与北京

由于被抄家,十四虚岁的曹雪芹离开了他生活了十四年的南京,回到北京,自此,开始了他人生后三十五年的岁月。

1. 崇文门外

一开始,他与家人住在崇文门外一套十七间半的房子里,这是曹雪芹回到北京后生活的第一个阶段。

说到崇文门外十七间半,大家可能有的知道,有的不甚了解。

档案中确实提到,曹家回京后在"京城崇文门外蒜市口地方房十七间半"居住,问题是,"蒜市口地方"这五个字的范围不小,周围那片都是,不仅仅局限在那条街上。

此外,雍正末年北京曾经发生地震,不少房屋被毁,其后的建设和修复是否是在原地基上进行的,我们也不清楚。所以,现在要从《乾隆京城全图》上或者实地勘察找出曹雪芹到底住哪十七间半房,我觉得并不实际。

但是,曹雪芹确实在那附近住过,在那里的经历对曹雪芹和他后来的创作有相当的影响。那么,崇文门外的生活对曹雪芹有什么影响呢?

如果大家了解清代北京的商业史,就会知道,曹雪芹生活时代北京崇文门外和正阳门外是京城最繁华的两个地方。最繁华意味着什么？意味着曹雪芹不仅可以接触旗人上层，还可以接触真正的社会底层，真正的北京社会和商业社会。

《红楼梦》里有很多关于社会底层的描写，包括曹雪芹谈皇商问题，谈花匠问题，醉金刚倪二，庙会、僧道问题，都跟他的这种基层生活有着密切关系。

我们承认，曹雪芹很伟大，很了不起，但他也不能一生下来就什么都懂。住在崇文门外的生活，就是他真正接触社会的开始。

2. 曹雪芹在北京的亲友

曹雪芹一家回到北京之后，是不是就像一些红学家说的，因为他们家是罪犯家庭，就没有亲戚朋友理他们了？

也不是这样的。

第一，旗人家人犯罪不一定会牵涉家族，所以我们经常看到，兄弟俩一个犯罪被拿掉了，另一个依旧在当官，并不受影响。所以，我曾与赵书先生等人聊过，旗人不知道什么叫恨皇上，干得好，一刀一枪博个封妻荫子很正常；没干好，皇上把你撸下来那也很正常。因为旗人就是职业性地当差、当官、当兵，当得好，就上去，当得不好，就下来，不会延及亲族。

第二，要了解曹雪芹的家族圈。曹雪芹一家显赫，不仅是说他们在南京的时候显赫，在北京的家族亲友更显赫。

比如福彭家族。福彭就是曹雪芹大姑姑的儿子，曹雪芹大姑姑嫁给了平郡王纳尔苏，福彭就是纳尔苏和曹雪芹大姑姑生的老大。这个人非常了不起，小时候被康熙皇帝养在宫中。康熙皇帝的子孙多达上百人，很多子孙他都没见过，带到宫中养育的就更少了。乾隆因为当年被养在宫中，所以当皇帝之后，经常给别人吹嘘这段被康熙养在宫中的历史。曹雪芹的大表哥福彭小时候就是被康熙皇帝养在宫里的。

康熙、雍正、乾隆三代皇帝对福彭都很赏识。为什么？这个人智商极高，而且特别稳。雍正当年培养他，让他给皇子当伴读，某种程度上讲，就是给乾隆培养未来的大学士。福彭还有两个弟弟，也是曹雪芹大姑姑生的孩子。

以前，大家认为曹雪芹在北京孤苦伶仃，实际上是一个误判，以为曹雪芹的姑姑死的早，曹雪芹的姑父、表哥就不太管他。实际上，最近的材料证明，到曹雪芹三十五六的时候，福彭的妈妈，也就是曹雪芹的姑姑还健在。这说明，曹雪芹回到北京后，他受到的照顾绝对不是我们原先想象的那样。

还有昌龄家族。就是他们家转移了曹雪芹爷爷的大量藏书。昌龄的妈妈是曹寅的妹妹，曹雪芹应该称姑奶奶。

昌龄，很多人不知道，但这个人在当时很有名，是一个文人才子，他的父亲很厉害，叫傅鼐。

当然，很多人也不知道傅鼐是谁，但是说年羹尧大家都知道。雍正当年没有当皇帝、在雍和宫潜龙邸的时候有两个亲信，一个是年羹尧，一个就是傅鼐。雍正说，能力上当然是年羹尧更强一点，但是要说可靠，为人忠厚，就得数傅鼐这个人。在雍正一朝，傅鼐虽然也受过挫折，但是基本上是很受宠的。包括昌龄虽没有当过特别大的官，但也很稳当。

还有胤祥家族。胤祥，怡亲王。曹家在弥补亏空的时候，雍正皇帝在曹雪芹叔叔曹頫某个折子上朱批，怡亲王很疼爱你，有人勒索你，你也不要害怕，有什么事就找怡亲王，他能保你，什么事都没有。这就是说怡亲王家族跟曹家关系是很不错的。

《红楼梦》早期抄本中有一个己卯本。这个己卯本，我个人倾向认为，可能是曹雪芹活着的时候最早的一个抄本，因为在这之前的甲戌本是后来的过录本，就是说不是"乾隆甲戌"那一年抄的；但是这个己卯本很可能是乾隆己卯年，也就是乾隆二十四年抄的。

为什么这么说呢？因为书中不光避康熙皇帝玄烨的玄字，还避胤祥的祥字，还避弘晓的晓字。其实避讳不严格很正常，一旦避讳就说明抄录者和被避讳者一定存在相应关系。己卯本的避讳说明这个本子的抄写者是怡亲王家的人。

这样来讲的话，己卯本就有了充分的价值，同时说明曹雪芹的交游圈子中应当包含小怡亲王弘晓和他的兄弟以及家人。

怡亲王家族在雍正朝、乾隆朝都很得宠。北京市植物园里有个卧佛寺，雍正年间大修，就是胤祥主持的。按照弘晓的说法，当时，雍正皇帝把卧佛寺赐给胤祥当家庙。但是，我一直怀疑这个庙很可能在修完之后就献给皇上了。为什么呢？因为这个庙修完之后，雍正皇帝委任了一个他特别亲信的、类似于国师一样地位的和尚（超盛禅师）来管这个庙。如果卧佛寺纯粹是个家庙的话，一般不会有这种情况。

允禄家族。这个不细说了，因为大家对这个人不太熟，资料记载也不够明确。但是，这个人也很重要，他是胤祥死后，雍正最喜欢的弟弟，也是雍正死后乾隆的四个辅政大臣之一，他的母亲应该跟曹雪芹的舅爷李煦家族有一定的关系。

还有曹宜，曹雪芹的叔爷，也是雍正皇帝的心腹；曹颀，曹雪芹的伯伯，曹荃的三儿子。从小被曹寅在南方带大，后来当了皇上的茶房总领。

看到这个圈子，还能说曹雪芹回到北京，孤苦伶仃，没人理他吗？我觉得不太现实。因为这些人级别都不低，有的还很高，曹雪芹作为他们的亲戚，生活经历、环境等都不是普通旗人的水平。

3. 曹雪芹与咸安宫官学

曹雪芹回到北京时只有十四岁。

旗人有一个基本规矩，就是年满十六为丁，或者是身高五尺为丁。这是什么概念呢？就是达到了这个标准，就可以去当差了，或者结婚了。这是一个基本线，有的早些，有的晚些，比如家庭条件好的，结婚也可能更早一点，也不是没有。但是，基本上旗人大多是这种情况。那么，在此之前，曹雪芹在做什么呢？

有一个推测是有一些道理的：曹雪芹有可能在咸安宫官学读书。为什么这么说呢？

曹雪芹是符合条件的：包衣子弟，曹雪芹的智商就不用怀疑了，年龄在十三岁以上二十三岁以下。

当时，雍正皇帝非常重视这些包衣子弟的教育，这些人将来给他当差，不能全是一批废物，也不能全是提笼架鸟的，他们得先学本事，愿意在家学可以，愿意到官府的学校来也可以，吃穿用度、

笔墨纸砚、过冬的手炉、黑炭等全部免费，每个月还给几两银子零花。我想曹雪芹是有条件入学学习的。

有人可能会问：他是罪人之后还有没有这种机会呢？我觉得有这个说法的人就太不了解中国传统社会了。《红楼梦》第三回《贾雨村夤缘复旧职　林黛玉抛父进京都》中讲了贾雨村被削职，后来因为林黛玉的关系走了贾府的路子，我们看看《红楼梦》是怎么写的：

贾政最喜读书人，礼贤下士，济弱扶危，大有祖风；况又系妹丈致意，因此优待雨村，更又不同，便竭力内中协助。题奏之日，轻轻谋了一个复职候缺，不上两个月，金陵应天府缺出，便谋补了此缺，拜辞了贾政，择日上任去了。

在"轻轻谋了"几个字旁，甲戌本的批语写道："《春秋》字法。"在"便谋补了"旁边又写道："《春秋》字法。"

这是什么意思呢？乍看起来，几个字很是轻描淡写，实际上，这种描写里就有讽刺政治的意味，试想，如果政治清明的话，一个落职的人怎么就"轻轻谋了"一个重要差事了。

如果知道曹雪芹在北京的亲友圈子的话，曹雪芹受点照顾、进进学校不是很正常的事情吗？要知道曹雪芹不是活在真空里，他的活动与当时的社会是密不可分的。

4．曹雪芹在北京的第一次婚姻

到十六岁的时候，曹雪芹就成丁了。我们现在推测他很可能在这前后有一次婚姻，没有结亲对象的资料，从情理上说，应该是如曹雪芹家族一样的内务府旗人。

说到这里，有一个特别好玩的现象值得关注。现在关于《红楼梦》的作者是曹雪芹的说法，是胡适等人研究出来的。实际上，我在做《曹雪芹传》和《曹雪芹传说》的时候，发现一个现象，就是说早期的"曹雪芹传说"绝大多数都是旗人传出来的。旗人认为曹雪芹是《红楼梦》的作者，曹雪芹是曹寅的孙子，没有什么可争论的。

为什么会这样？就是因为旗人的人数少，清朝又禁止旗人与非旗人通婚，所以，旗人的婚姻往往都局限在几个旗里，很多旗人都是亲戚朋友。

早期的传说谈到曹雪芹的第一个太太，据说是长得很漂亮。那么"早期传说"的意思是什么？就是红学家还没有关注到这些传说的时候，这些传说就一直在流传。传说曹雪芹第一个太太长得很漂亮，但是文化水平不高，据说跟《红楼梦》的林黛玉有一定的关系。

5. 曹雪芹与平郡王府

那么，这时候曹雪芹在北京做什么事情呢？他当时的活动可以叫作"行走平郡王府"。

在清朝，"行走"两个字意思是不太寻常的，除了正常的走动之意外，主要的一个意思是当差。

在一段时间内，曹雪芹曾经在表哥福彭的平郡王府"行走"，平郡王府就在新文化街。雍正十年，发生了平王父子、曹雪芹一起敲诈隋赫德的案子。

雍正六年，曹家被抄家，回到北京，南方那些家产怎么办呢？就被没收了，赐给了继任江宁织造的隋赫德。过了四五年，隋赫德又获罪被革职了，于是，隋赫德就把他在南方的地产、房屋卖了五千两银子。

隋赫德回到北京后，曹雪芹的姑父、已经被革职圈禁的老平郡王纳尔苏派曹雪芹的表弟，也就是福彭的三弟福静去敲诈隋赫德，一开始借两件古董，之后是送点心借银子。隋赫德久经官场，也明白什么意思，前前后后给纳尔苏送去了三千八百两银子。送完银子，曹雪芹的表哥、平郡王福彭派了两个护卫到隋赫德家去，警告他们如果再给老王爷送东西就会被治罪。

把这个案子前后通看一遍，就知道明显是平王府给曹家"拔创"。后来案发之后，隋赫德和他的儿子富璋的供词大家可以看一下，隋赫德说："后来我想，小阿哥是原任织造曹寅的女儿所生之子。"小阿哥指的就是曹雪芹的表弟福静，原任织造曹寅的女儿就是福彭的母亲曹氏。他专门点出这个问题来了。下边还有一句是富璋说的："从前，曹家人往老平郡王家行走。"曹家人谁跟平郡王家关系近、方便在王府行走，曹雪芹，这时候他十九岁。

这个案子本来是纳尔苏讹隋赫德，可结果呢？雍正这个人非常聪明，雍正说隋赫德行贿老平郡王太不对了，于是把他发往西北军台效力，表现得好就回来，表现得不好就就地正法，案子里面的其他人，包括福静、福彭、纳尔苏、曹家人没有一个人获罪的。

如果看过专家写的《雍正传》，了解一下一些研究雍正的论文的话，就会知道，雍正这个人可不是那么好骗的，而且他也不会办这样的事情。

所以，我个人的推测，很可能曹雪芹受这个案子的牵扯，暂时避出了京城，到香山十方普觉寺下居住，为他思考、创作《风月宝鉴》《红楼梦》提供了一个机缘。

6．曹雪芹的长相、字号等问题

现在说《红楼梦》的作者叫曹雪芹，曹雪芹实际上不是他的名字，雪芹是他的号，他的名叫霑，这是有文献记载的，字梦阮。

周汝昌先生一直说不是字梦阮，说是号梦阮。实际上也未必，因为通过考察可以发现，清朝很多人的字号是混用的。

比如，曹雪芹的舅爷李煦，当过广东省韶州府的知府，当过浙江省宁波府的知府，当过畅春园的第一任总管，当苏州织造三十几年，也是大藏书家，书法也非常好。

李煦有一个心腹幕僚，他给李煦写《行状》，说李煦的字是竹村，按照一般字号的规矩，竹村肯定也是号。那么，为什么他最视为心腹的人反而说他的字是竹村呢？这就说明在清朝的时候人们对字和号的用法，已经不像以前那么严格了。

既然曹雪芹的朋友说他字梦阮，那现在这么称呼他是没有问题的。当然，也可以说梦阮是曹雪芹的号，因为在清朝字与号的区别确实不像以前那么严格了。

曹雪芹的号有这么几个：雪芹、芹溪、芹圃。他的朋友对这几个号的选择和使用有所不同。

据说在建国初到 20 世纪 70 年代前后有一些字画上，署的不是

雪芹,而是芹溪、梦阮之类的。当时很多专家不知道是谁的作品,就没有买下来,后来知道曹雪芹有这些字号,特别懊恼后悔。

7. 曹雪芹与香山

曹雪芹到香山后,住在哪里呢?

1963年,香山地区有这样一个传说,说的是曹雪芹在香山先住正白旗,后来搬到镶黄旗外北上坡、公主坟一带,就是碧云寺稍微靠北的一个地方。他在正白旗的故居位于地藏沟口、靠近河的地方,门前有大槐树,后面是正白旗的档房。地藏沟就在现在的国务院管理局(杏林山庄),在我们纪念馆的东侧,当年那里有溪水流下来。

按照这个传说,曹雪芹在正白旗的故居就应该在现在纪念馆第一排东四间房位置,因为只有这里符合前面所说的曹雪芹正白旗故居的三个条件。

这个传说被专家知道时,红学家还都没有关注过曹雪芹与香山的关系。

这个传说里还有另外一个重要信息:曹雪芹在正白旗住的时候,朋友送给他一副对联:"远富近贫,以礼相交天下有;疏亲慢友,因财绝义世间多。"

事隔八年之后,也就是1971年"文革"进行到一半的时候,这副对联被发现,就在现在纪念馆第四间房子的西墙壁下。

有人说纪念馆的题壁诗造假。胡德平同志说,说这话的根本没有考虑当时的社会背景,20世纪60年代时候的香山什么样子,很荒凉。原北京财政局副局长郭文杰的舅舅就是房主，发现题壁诗的第二天，就让他拍了照片，"文革"期间，因为洗照片还被审查了一通。

现在经权威鉴定，证明题壁诗的文字是乾隆时期的文字，可见曹雪芹在这个时候很可能就已经搬到香山居住了。

七、《风月宝鉴》《红楼梦》在北京的创作

1. 《风月宝鉴》的创作

在《红楼梦》之前，曹雪芹还有一部中篇小说叫《风月宝鉴》。《红楼梦》第一回《甄士隐梦幻识通灵　贾雨村风尘怀闺秀》中写到"东鲁孔梅溪则题曰《风月宝鉴》"时，有一句脂批云："雪芹旧有《风月宝鉴》之书，乃其弟棠村序也。"

由此知道，曹雪芹曾经有一部小说，叫《风月宝鉴》；而《红楼梦》也叫《风月宝鉴》。为什么呢？是因为该书也有"戒妄动风月之情"的用意。

《风月宝鉴》应该是一部几十回的中篇，主题就是"戒妄动风月之情"，大概跟《金瓶梅》相似。

不要把《金瓶梅》错看成一部淫书。《金瓶梅》崇祯年间的序指出，《金瓶梅》本意不是让你看那些乱七八糟的东西，只是通过相应行为人的结局让你戒掉那些东西，因为那些东西对你没有什么好处。

《红楼梦》虽然是从《风月宝鉴》的基础上发展提升、吐故纳新而来的,但是毕竟也有"戒妄动风月之情"这样一个内涵,而且部分内容如贾瑞与王熙凤的故事,贾珍与秦可卿的故事,即是由《风月宝鉴》的内容沿袭而来的,所以,曹雪芹的朋友也称《红楼梦》为《风月宝鉴》。

2. 曹雪芹、《红楼梦》与香山土番、礼王坟

《红楼梦》的正式开笔是在乾隆九年,前后历时十年。

那么曹雪芹在香山居住的时候,就跟礼王有一点关系了。图4-1是清代的《三山五园图》,右上角是番子营,《红楼梦》里写到过这个地方的人。

《红楼梦》第六十三回《寿怡红群芳开夜宴 死金丹独艳理亲丧》中写道:

芳官笑道:"我说你是无才的。咱家现有几家土番,你就说我是个小土番儿。况且人人说我打联垂好看,你想这话可妙?"

人民文学版的《红楼梦》上注释:"土番"是对西南少数民族的统称,这是不对的。因为在清代对西南少数民族的统称一般是"苗",番是对川西北、甘肃、青海交界地区藏人的称呼。

曹雪芹没有去过川西北,那么,他是受什么启发写出这样一个词来的呢?这是因为乾隆十二至十四年的时候,清政府跟川西北金

图 4-1 三山五园图

第四讲／曹雪芹、《红楼梦》与北京

川地区土司发生了战争,俘虏回十几个番子,安排到万安山法海寺。这里离曹雪芹居住的正白旗不远,曹雪芹应该到过这个地方,了解了一些情况,所以才把"土番"这个词写到了《红楼梦》里。

图 4-1 右下角是礼王坟。曹雪芹的姑父平郡王家族和礼亲王家族都是清初礼亲王代善后裔。在台湾去世的末代礼王叫毓鋆,他曾经跟他的学生说,《红楼梦》里写的就是礼王府的事情。

《红楼梦》中写的是不是礼王府的事,我们无从论证,但是,曹家与礼王家族有过交往。曹雪芹造访过礼王府想来应该是合理的。

此外,曹雪芹有一部工艺书籍名为《废艺斋集稿》。据说,这部书也是清末从礼王府流散出来的,这也可以作为曹雪芹与礼王府关系、交往的一个佐证。

3. 曹雪芹的侍卫生涯与《红楼梦》中的创作

曹雪芹到香山居住,并不是说他就不进城、不工作了。乾隆以后,曹雪芹在北京城里有两个大的活动,一是他可能参加过科举,二是他当过侍卫。

为什么说他参加过科举?有两个原因:第一,清朝很多文献谈曹雪芹是贡生,有这么一个功名;第二,他在右翼宗学当差,早期传说他的职位是瑟夫,瑟夫就是教师。在右翼宗学当差谋职,需要一个基本的"功名"。所以说他参加过科举。

那又有人提出,他自己参加科举,为什么在《红楼梦》里对八股文那么咬牙切齿地痛恨?

实际上如果看过八股文的话,就知道八股文的格式很考究,也能写得非常漂亮，它是非常有技巧的一种文字。可是它的格式，尤其是出题范围确实对一些真正的人才有束缚。这就是为什么，明清大散文家几乎都是八股文高手，但是有一些很有才华的人考八股怎么考也考不好的原因所在。实际上，跟现在考议论文是一样的。

为什么说他当过侍卫呢？一个是 1963 年的传说，说他当过侍卫。再一个就是《红楼梦》里的很多礼仪和园林是有皇家色彩的。比如写到"元妃省亲"那些太监的表现时，脂批里有一句话："画出内家风范。《石头记》最难之处别书中摸不着。"意思是说，《红楼梦》这一部分把太监的规矩和表现都写活了，别的书写不出来。为什么？

下面有一句脂批："难得他写得出，是经过之人也。"意思是说，真了不起，他能写出来，他经历过这些。有些红学家说他在旁边看看也可以。要知道，清朝的那个规矩是很严的，皇帝出巡要清理街道，侍卫要把周围的人赶走，哪能是谁都能随便看的。

如果懂园林的可以看出来，《红楼梦》里大观园对土山的使用，绝对是皇家园林的风格，而且规模很大。无论南方园林还是北方的私家园林，都没有那么大的。

当然，大观园的描写里江南和北方园林的影子都有，甚至还有以前说过的江宁织造署、拙政园、狮子林。但就大观园的规模和气象看，绝对是皇家或者王爷级的。

《红楼梦》写作的时候恰恰是京西（现在的北京海淀地区）皇家园林大发展时期。所以曹雪芹当过侍卫，有机会进入这些园林，才能把他亲眼目睹和学到的一些园林学知识、制作、礼仪写到小说

中，写得这么真实。

表面看这些似乎与曹雪芹和《红楼梦》没什么直接关系，实际上关系非常密切，只是研究者能不能懂的问题。

《三山五园图》中有颐和园、香山、玉泉山。曹雪芹故居在此图所示区域往北约三里地，到处都是旗营。图上面有作为园林环境最基本的三个要素：湖水、稻田、旗营。

我曾写过《曹雪芹生活时代的香山》，就把这一时期香山地区的各种建筑在空间里摆了一下，藉此就可以知道曹雪芹在香山生活的时候大约是怎样的一幅场景。

4．《红楼梦》中的北京习俗

《红楼梦》是北京人曹雪芹在北京写成的，清代中晚期的俄国留学生拿它当作学习北京话的标本，清代很多王族都很喜欢《红楼梦》，认为写的是清代京师王族的生活。所以，《曹雪芹、红楼梦与北京》这个题目下就有一个"《红楼梦》中的北京风俗"这样一个子课题。

曹雪芹写作《红楼梦》有一个特有的文学技法：各种官职、礼仪、风俗半古半今、亦旗亦汉，一方面与其他小说有区别，另一方面也让读者摸不着头脑。

不过，仔细看有些东西还是能够反映他生活时代的社会现实的，曹雪芹生活时代的北京风俗跟我们所了解的清末、民国风俗是不完全一样的。

吴恩裕先生（铁岭人）做曹雪芹研究的时候曾说，启功先生是皇族后裔，对《红楼梦》中的很多北京习俗是很明白的。但是也有一些习俗、词语，启元白（启功）先生已经不熟悉了，而吴先生就比较清楚。

这说明什么呢？就是说，从曹雪芹生活的乾隆中期到民国，再到建国这段时间，北京的风俗、语言发生过相当大的变化。因此，不能拿清末民初的北京习俗与《红楼梦》做比较，应该拿清朝初中叶，最好是曹雪芹生活时代的文献记载去比。

我一直希望能把《红楼梦》里所有的旗俗摘出来，这些旗俗就是清朝初中叶北京旗人的生活状态。

可以这么说，不论是《红楼梦》还是曹雪芹，体现的是汉文化、旗文化、满文化、北京文化、南京文化的融合，集文化大成，南北合一。

第五讲

从纳兰性德到《红楼梦》

一、《红楼梦》公侯家庭的细节描写与纳兰性德家事说

1.《红楼梦》中公侯家族的细节描写

《红楼梦》写得太真实了,甚至很多细节都合乎小说设定的身份,比如第三回《贾雨村夤缘复旧职 林黛玉抛父进京都》中写道:

正房炕上横设一张炕桌,桌上磊着书籍茶具,靠东壁面西设着半旧的青缎靠背引枕。王夫人却坐在西边下首,亦是半旧的青缎靠背坐褥。见黛玉来了,便往东让。黛玉心中料定这是贾政之位。因见挨炕一溜三张椅子上,也搭着半旧的弹墨椅袱,黛玉便向椅上坐了。

"半旧的"三字处，脂批数条云：

甲戌侧批："写黛玉心到眼到，俭夫但云为贾府叙坐位，岂不可笑？"

甲戌侧批："三字有神。此处则一色旧的，可知前正室中亦非家常之用度也。可笑近之小说中，不论何处，则曰商彝周鼎、绣幕珠帘、孔雀屏、芙蓉褥等样字眼。"

甲戌眉批："近闻一俗笑语云：一庄农人进京回家，众人问曰：'你进京去可见些个世面否？'庄人曰：'连皇帝老爷都见了。'众罕然问曰：'皇帝如何景况？'庄人曰：'皇帝左手拿一金元宝，右手拿一银元宝，马上稍着一口袋人参，行动人参不离口。一时要屙屎了，连擦屁股都用的是鹅黄缎子，所以京中掏茅厕的人都富贵无比。'试思凡稗官写富贵字眼者，悉皆庄农进京之一流也。盖此时彼实未身经目睹，所言皆在情理之外焉。"

曹雪芹的亲友自然知道曹雪芹的生平、交游、见闻，知道他何以能够将公侯府邸细节写得栩栩如生，所以才有这些批语，赞扬曹雪芹能够再现所见。但是，普通读者是不知道的，尤其是随着抄本的抄录，书上批语不断被删减，读者就更难知晓了。

明义《题红楼梦》二十首，序中猜测道："曹子雪芹出所撰红楼梦一部，备记风月繁华之盛：盖其先人为江宁织府。"以为曹雪芹所写系其江南回忆，这已经很不准确了，须知曹雪芹自江南返回京师不过十四虚岁，江南记忆能有多少？！

正因为如此，曹雪芹才把贾府定位成在北京生活的南京人，这就使得他的写作可以南北融合，是《红楼梦》不愿意让读者猜测到底写的哪里，实际上也是为了避免对南方记忆模糊造成写作不准确而使用的特别手法。

再者,中国彼时的小说,包括当下的小说,确实有对现实原型的强力表述,如《儒林外史》《聊斋》《阅微草堂笔记》《孽海花》,因此,大众相信《红楼梦》一定描述了现实中的某些家族人物,不管是多大程度的描写或者再现了那些家族。

2. 关于纳兰性德与《红楼梦》关系的几种说法

结合《红楼梦》写作中贾府的等级、规模、人物等因素,考虑文学的技法,清朝人认为,《红楼梦》写的是明珠家事。

> 曹雪芹,高庙末年,和珅以呈上,然不知所指。高庙阅而然之,曰:"此盖为明珠家作也。"后遂以此书为明珠遗事。——《能静居笔记》
>
> 相传此书为纳兰太傅而作。——周春《阅红楼梦随笔》
>
> 《红楼梦》一书……乾隆五十年以后,其书始出,相传为演说故相明珠家事。——梁恭辰《北东园笔录》
>
> 《红楼梦》一书,所载皆纳兰太傅明珠家之琐事。——徐珂《清稗类钞》

可见,在清代,以为《红楼梦》写明珠家事,在知识界算是一个不断传递的说法。

那么,曹雪芹、《红楼梦》与纳兰性德,包括性德的父亲明珠到底是怎样的关系呢?明珠、性德的情况是怎样的呢?

二、纳兰明珠与纳兰性德的概况

1. 纳兰性德的家族与父母情况

纳兰性德祖上为明末清初东北海西女真叶赫部贝勒（贵族）。

性德的曾祖父名叶赫那拉·金台吉，金台吉之妹孟古哲哲嫁努尔哈赤（后生皇太极）。金台吉后被努尔哈赤击败，祖父尼雅哈率部投降，授佐领（八旗基层组织首领，统辖三百人）。其后，明珠娶阿济格之女为妻。因此，纳兰家族与爱新觉罗皇室存在亲戚关系。明珠与顺治同辈，为表兄弟关系，系康熙皇帝的堂姑父。

明珠生于天聪九年（1635）十月初十，字端范，十四岁以侍卫出身踏上仕途，累官銮仪卫（皇帝仪仗部队）治仪正，不久迁为内务府郎中，康熙三年（1664）拔内务府总管。康熙五年任弘文院学士，开始参与国政。

内三院始设于清皇太极天聪三年。皇太极为巩固君主地位、削弱议政王大臣之权，便仿明内阁制，设内国史院、内弘文院及内秘书院，统称内三院：内国史院掌记注诏令、编纂史书、撰拟表章；内秘书院掌撰外国往来文书及中央诏令、祭文；内弘文院掌历代善恶记注，侍读皇子，教导诸亲王。

后，明珠转刑部尚书、都察院左都御史、经筵讲官、兵部尚书、吏部尚书，加封太子太师，权倾朝野。

康熙二十六年冬（1687），直隶巡抚于成龙向康熙密奏："官已被纳兰明珠和余国柱卖完。"康熙帝问高士奇："为什么没有人参劾？"高士奇回答："人谁不怕死？"二十七年，御使郭琇上疏弹劾纳兰明珠结党营私、排斥异己。为清除朝廷中群臣阿奉明珠情况，罢明珠大学士职，交给侍卫酌情留用，不久，随康熙西征葛尔丹，升领侍卫内大臣，四十七年，病故。

明珠的夫人觉罗氏，为英亲王阿济格（多尔衮同母长兄）第五女，生于崇德二年（1637）七月，比明珠小两岁。顺治八年（1651），二人成亲，时，明珠十七岁，觉罗氏十五岁。

顺治十一年十二月十二日，纳兰性德出生于积水潭北岸明珠宅邸，时，明珠二十岁，觉罗氏十八岁。

2. 纳兰性德生活的环境

明珠的家位于京师北部正黄旗，北临德胜门，右前为积水潭（时人称西海），正前临后海（什刹海又分为前海、后海和西海——又称积水潭），靠近净业寺。这处房子是满族人入关后，按照旗份和级别分发的。

入关之后，为安置八旗兵民，避免旗民矛盾，保证八旗文化传承，将北京北城人全部迁往南城，入关之旗人入住北城，这就是旗民分治（见图5-1）。

八旗人丁按照八旗驻扎位置分布，以面南背北的位置，左右（东西）两翼分布。

明珠隶属正黄旗，故居住北海北面积水潭北岸。

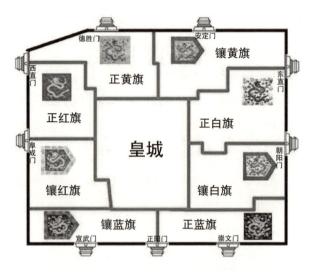

图 5-1　八旗地理位置

积水潭一带绿柳依依，湖水荡漾，湖岸上寺观数座，加之附近还有面积不小的稻田，故成为北城著名的风景旅游区和宗教信仰区。

哥哥郑库（明珠长兄，明珠二兄、四弟皆早死）是正四品佐领，按照制度，当有十间房子，明珠的銮仪卫云麾使亦为正四品，自然也是十间房的规模——由于贫富分化，不少旗人已经开始变相买卖房屋，住的房子未必完全符合制度规定。

当然，旗人家里多有奴仆（以入关前战争俘虏为主，入关后，也有战争俘虏和卖身为奴的），住在这十间房子里的，自然还有明珠家的仆人。

3．纳兰性德的基本情况

顺治十一年十二月十二日，纳兰性德出生（见图5-2）。

图 5-2　纳兰性德（1655—1685 年）

是年，三月十八日，顺治皇帝第三子玄烨（即后来的康熙皇帝）出生。也就是说，性德、玄烨同岁。

性德出生的时候，已经是年底。这时候，一家人自然是各种忙碌。

明珠给自己的第一个孩子起名为成德（满文小的意思）。《易经·乾卦·文言》上说：

乾元者，始而亨者也。利贞者，性情也。乾始能以美利利天下，不言所利。大矣哉！大哉乾乎？刚健中正，纯粹精也。六爻发挥，旁通情也。时乘六龙，以御天也。云行雨施，天下平也。君子以成德为行，日可见之行也。

康熙皇帝（见图 5-3）第二子允礽未有大名前，名"保成"（康熙十三年五月初三生，后名允礽，康熙十四年六月初六被立为太子），成德为避讳（回避圣贤、帝后、长辈名字），一度更名性德，随着保成名允礽复改回成德。唯成德死后，徐乾学等出版成德《通志堂集》署"纳兰性德"，故世人皆知"性德"。

图 5-3　康熙皇帝（1654—1722 年）

顺治十六年（1659），纳兰性德六岁（实际五岁上下），开蒙受学。康熙六年（1667），十四岁，受业于康熙六年进士董讷。康熙八年，十六岁（成丁）。十年，补诸生（经考试录取而进入中央、府、州、县各级学校，包括太学学习的生员，有增生、附生、廪生、例生等，统称诸生）。十年，十八岁（因性德生日晚，师友一般称十七岁），入国子监，受到祭酒徐元文的赏识。

明清两代的科举制度如下：

乡试制度：

明清两代，每三年在各省省城（包括京城）举行一次考试，因在秋八月举行，故又称秋闱（考场）。主考官由皇帝委派。考后发布正、副榜，正榜所取的叫举人，第一名叫"解（jiè）元"，第二名至第十名称"亚元"。

会试制度：

明清两代每三年在京城举行一次考试，因在春季举行，故又称"春闱"。考试由礼部主持，皇帝任命正、副总裁（即主考官），各省的举人及国子监监生皆可应考，录取三百名，称为"贡士"，第一名叫"会元"。

殿试制度：

殿试是皇帝主试的考试，考策问。参加殿试的是贡士，取中后统称为"进士"。殿试分三甲录取。

第一甲赐进士及第，第二甲赐进士出身，第三甲赐同进士出身。第一甲录取三名，第一名俗称"状元"，第二名俗称"榜眼"，第三名俗称"探花"，合称为"三鼎甲"。状元授翰林院修撰，榜眼、探花授翰林院编修。

第二甲第一名俗称"传胪"。二三甲进士参加朝考，考论诏奏议诗赋，选擅长文学书法的为庶吉士，其余分别授主事（各部职员）、知县等（实际上，要获得主事、知县等职，还需经过候选、候补，

有终身不得官者）。

庶吉士在翰林院内特设的教习馆（亦名庶常馆）肄业三年期满举行"散馆"考试，成绩优良的分别授翰林院编修、翰林院检讨（原来是第二甲的授翰林院编修、原来是第三甲的授翰林院检讨），其余分发各部任主事，或分发到各省任知县。

纳兰性德的科举之路，《八旗通志初集》卷一二六《选举表二》记载道：

康熙十一年壬子科，正黄旗，成德，满洲；癸丑进士；丙辰，补殿试。

康熙十一年，顺天乡试，纳兰与试，主考官为浙江德清人蔡启傅、江苏昆山人徐乾学。纳兰性德中式（科举考试合格），二人遂为纳兰性德座师。纳兰性德后与徐乾学交往甚多。

癸丑，即康熙十二年（二十岁）；丙辰，即康熙十五年（二十三岁）。

康熙十五年，成德补殿试，中第二甲第七名。

纳兰性德其人，他的朋友韩菼评价道：

读书机速过人，辄能举其要。著诗若干卷，有开、天丰格；颇好为词，爱作长短句，跌宕流连，以写其所难言，尝辑《全唐诗选》《词韵正略》。而君有集名《侧帽》《饮水》，皆词也。

他的座师徐乾学也说:"容若自幼聪敏,读书过目不忘,善为诗,尤工于词。好观北宋之作,不喜难渡诸家,而清新秀隽,自然超逸。海内名人为词者,皆归之。"

他的号称"知己"一人的顾贞观则说:"容若词,一种凄婉处,令人不忍卒读,人言我愁我始欲愁。"陈维崧甚至说他的《饮水词》,"哀感顽艳,得南唐二主之遗"。

康熙十二年后,纳兰性德养病渌水亭(玉泉山下别墅),读书、游览、交接友人,先后著《渌水亭杂识》《合订删补大易集义粹言》(与陆元辅合作)并写了大量诗作。

此外,纳兰性德还著有《陈氏礼记集说补正》,曾编纂过《全唐诗选》《词韵正略》,还主持编纂一部儒学经典解释著作汇编,即以徐乾学、朱彝尊参与的《通志堂经解》。

康熙十七年,纳兰性德被皇帝任命为三等侍卫,开启了他的仕途。纳兰性德为皇帝当差,并随皇帝或受皇命,到过黑龙江、吉林、辽宁、山西、甘肃、山东、江浙一带,见闻既广,多有文章、诗词之作。

纳兰性德的词以"真"取胜,写景逼真传神,词风"清丽婉约,哀感顽艳,格高韵远,独具特色"。著有《侧帽集》《饮水词》(皆词集)、《通志堂集》(全集,纳兰性德死后,徐乾学等整理出版)等。

康熙二十四年(1685)五月三十日,纳兰性德溘然而逝,年三十二岁(实三十岁)。

三、纳兰家族与曹雪芹家族

纳兰家族与曹雪芹家族的关系,以目前所知,主要表现在以下几方面。

1. 明珠与曹玺

明珠与曹玺的交集主要在两个职务上,一个是銮仪卫,一个是内务府。

明珠和曹玺都是皇帝侍卫出身,曹玺在侍卫皇帝之前,还给多尔衮做过侍卫,并从征大同姜瓖之乱(顺治五年十二月叛,次年平)。顺治六年前后,明珠为銮仪卫治仪正,顺治七年(1650),转云麾使(正四品,十七岁),曹玺被顺治拔入自己侍卫,后管銮仪事(本年冬,多尔衮死)——銮仪卫设銮仪使、銮仪副使、冠军使、冠军副使等职位。

康熙元年(1662),二人转内务府,明珠先为内务府郎中,康熙二年,曹玺以内务府郎中身份外放江宁织造,直到康熙二十三年离世;而康熙三年,明珠为内务府总管,五年,为弘文院学士。

因此,明珠、曹玺应该有十数年的交集。

2. 纳兰性德与曹寅

纳兰性德生于顺治十一年,长曹寅四岁(曹寅生于顺治十五年),

两家距离不远（清初内务府人住北海东一带）。康熙二年，曹寅随父亲曹玺南下江宁（时年六岁），二人相识于何时不得而知。

康熙十一年，十五岁的曹寅入京师，就顺天乡试，不中，被皇帝任命为侍卫，在鹰狗监任上。康熙十七年，二十五岁的性德为皇帝侍卫，在御马厩任上。其后，二人同为御前侍卫。

康熙二十三年，曹玺病重，曹寅南下江宁，协理江宁织造，是年末，性德随皇帝南巡至江宁，到织造府慰问，并允为《楝亭图》题诗；二十四年，性德为《楝亭图》题跋《曹司空手植楝树记》，并题词《满江红·为曹子清题其先人所构楝亭，亭在金陵署中》：

籍甚平阳，美奕叶、流传芳誉。君不见，山龙补衮，昔时兰署。饮罢石头城下水，移来燕子矶边树。倩一茎、黄楝作三槐，趋庭处。

延夕月，承晨露。看手泽，深余慕。更凤毛才思，登高能赋。入梦凭将图绘写，留题合遣纱笼护。正绿阴，青子盼乌衣，来非暮。

是年，曹寅偕家回京，为官于内务府慎刑司员外郎，转会计司郎中，广储司郎中，康熙二十九年，外任江宁织造，直到康熙五十一年病死于江宁。康熙三十四年（1695）秋，庐江郡守张纯修（号见阳）到江宁织造署拜访曹寅，曹寅邀请江宁知府施世纶共聚，三人秉烛夜话于楝亭。张纯修即兴作《楝亭夜话图》，然后三人分咏。曹寅《题楝亭夜话图》云：

忆昔宿卫明光宫，楞伽山人貌姣好。
马曹狗监共嘲难，而今触痛伤枯槁。
交情独剩张公子，晚识施君通纻缟。
多闻直谅复奚疑，此乐不殊鱼在藻。
始觉诗书是坦途，未妨车毂当行潦。
家家争唱饮水词，纳兰心事几曾知？

"忆昔宿卫明光宫，楞伽山人貌姣好。马曹狗监共嘲难，而今触痛伤枯槁。"可知，性德（号楞伽山人）、见阳、曹寅的早年交往与感情。

性德的《饮水词》《通志堂集》（徐乾学辑《通志堂集》，十八卷，康熙三十年刻本，首赋一卷；诗四卷；词四卷：三百首，较目前已知的三百四十八首少收录四十八首；经解序跋三卷；序、记、书一卷；杂文一卷；《渌水亭杂识》四卷），曹寅自然有收藏。曹寅早年的《荔轩草》（康熙十八年刊），性德当亦有收录。

3. 揆芳后代那拉氏与曹雪芹、《红楼梦》

性德三弟揆芳生有三女：一嫁弘历，一嫁曹雪芹长姑母所生第二子福秀，一嫁傅恒。

这样的亲戚关系，加之纳兰家事、词集在社会上的传播情况，曹雪芹了解纳兰家族的情况、纳兰性德的为人都是不足为奇的。

四、纳兰性德、纳兰词与《红楼梦》

纳兰性德虽然作品不少,但因为三十而亡,学养尚不足以一时称雄。正如姜宸英《通议大夫一等侍卫进士纳腊君墓表》中所言:

今年五月辛巳,君将从驾出关,连促予入城。

中夜酒酣,谓予曰:"吾行从子究竟班马事矣,子谓我何如?"予笑曰:"顷闻君论词之法,将无优为之耶!"是时,窃视君意锐甚。

……于是复挈予手曰:"吾倘蒙恩得量移一官,可并力斯事,与公等角一日之长矣。"

性德系满族人,性情淳朴自然未脱,又深受汉文化,尤其是诗词文化的影响,加之,他对词的用力最多,因此,其词婉艳,真挚感人,最为人称道,其悼亡词尤其感人。

青衫湿遍　悼亡

青衫湿遍,凭伊慰我,忍便相忘。半月前头扶病,剪刀声、犹共银缸。忆生来小胆怯空房。到而今独伴梨花影,冷冥冥、尽意凄凉。愿指魂兮识路,教寻梦也回廊。

咫尺玉沟斜路,一般消受,蔓草斜阳。判把长眠滴醒,和清泪、搅入椒浆。怕幽泉还为我神伤。道书生薄命宜将息,再休耽、怨粉愁香。料得重圆密誓,难尽寸裂柔肠。

青衫湿　悼亡

近来无限伤心事，谁与话长更？从教分付，绿窗红泪，早雁初莺。

当时领略，而今断送，总负多情。忽疑君到，漆灯风飐，痴数春星。

性德喜聚不喜散，尤其知心好友南北别离，总是不忍，其《木兰花·拟古决绝词柬友》云：

人生若只如初见，何事秋风悲画扇？等闲变却故人心，却道故人心易变。

骊山语罢清宵半，泪雨零铃终不怨。何如薄幸锦衣郎，比翼连枝当日愿。

读者或者以这种文字作为《红楼梦》中林黛玉葬花词之类意味的由来，又以为贾府之富贵类似明珠府，贾宝玉对女孩子的温柔类似纳兰性德，但是，这种认知忽略了两个问题。

首先，纳兰词中颇有雄浑之作，如其《金缕曲》云：

德也狂生耳。偶然间、淄尘京国，乌衣门第。有酒惟浇赵州土，谁会成生此意？不信道、遂成知己。青眼高歌俱未老，向尊前、拭尽英雄泪。君不见，月如水。

共君此夜须沉醉。且由他、娥眉谣诼，古今同忌。身世悠

悠何足问，冷笑置之而已。寻思起、从头翻悔。一日心期千劫在，后身缘、恐结他生里。然诺重，君须记。

以此度之，则贾宝玉不能类纳兰性德。

其次，词本酒宴上女伶吟唱作品，故多以女性视角写闺情别离，豪放类词作固然佳作颇多，却不是词作主调，因此，古代词作多有婉约凄婉之作。正如王国维在《红楼梦评论》中写的那样：

然则《饮水集》与《红楼梦》之间稍有文字之关系，世人以宝玉为即纳兰侍卫者殆由于此。然诗人与小说家之用语其偶合者固不少，苟执此例以求《红楼梦》之主人公，吾恐其可以傅合者断不止容若一人而已。

但是，我们也不应该忘记李辰冬先生在《红楼梦研究》中的告诫：

许多人相信《红楼梦》之写纳兰性德的家事一问题，现在仅可在事实上反证这句话的错误，但不敢一定说纳兰性德的家事没有给曹雪芹一种引意或兴会。纳兰词出版于1678年，其中之情思笔调，与林黛玉之情思笔调又相合；加以曹家与纳兰氏往还还甚密，不见得曹雪芹不受纳兰性德的影响。

雪芹离开江南时只十四岁，对当时自家之阔绰情形，当然不很记忆，现要在北京创造一个贾（假）府，自不能不参照当代世家的情况。

这一点就如《红楼梦》与曹家历史、曹雪芹见闻关系一样：

要说曹雪芹以他的家庭为根据则可，要说贾府就是他自己的家庭就有语病……老实地抄写摹效，是绝不会成功的。我们能以考证的，仅系真人物与理想人物之性格关系。以前考证《红楼梦》的影射法固属可笑，即胡先生也不免有太拘泥事实之嫌。

第六讲

曹雪芹故居与文物之谜：曹雪芹京西居所、行迹研究及相关问题

一、关于曹雪芹与香山镶黄旗营的传说

  关于曹雪芹京西居所的资料，学界有记载的文字是在1954年。
  1954年的8月和9月两月，吴恩裕在《新观察》第16—18期上连载了《关于曹雪芹》一文，其中《曹雪芹生平二三事》一节叙及曹雪芹在北京西郊的相关情况。
  吴恩裕《关于曹雪芹》一文发表后，上海曹未风、承德赵常恂先后致信于他。9月28日，上海曹未风函云：

  见《新观察》先生文内谈到曹雪芹在北京西郊住处问题。记得在一九三零年曾在北京西郊到过一个村子（在颐和园后过红山口去温泉的路上附近），名叫"镶黄旗营"。曾听到一位当地人士谈到，曹晚年即住在那里，并死在那里。……事隔多年，

可能记忆有误，提出来仅供参考。

（按，曹未风的记忆确实有误，因颐和园后过红山口去温泉的路上并没有叫作"镶黄旗营"的村子，圆明园正黄旗营位于肖家河一带——勉强可以说靠近"从红山口去温泉"的黑山扈路，而圆明园镶黄旗营还在正黄旗东侧的树村一带。）

10月18日，承德赵常恂致函吴恩裕，告曹雪芹之居处在北京西郊健锐营，云：

曹雪芹穷居著书的地点，可能在北京西郊的健锐营（香山附近，是八旗兵驻地）。我幼年（清末）在北京读书时（满蒙文高等学校，在西城丰盛胡同），有一个同舍生是北京西郊健锐营人，他每星期六出城回家，星期日归校。他常说，郊外骑驴如何有趣，偶谈起《红楼梦》来，他又说作《红楼梦》的曹雪芹就住在他们那里，后来也死在那里。雪芹的旧居房屋，犹有痕迹可指。也还有人收藏着雪芹所写的字画，此外，并说了些雪芹的轶事。

（按，健锐营建于乾隆十四年（1749），其八旗分布在万安山、香山、寿安山、金山一带山湾之中，健锐营之镶黄旗营位于香山煤场街至北京市植物园西门一带，不过位置不在"颐和园后过红山口去温泉的路上"，而在"颐和园后过红山口去香山的路上"。）

沈阳刘宝藩亦曾告诉吴恩裕先生，1950年2月，彼到京郊青龙桥一带参加土改,"偶与正蓝旗住户之满洲人德某谈及《红楼梦》作者曹雪芹,德谓:'曹住在健锐营之镶黄旗营,死后即葬于附近,概曹于该地有小块墓地'云。"①

从以上不同渠道得来的消息,可以知道,20世纪初、中叶香山民众认为,曹雪芹在香山居住时,住镶黄旗营,并最终死于此地。

二、关于曹雪芹镶黄旗营居所:民间传说与文献对照进行的研究

1. 民间传说:口述史与民间文学的混合体

毋庸讳言,民间传说中存在大量失实的信息,甚至可以说,民间传说中90%以上的信息都为后人所夸张,甚至臆造,与历史事实存在甚大的差距;但是,不应该因为民间传说这样的基本特点而全部否定民间传说对历史信息的记忆与传承。

众所周知,作为现代历史研究最基本的资料,不论是正史,还是口述史、历代文人笔记诗文、墓志铭,同样存在失实、夸张、歪曲历史的情况。

史料并不等于历史学。

作为研究者,历史学家的任务就是综合所有可以接触的资料,利用材料可信性判断的基本原则,根据自己的学术背景和学术素养,

---

① 吴恩裕. 曹雪芹佚著浅探[M]. 天津:天津人民出版社,1979.

对材料进行比对、分析和综合研究，得出研究对象各载体信息的关系，以严密的逻辑，做出合理的考证或者推测，逐步揭示或者接近历史的真相。

在非物质文化遗产归类中，民间传说被归为"民间文学"。

应该说，这种归类说不上不合理，但也并不全面。民间传说是一种口述史与民间文学混合的产物，这就要求研究者在利用民间传说时，既要考虑到民间传说中存在历史记忆的属性，同时也要充分认识到民间传说中民间文学的性质，不能将单个的民间传说作为证据用于历史研究。

关键问题在于，研究者所据民间传说中口述史的信息是哪些，民间文学的信息是哪些？这就需要将民间传说所提供的信息与记载研究对象的文献、实物，包括研究对象所处的时代、社会制度等进行综合比对、互证，发现其中的相同点、不同点，分析其不同的原因……

将传说与文献、文物、社会背景、制度进行综合研究，在天地会研究、义和团研究、抗日战争研究中都得以应用，民间传说对历史某些信息的传承的性质亦在研究中得到证明。

2. 曹雪芹京西居所研究：民间传说与文献资料的对证

20世纪50年代，吴恩裕听到的有关曹雪芹住香山一带的传说，皆出现于红学家对曹雪芹与香山关系未加关注的时代，各传说信息中存在一致的地方，即曹雪芹曾住香山健锐营，具体是在镶黄旗营一带，死在此处，葬于附近。

曹雪芹友人敦诚《赠曹雪芹》写雪芹居所云："满径蓬蒿老不华……日望西山餐暮霞。"张宜泉题《芹溪居士》写雪芹居所云："爱将笔墨逞风流，庐结西郊别样幽。门外山川供绘画，堂前花鸟入吟讴。"知道曹雪芹曾居住在北京西郊，其地紧邻山川（门外山川，非是遥望山川供绘画），满径蓬蒿，可以日望西山晚霞。

敦敏《赠芹圃》写雪芹居所云："碧水青山曲径遐，薜萝门巷足烟霞。"《访曹雪芹不值》写雪芹居所则云："野浦冻云深，柴扉晚烟薄。山村不见人，夕阳寒欲落。"写明雪芹居所在山村，其处青山碧水，旁临"野浦"。

将记载曹雪芹居所特征的文献与传说结合考察，可知两者包含的信息是一致的：健锐营镶黄旗位于碧云寺、万花山、寿安山之间，因沟壑分割，由镶黄旗西营、镶黄旗南营、镶黄旗北营三部分组成，其间沟壑纵横，正合曹雪芹友人敦敏等人所谓雪芹居所碧水青山、日望西山、旁有野浦的特点。

也可以为，诗中所写明显为山村，但传说指曹雪芹住在旗营，特征明显不同，且友人不能轻易出入旗营。

这一问题需要结合另一个传说和香山地区人们的语言方式进行解释。

3．镶黄旗、北上坡、公主坟：香山地方历史与风俗

1963 年，张永海告诉吴恩裕等人，曹雪芹最后住在镶黄旗营外的北上坡。

实际上，这一说法与赵常恂、曹末风所遇乡民和德某所言"实

际上"并无差异。其"字面"的区别与香山当地民众基于当地特点对"地点"表达方式的不同有关。

清代旗营一般集中驻扎,按八旗左右翼分布,以便与汉民分开,保证旗营安全,不论是京师,还是地方,京西的圆明园护军营、蓝靛厂外火器营也如此,而香山则不同。

由于香山地处偏僻,且多山川沟壑,为了保证健锐营八旗的驻扎和物资供应,清政府在设置健锐营时因地制宜,左、右两翼沿山湾铺开,遇到村落或寺庙时,采取一村一旗(一寺)的驻扎模式。《日下旧闻考》卷一百一《郊坰西十一》载:

> 静宜园东四旗健锐云梯营之制:镶黄旗在佟峪村西,碉楼九座,正白旗在公车府西,碉楼九座,镶白旗在小府西,碉楼七座,正蓝旗在道公府西,碉楼七座。

《日下旧闻考》卷一百二《郊坰西十二》载:

> 静宜园西四旗健锐云梯营之制:正黄旗在永安村西,碉楼九座,正红旗在梵香寺东,碉楼七座,镶红旗在宝相寺南,碉楼七座,镶蓝旗在镶红旗南,碉楼七座。

乾隆十四年,健锐营初建时有兵丁一千人。《清会典事例》卷八七二《工部一一·营房·京师营房》云:"随征金川云梯兵一千名,别设一健锐营,分为两翼。"至乾隆十八年(1753),"增设骁骑千名"。① 旗兵携家属居住，曹雪芹在香山居住的时候，香山仅健锐营士兵就有两千名，加上家属，每旗有七百余人，是当地较大的村落。即便是清亡后，除四王府、门头村外，各旗演变成的村落也是香山人口规模较大的村落，故而，当地人在说及某地时往往以所在地区旗营的名称作为代称。曹雪芹晚年居住的北上坡一带曾埋葬明朝的公主，故名公主坟。而其地又紧邻镶黄旗西营，故当地人在称呼这一带时，往往统称为镶黄旗，这就是曹雪芹晚年住镶黄旗外北上坡（见图6-1），而人们或者称之为北上坡，或者称之镶黄旗，或者称之为公主坟的原因。

图 6-1　光绪京西园林图上的公主坟、镶黄旗西营

---

① 《会典事例》卷四百二十八。

三、关于曹雪芹京西正白旗故居的传说

虽然，吴恩裕先生很早就搜集到曹雪芹住镶黄旗的传说，但并没有真正引起关注，学界和社会真正开始关注曹雪芹与香山的关系是在 1963 年。

1. 张永海关于曹雪芹正白旗居所的传说

1963 年，为纪念曹雪芹逝世二百周年，文化部在故宫文华殿举办纪念活动。

3 月初，中国新闻社记者黄波拉（黄绍竑侄女）到卧佛寺侧龙王堂看望同乡好友冯伊湄——1957 年，冯伊湄与丈夫——著名画家司徒乔借香山写生、休养，1958 年 2 月司徒乔病逝于香山。

闲谈中，黄波拉提及文化部举办"纪念曹雪芹逝世二百周年活动"的事情。冯伊湄遂道，有个曾跟司徒乔学画的学生叫张家鼎，他的父亲正黄旗蒙古人张永海知道许多关于曹雪芹的传说，可以一起聊聊。

其后，黄波拉将相关信息带回城里。不久（3 月中旬），中国社会科学院《文学遗产》编辑部找到著名红学家吴恩裕，委托他到香山访问张永海。3 月 17 日，吴恩裕邀请吴世昌、周汝昌、陈迩冬及骆静兰等人同往香山。

当年，张永海整 60 岁，是蒙古旗人，清末从八旗高等小学毕业。他家从清初就世代居住在香山门头村正黄旗军营中。张永海的父亲张霭泉少时喜欢编唱莲花落，能唱整本的《红楼梦》。小时候张永海就从父亲、乡亲那里听过许多关于曹雪芹的故事。在采访中，张永海讲道：

> 他搬到香山……他住的地点在四王府的西边，地藏沟口的左边靠近河的地方，那儿今天还有一棵二百多年的大槐树……鄂比就送他一副对联："远富近贫，以礼相交天下有；疏亲慢友，因财绝义世间多。"

张永海讲述的传说经吴恩裕整理，曾经在中国作家协会内部印行过，但并未对社会公开发表。

值得注意的是，此时的香山百姓还不知道什么是"红学"，除吴恩裕曾于1962年一度在香山考察曹雪芹传说外，学界还没有其他人到香山进行考察。

1963年4月18日，由张永海口述、其子张家鼎整理的《曹雪芹在西山的传说》一文发表在《北京日报》"北京春秋"版上。4月27日至5月1日，黄波拉也将从张永海那里听来的有关曹雪芹的传说整理成文，发表在《羊城晚报》上。至此，学界和社会上才知道张永海从父、祖和乡亲那里听来的这些有关曹雪芹的传说。

2. 关于正白旗和镶黄旗

赵常恂、张宝藩等人听来的传说，称曹雪芹住香山镶黄旗营，而张永海听来的传说则称曹雪芹住香山正白旗营，何以有这样的区

别呢？

实际上，张永海听来的传说中对这个问题有相应的描述：

> 乾隆二十年春天雨大，住的房子塌了，不能再住下去……鄂比帮他的忙，在镶黄旗营北上坡碉楼下找到两间东房，同院只住一个老太太……

可见，曹雪芹先住正白旗营，乾隆二十年以后才搬出正白旗，到镶黄旗营北上坡居住，张永海听来的传说中与赵常恂、张宝藩听来的传说中关于曹雪芹住处的信息并不矛盾①。

四、正白旗曹雪芹故居与正白旗 39 号院

1. 正白旗曹雪芹故居位置

1971 年 4 月 4 日以前，正白旗 39 号院与曹雪芹正白旗故居之间并没有产生太多关系。

不过，按照吴恩裕的说法，1963 年 3 月 17 日下午 1 点，张永海曾带吴恩裕、吴世昌、周汝昌等人去看过"雪芹的旧居遗址"，先看了镶黄旗营外公主坟一带，而关于他们当日参观曹雪芹正白旗旧居的情况，吴恩裕先生是这样记载的：

---

① 由于民间传说以集体传承的方式进行，因此，经常存在某些传说为这批人所知，而某些传说出自另一批人，甚至为一两个人所知道的情况。

横过今天通往卧佛寺的马路和现在的河滩,走出河墙外就是地藏沟口。雪芹……旧居就在沟口南面的一棵古槐附近。他的旧居后面是当年的档房。档房是正白旗存档的地方……旧居的门前横着一条河。

1963年时,地藏沟口有古槐的地方就在正白旗39号院门口(见图6-2)。当地人之所以称曹雪芹正白旗故居前有一棵古槐或者一棵二百多年的槐树,而不称有三棵古槐,盖与正白旗39号院门口中间一棵古槐胸径独大有关。从吴恩裕的记载可知,当时,吴恩裕、吴世昌、周汝昌等人都是到正白旗39号院前的。

图6-2　正白旗39号院门口

图注:地藏沟口溪水经过正白旗39号院落流入正白旗西面河滩;图中横向路下的泄水口就是原来地藏沟溪水下流的通道。

2. 鄂比赠曹雪芹对联的发现

1963年,张永海讲述给红学家听的传说中还有一个重要的信息,即鄂比曾送给曹雪芹一副对联,云:

远富近贫,以礼相交天下有;
疏亲慢友,因财绝义世间多。

实际上,在1971年4月4日之前,这副对联并没有引起人们特别的注意。

当时,住在正白旗39号院的是从北京二十七中回到正白旗居住的语文教师舒成勋与他的哥哥。

由于舒成勋早年在外谋生,正白旗39号院为舒成勋的哥哥长期居住。1970年,在北京二十七中教书的舒成勋因为海外关系被打成"敌特",被迫"退休",回到正白旗老屋居住。

1971年4月4日下午3点左右,正白旗39号院房主舒成勋的夫人陈燕秀无事之余打扫西屋,在挪床的时候,因为腿脚残疾不利索,偶然间,床板上的铁钩在晃动中挂下一块墙皮,而墙皮下另有一层墙皮,墙皮上还有墨迹。

陈燕秀是青岛人,不识字。出于好奇,陈燕秀将已经破损的墙皮逐渐抠开,发现60%的墙壁上都写着文字。晚上,从城里办事回来的舒成勋在墙皮上题写诗文的中央发现一片呈菱形的文字(见图6-3):

远富近贫，以礼相交天下少；

疏亲慢友，因财而散世间多。真不错。

图 6-3　1971 年在正白旗 39 号院西墙壁下发现的文字

3．正白旗 39 号院"题壁诗"发现后的一些情况

第二天，舒成勋让外甥郭文杰（后曾任北京市财政局副局长）为"题壁诗"拍摄了照片，并向香山街道办和派出所进行了汇报。

4 月 6 日，街道派出所李某来正白旗 39 号院看题壁诗。9 日，北京文物管理处赵迅到正白旗 39 号院看了题壁诗。5 月 13 日，中国科学院哲学社会科学部文学研究所接到民盟中央的电话通知，委托吴世昌前来香山调查；同日，胡文彬、周雷也曾到正白旗调查访问。

6 月 9 日，北京文物管理处派于杰等人将舒家题壁诗揭走[①]。当时，舒成勋不在家。

---

① 胡文彬，周雷．红学丛谭[M]．太原：山西人民出版社，1983．

关于于杰与正白旗题壁诗的关系还有一个后续。周汝昌《北斗京华》之《张家湾传奇》一文载：

会毕，款待午餐，从会场走向饭厅路上，于杰先生对我说了一席话也很重要，他说，眼神经萎缩，视力坏了。早年，他发现的"抗风轩"的墙皮上的字，那是假的。

周文附注云：

1992年8月1日，随我与会者是我的小女伦苓，于杰先生的这一席话，我二人同闻，字字在耳，不可埋没。①

笔者未见于杰先生关于题壁诗的鉴定文字意见，然其对周汝昌先生所讲"他发现的'抗风轩'的墙皮上的字"却难解其意，因此题壁诗系舒成勋夫人陈燕秀发现，难道于杰向周汝昌表达的意思是"早年，他即发现'抗风轩'墙皮上的字是假的"吗？

五、关于正白旗 39 号院与曹雪芹故居关系的研究

1. 由传说与发现产生的逻辑

在学者与香山百姓互不了解的情况下，香山民间传说称，曹雪

---

① 周汝昌. 北斗京华[M]. 沈阳：辽宁教育出版社，2001.

芹正白旗故居"在四王府的西边,地藏沟口的左边靠近河的地方,那儿今天还有一棵二百多年的大槐树",正白旗的档房位于故居后,如图6-4所示。

图6-4　张永海讲述的曹雪芹正白旗故居位置示意图

又称:"鄂比就送他(曹雪芹)一副对联:'远富近贫,以礼相交天下有;疏亲慢友,因财绝义世间多。'"

而就在专家了解到这个传说后的八年后,即1971年,在曹雪芹正白旗故居的范围内的房子墙壁上发现了曹雪芹友人赠送给曹雪芹的对联,单就逻辑而言,发现对联的房子应该是曹雪芹正白旗故居。

当然,这里还需要一个前提,即要确定这些文字书写于曹雪芹在正白旗生活居住的时间段内。

2. 吴世昌、赵迅、张伯驹对正白旗39号院题壁诗书写时间的研究

关于题壁诗的内容和书写年代,吴世昌认为:

> 题诗者并不署名……他所欣赏选录的"诗"都很低劣……大概是一个不得意的旗人。

> 乾隆十一年(1746)丙寅,当时传说中鄂比赠雪芹的对联尚未出现。雪芹也还没有移居郊外。

不过,吴世昌关于正白旗39号老屋墙壁上"选录的'诗'都很低劣"的鉴定,却被同样反对正白旗39号院为曹雪芹故居的赵迅所驳。

经赵查找,题壁诗文多抄自《唐六如居士全集》《西湖志》《东周列国志》《水浒传》等,可见,墙壁上的题诗不能说"都很低劣",至少在这一点上吴先生的结论做得过快了些。

至于题壁诗的书写年代,赵迅与吴世昌的意见也不相同。赵迅认为:

> 曹雪芹移居西山的年代虽无确考,但从敦氏兄弟、张宜泉等人的诗句等旁证材料中推断,大约不出乾隆十六年至二十一年(1751—1756)。

题壁诗中有两处丙寅纪年……乾隆十一年时尚未迁居西山……因此，从代上看，这里也不可能是"曹雪芹故居"。

并称："从题壁诗的内容与舛误情况判断，这当是清代末叶住在当地的一位粗通文墨但水平不高的失意人所为。"①

赵迅对曹雪芹迁居西山的时间推论依据是什么，因其文章并未明言，不知何以立论。

若以敦诚作于乾隆二十二年秋的《寄怀曹雪芹霑》中"君又无乃将军后，于今环堵蓬蒿屯"知曹雪芹已迁居京西而有以上推测，逻辑上就存在问题。

文人出版诗集一来并非全部诗作，二来诗集并非日记、无事不载，鉴于文人诗集记载史实的粗疏，以其记载证明事有则可，以之未有某事之记载证明某事不存在则不可。具体到曹雪芹的行踪，以《寄怀曹雪芹霑》断曹雪芹迁居京西之下限则可，以之推断上限则不可。

否则，如果按照乾隆二十二年敦氏兄弟始有诗及曹雪芹，便断曹雪芹乾隆二十二年方迁居香山的逻辑，则可以认为至乾隆二十二年敦氏兄弟始有诗歌及曹雪芹，则可知乾隆二十二年以前曹雪芹与敦氏兄弟并不相识。

吴恩裕先生考敦氏兄弟之行踪，知敦诚于乾隆九年入右翼宗学，时十一岁，敦敏亦在宗学，时十六岁。按照敦诚《寄怀曹雪芹霑》"当时虎门数晨夕，西窗剪烛风雨昏"的记载，推测雪芹之交敦氏兄弟当在乾隆十三四年。时，敦诚十五岁上下，可以与雪芹形成"接

---

① 赵迅. "曹雪芹故居"题壁诗的来源 [J]// 红楼梦研究集刊（第一辑），上海：上海古籍出版社，1979.

离倒著容君傲，高谈雄辩虱手扪"的关系①。

可知，上述以敦诚写曹雪芹诗的上限作为曹雪芹移居香山时间的下限，逻辑上并不成立。

若以张永海讲述之"乾隆十六年，他（曹雪芹）就离开宗学，搬到西郊来住了"为据，推测曹雪芹至乾隆十六年才来香山，题壁诗上的丙寅或者非乾隆十一年之丙寅，或者题壁诗之丙寅系嘉庆十一年之丙寅或同治五年之丙寅，则与张伯驹先生对题壁诗书法风格的判断相悖。

1975年8月29日（农历），著名文物鉴赏家张伯驹携夏承焘、钟敬文、周汝昌等人到正白旗39号老屋访问。舒成勋将当年的"题壁诗"照片拿给张伯驹等观看。张伯驹后有《浣溪沙》记载当日之事，词注中写道："按，发现之书体、诗格及所存兔砚断为乾隆时代无疑。"②

墙壁题诗中一诗落款为"岁在丙寅"。依照张伯驹关于题壁诗书体为乾隆时代风格的鉴定，则此"丙寅"应为乾隆十一年（1746）。

3．如何理解张永海所谓曹雪芹乾隆十六年迁居正白旗的说法

那么，如何理解张永海传说中关于曹雪芹乾隆十六年迁居正白旗的说法呢？

其一，学术考证利用民间传说资料时，如果有相关的文献和文

---

① 吴恩裕．曹雪芹和右翼宗学：虎门考[M]//曹雪芹丛考．上海：上海古籍出版社，1980．
② 张伯驹．断续词[M]//张伯驹词集．北京：中华书局，1985．

物资料，需要将民间传说记载的信息与文献、实物记载的信息进行对照，以文献、文物记载信息为主，以传说记载信息为辅。

其二，传说传递的与文献、实物记载不同的信息，其背后的实际信息是否有其他解释，可与文献、实物记载信息一致。

因此，传说出现早于题壁诗发现时间八年、传说与题壁诗中鄂比赠雪芹对联的信息一致、传说与题壁诗发现形成逻辑、张伯驹先生对题壁诗书写年代风格的鉴定可证，曹雪芹迁居西郊、书写题壁诗文的时间下限为乾隆十一年。

有人认为，张永海传说中提到乾隆二十年曹雪芹正白旗房子塌了，因此，即便房屋墙壁上曾有过曹雪芹的题字，也不可能保存下来。

实际上，这种说法混淆了房子"塌"了和房子"倒"了的区别：所谓"倒"，是指房子的某一面墙壁或几面墙壁倒了，而"塌"则指房顶的漏与掉，两者完全不同。

4．关于"题芹溪处士"款书箱的鉴定与质疑

北京人张行家中有一对书箱，其一盖上镌"题芹溪处士"款、其一盖上镌"乾隆二十五年岁在庚辰上巳"——此盖后面墨笔书"为芳卿编织纹样所拟歌诀稿本"等五行文字（简称"五行书目"）及起首《不怨糟糠怨杜康》悼亡诗一首。

关于此书箱，1976年，故宫明清木器史专家王世襄曾陪当时的文化部副部长袁水拍、红学家吴恩裕、红学家冯其庸等看过两次，指出器物为乾隆时期物品无疑。

关于此书箱，学界不少人都提出过异议，如朱家溍认为书箱盖后书有"纹样"二字，非曹雪芹时代所有；史树青认为曹雪芹纪念馆展览之书箱尺寸、格局不合等。

"纹样"一词，严宽从《清代档案史料·圆明园》中查到"乾隆三十一年四月十五日（油木作）……于本月十五日，催长四德将铜水法座一件，上画黑漆底，画五彩花纹样，持进交太监胡世杰呈览"中有记载；陈传坤甚至查到唐朝人张籍《酬浙东元尚书见寄绫素》中有"越地缯纱纹样新，远封来寄学曹人"，可知国人至晚在唐代已使用"纹样"二字，不必待清末从日本传入[①]。

至于曹雪芹纪念馆陈列之"题芹溪处士"款书箱的格局与尺寸，2012年，笔者曾与纪念馆建馆之初负责复制该书箱的薛小山先生面晤，薛告：

格局不对就对了。当年，我去张行家看书箱，张行只让照相，不让量尺寸，我是在两米之外照的照片，回来后，根据照片和目测放大了尺寸。

由此，史树青先生对纪念馆书箱的质疑可以得到澄清，亦可证史树青先生似未曾见过张行家所藏书箱原物。

此外，关于此书箱全部，包括镌刻、墨迹等是否有后人动过手脚，2012年3月5日，经嘉德拍卖木器专家乔皓、颐和园小木作修复专家姚天新、文物鉴赏家戚明等人目验张行家藏之"题芹溪处

---

① 陈传坤，严宽，朱冰. 有关"纹样"一词新发现的文献及其本事考[J]. 红楼（第一百期纪念号），2011.

士"款书箱原件，认为书箱整器为乾隆时期物品，以墨迹吃到木头中的程度判断，书箱盖后五行墨迹、悼亡诗墨迹为两百年前所书，书箱整体、细节皆无任何后人做旧做伪之痕迹，与三十年前王世襄先生鉴定意见无异。

5. 题壁诗、"题芹溪处士"款书箱盖后五行书目的笔迹异同

2008年，公安部文检专家李虹对"题芹溪处士"款书箱原件、正白旗39号院题壁诗原件进行鉴定，认为题壁诗为一人所书，书箱盖后之五行书目与题壁诗为一人所书，此鉴定意见与2010年6月中央政法大学书法学教授孙鹤女士鉴定意见一致。

而早在三十年前，郭若愚先生就已经比较过孔祥泽提供的《废艺斋集稿·南鹞北鸢考工志》"曹霑自序"双钩与"题芹溪处士"款书箱盖后之五行书目之间的笔迹关系，指出两者为一人所书。这一论证方式和结论受到学界的广泛认同，虽然郭认为此二书法皆出自近人[①]。

但是，郭若愚并没有见过"题芹溪处士"款书箱的原物，当然也不能近距离观察和判断"题芹溪处士"款书箱盖后五行书目墨迹吃到木头中的程度和经历的时间。

五行书目墨迹书写时间的鉴定与郭若愚先生对五行书目与《南鹞北鸢考工志》"曹霑自序"双钩书法统一性的鉴定，共同证明至

---

① 郭若愚. 三难《废艺斋集稿》为曹雪芹佚著[M]. 红楼梦研究集刊（第五辑）. 上海：上海古籍出版社，1980.

少孔祥泽提供的《南鹞北鸢考工志》"曹霑自序"双钩书法确有出处，其底本即曹雪芹的书法，这在某种程度上也可以印证《废艺斋集稿》，包括其中附录的敦敏《瓶湖懋斋记盛》的真实性。

题壁诗与乾隆二十五年"题芹溪处士"款书箱盖后五行书目笔迹一致的鉴定，反过来可以证明张伯驹关于题壁诗风格为乾隆时代的鉴定意见是正确的。

这里还涉及一个问题，或者以为，正白旗39号院的建造时间较晚，不可能建造于曹雪芹生活的时代。持此观点者虽少，但也应做必要的回应：

一、这种观点与张伯驹对题壁诗书风的研究直接相悖。

二、这种观点与题壁诗、书于乾隆时代五行书目笔迹一致的鉴定意见相悖。

三、这种观点与古建筑研究专家律鸿年曾指出的正白旗39号院建筑风格为雍正、乾隆时代风格的观点相悖。

6．关于题壁诗不是曹雪芹所作与不是曹雪芹所抄的观点

通过查找题壁诗的出处，赵迅指出：

原诗作者既然是凌云翰、唐寅、陆秩、聂大年、万达甫……等人，因此可以得出明白无误的结论：这些题壁诗确实不是曹雪芹作的。

在赵迅已经查出题壁诗来源的前提下,题壁诗不是曹雪芹所作已是定论,但题壁诗不是曹雪芹所作与题壁诗不是曹雪芹所抄并不是一个概念。对于题壁诗是否为曹雪芹所抄,赵迅认为:

> 题壁者虽粗通文墨,但文学修养甚低。抄录前人诗句随意加以改动,甚至改得诗律不合,平仄失调。难道说才华横溢的曹雪芹能干出这样的事吗?何况题在壁上的还有一些零散的句子,例如"有钱就算能办事""不信男儿一世穷"之类。在伟大作家曹雪芹的身上,如果出现这样的思想感情,那才是绝顶奇怪的事。所以说,往墙上抄诗的也肯定不是曹雪芹。①

赵迅此说影响甚大,在不考虑张伯驹先生对题壁诗风格意见、不了解文物专家对"题芹溪处士"款五行书目鉴定意见和公安部文检专家对题壁诗和五行书目笔迹关系的时候,这种观点影响甚大。

随着相关研究的推进,我们已经知道,题壁诗作于乾隆十一年前后,正白旗39号院既在曹雪芹正白旗故居范围内,且书写有友人赠曹雪芹对联,在这种情况下,我们再重新考虑赵迅的论断以及抄录者题写、修改墙壁上文字的原因就会更谨慎一些。

也就是说,题壁诗中所谓的"错别字",到底是因为作者不通文墨,还是作者别有用意进行的修改,因为没有证据,不好妄测,但从其中某些诗文称"录",却与原诗文字多异的情况来看,有意修改的可能性会更大些。

---

① 赵迅. "曹雪芹故居"题壁诗的来源[J]. 《红楼梦》研究集刊(第一辑),1979:441-447.

六、正白旗与镶黄旗外北上坡

1. 从正白旗到镶黄旗外北上坡

按照张永海听来的传说,乾隆二十年春天以后,曹雪芹自正白旗迁出,到镶黄旗外北上坡、公主坟一带居住,而香山正红旗人席振瀛的说法:

曹雪芹先住在镶黄旗营上面的公主坟,以后迁至正白旗营的营外民居……被抄了家的人等于被剥夺了政治权利,更不能回营居住,所以曹雪芹不可能住在正白旗营营子里,而是住在正白旗营外的民房。他认为,曹雪芹到了香山是住在镶黄旗营的坡上、玉皇顶下面的公主坟。

在这个问题上,有一点必须注意,张永海所传的传说是从先辈和乡亲那里听来的,而席振瀛的观点则来自他对曹雪芹居住正白旗和镶黄旗外公主坟先后的分析,所以,吴恩裕先生很客观地记载说是席振瀛他"认为"。

另外,张永海传说曹雪芹到香山正白旗居住属于"拨旗归营"的先例虽未必符合历史,但毕竟是历代香山人的"认为",而不是他个人的"认为",而席振瀛所谓的"被抄了家的人等于被剥夺了政治权利,更不能回营居住,所以曹雪芹不可能住在正白旗营营子里,而是住在正白旗营外的民房",纯属个人想当然的说法。

就曹雪芹在香山居所的迁移,笔者倾向于张永海传说的从正白旗营到镶黄旗外公主坟,这是因为,1963年出现的香山传说称乾隆二十年曹雪芹从正白旗营迁到镶黄旗营外北上坡,而1971年正白旗营房内发现了传说中友人赠曹雪芹的对联,席振瀛的解释无法面对这一事实。

2. 关于曹雪芹是否可以从旗营迁出到民居

张永海听闻的香山传说与正白旗内友人赠曹雪芹对联的发现及近年来的鉴定证明,正白旗39号院与曹雪芹存在关系,曹雪芹曾在营内居住,那么,曹雪芹是否可以搬出旗营居住呢?

答案是肯定的,只要符合两个条件:曹雪芹的差事去除、在未去职的情况下将营房租与他人。根据刘晓萌对康熙朝至乾隆朝房地契约的研究,旗人以长期契约变相买卖营房、公房的现象甚多,这就打破了我们以往认为的旗人当差就必须要在旗营内生活的观念。

至于曹雪芹为何搬出正白旗,因没有资料记载不可妄测,但是,曹雪芹如果从正白旗营搬出到镶黄旗外北上坡居住,在实际操作上是完全可能的。

3. 关于镶黄旗外北上坡与曹雪芹友人诗

曹雪芹在香山地区的生活,文献资料主要借助于曹雪芹的友人

敦诚、敦敏、张宜泉的诗歌。

但是，在以往的学术争论中存在一个证据与论点错位的现象，即没有考虑乾隆二十年曹雪芹搬出正白旗这一关键点，支持正白旗故居的研究者用曹雪芹友人诗证明诗写的正是旗营景色，而反对正白旗故居的研究者则用曹雪芹友人诗证明诗写的是山村景色。

如果考虑曹雪芹乾隆二十年搬出正白旗到镶黄旗外北上坡居住和曹雪芹友人诗涉及曹雪芹各诗俱作于乾隆二十二年以后，那么用曹雪芹友人诗证明或者否定曹雪芹是否住在正白旗营的论证模式就没有意义了。

七、镶黄旗外北上坡与白家疃

敦敏《瓶湖懋斋记盛》载：

（乾隆二十三年）春间，芹圃曾过舍以告，将徙居白家疃，值余赴通州迓过公，未能相遇。

白家疃位于寿安山后，雍正二年，怡亲王胤祥以其地造别业，雍正八年，胤祥卒，当地百姓请为作祠堂，得到皇帝的批准，并以附近官田作为胤祥祠堂祭田。寿安山前的十方普觉寺是胤祥的家庙，胤祥子第二代怡亲王弘晓修缮该寺一直到雍正十二年，皇帝赐名"十方普觉寺"，并钦派超盛禅师前来主持，弘晓每年春秋至此祭祀。

弘晓《重修退翁亭记》载：

> 谷东卧佛寺，即今普觉寺。建亭之时，颓废已久，蒙世庙敕修，以今名畀王考为香火院，于是，规模宏丽，象教聿兴。中设神位，余春秋承祀。①

山前樱桃沟与山后白家疃有山间小道连通，百姓通过小道往来两地之间。以曹雪芹与怡王府的关系，想来他与弘晓家族在山前的十方普觉寺与山后的贤王祠都会有过交往。

然而，至 20 世纪 70 年代，白家疃因僻居西郊，研究者少有人知，甚至到 1972 年吴恩裕与孔祥泽准备实地考察时，还不知道白家疃在哪里。

一九七二年，我和孔祥泽最初要去白家疃调查一下的时候，我们都不知道白家疃在北京郊区的哪个方向。我记得还是周汝昌先生来我家时，谈起这件事，他也不知道。但他告诉我，说他有一本郊区派出所管界的手册。隔了一天，周让他的儿子给我送来。我查了半天，才在海淀区派出所管界内找到了白家疃这个地名。原来是从北京海淀、颐和园到青龙桥便可岔往温泉以及去妙峰山的必经之路。"疃"字，我们最初也不会读，而是查字典才知道读"tuǎn"的。后来，到了白家疃，又知道该地俗名白家"tān"（滩）。弘晓的《明善堂诗集》里也有用"滩白"

---

① 弘晓：《重修退翁亭记》（《明善堂文集》卷二）。

来代替白家疃处。①

通过对"题芹溪处士"款书箱、正白旗"曹雪芹故居"之"题壁诗"、"曹霑自序"《南鹞北鸢考工志》双钩诸书法的笔迹鉴定,《瓶湖懋斋记盛》中"(乾隆二十三年)春间,芹圃曾过舍以告,将徙居白家疃……乃访其居……其地有小溪阻路,隔岸望之,土屋四间……"所传达的信息应当重新得到审视②。

那么,如何看待曹雪芹在镶黄旗外北上坡和白家疃之间的徙居呢?

按照《瓶湖懋斋记盛》的记载,曹雪芹因乾隆二十二年冬过白家疃,在友人处见其姨母哭瞎双眼,雪芹遂为之医治,至春方好。因雪芹复有迁徙计划,白氏请以祖茔土地、树木为曹雪芹筑室以居。故雪芹在乾隆二十三年春间徙居白家疃,一直住到腊月。

按照《瓶湖懋斋记盛》中所谓借叔父寄居之寺庙为于书度扎糊风筝的说法,此一期间,曹𫖯大概移居京西,而曹雪芹的儿子或者

---

① 吴恩裕. 曹雪芹佚著浅探[M]. 天津:天津人民出版社,1979.
② 2006年3月13日,金鉴在《北京日报·副刊·古都》上发表了《寻踪白家疃》一文,记载其2005年"十一"期间骑车访问白家疃的一段见闻:"我想进一步了解些曹雪芹的故事与传说,村民告知附近有位尹亮老人,今年93岁了,他知道一些曹雪芹的事儿,我来到尹亮老人的家。老人虽然已是耄耋之年,居然能听清我每次的提问,只是说话语速缓慢,当我说明来意后,老人同我谈起了往事……顺着老人的思路提起曹雪芹,老人说:村西有座老爷庙(供奉关公),坐西朝东。尹亮老人的姥爷、父亲和他,三代人都是老爷庙的看护者。一次,尹亮在庙的西南边旧房地基上种萝卜,他的姥爷告诉他,'你种地的房基地原先是曹雪芹的房宅,曹雪芹在老爷庙的西南有三间房,旁边有三亩菜园子'。"

托其叔、或者北上坡同院之老妇人照料。

至于曹雪芹在白家疃居住了多长时间，当我们将诸多零散的资料串到一起时也许就能得出结论。

乾隆二十五年，敦敏有"芹圃曹君霑别来已一载余矣。偶过明君琳养石轩，隔院闻高谈声，疑是曹君，急就相访，惊喜意外，因呼酒话旧事，感成长句"。

"题芹溪处士"款书箱上镌有"岁在乾隆二十五年庚辰上巳""一拳顽石下，时得露华新"句。

光绪年间，齐白石在西安布政使樊樊山幕中听旗人友人说，曹雪芹娶寡居的表妹为妻。

1908年前后（赵常恂称清末），赵常恂健锐营友人称，写《红楼梦》的曹雪芹就住在他们那里，后来也死在那里。

1950年2月，青龙桥正蓝旗住户之满洲人德某告诉张宝藩："曹住在健锐营之镶黄旗营，死后即葬于附近。"

1963年，张永海传说云："鄂比帮他的忙在镶黄旗营北上坡碉楼下找到两间东房……曹雪芹是在那里续娶的……乾隆二十八年……除夕那天他就死了。"

综合来看，曹雪芹在白家疃大概住到乾隆二十四年初，乾隆二十五年初回到北上坡结婚，在那里一直到死。也就是说，曹雪芹应是乾隆二十三年初到乾隆二十四年初在白家疃居住。

八、一个概念的区分：居所与住过

在传说中，曹雪芹京西居所还有数处，如大有庄、蓝靛厂、门头村、杏石口，这些也是否定曹雪芹西山固定居所的依据，认为传说不足采信，不过，按照吴恩裕先生的记载，这些说法多为曹雪芹"住过"某地。

我们都知道居所与住过是不一样的。而曹雪芹住过上述地方自有其道理。

以上数处不仅紧邻香山，或者商业繁华，或者寺庙、庙会在京西宗教文化中占有重要地位，且是往来京师与香山之间的必经之地，曹雪芹到过这些地方、住过这些地方一点儿都不奇怪，但这与曹雪芹在京西的居所和居所研究没有任何关系。

1. 番子营、法海寺、门头村

《红楼梦》第六十三回载：

（宝玉）因又见芳官梳了头，挽起纂来，带了些花翠，忙命他改妆，又命将周围的短发剃了去，露出碧青头皮来，当中分大顶……芳官笑道："我说你是无才的，咱家现有几家土番，你就说我是个小土番儿。况且人人说我打联垂好看，你想这话可妙？"宝玉听了，喜出意外，忙笑道："这却很好。"

1996年人民文学出版社版《红楼梦》的"土番"注释云："古时称边境少数民族为番，俗呼为'土番'。"而《红楼梦大辞典》则解释为"古代对外国人和边疆少数民族的称呼。"

实际上，在清代，人们多以"苗"称云、贵地区少数民族，而对川藏、青海、甘肃交界地区的藏民则称作"番"。《平定两金川方略》载：

赞拉（小金川）、绰斯甲布、布拉克底、巴旺、瓦斯等处，其男妇俱跣足披发、步行山，官书称之为"甲垄部"，各土司、民人俱呼之为"土番"。

甲垄部就是嘉绒部，是对川西北一带藏民的称呼。乾隆十四年，金川战役结束后，乾隆皇帝命于万安山、香山、寿安山、金山山湾建造实胜寺、团城演武厅、健锐营八旗营房。

除健锐营兵丁外，"金川降虏及临阵俘番习工筑者数人令附居营侧"，①这个安置"金川降虏及临阵俘番"的地方就叫作"番子营"，而番子营的上方即法海寺，下方就是门头村。

曹雪芹香山居住期间，从正白旗到门头村、法海寺、番子营都不远，曾借居门头村或法海寺都是正常的。

1964年，老舍先生在香山门头村体验生活，他在给郭沫若的信

---

① 乾隆十五年《御制赐健锐云梯营军士食即席得句有序》。

中写道:"当地百姓云:'曹雪芹曾在附近法海寺出家为僧。'"①

门头村是当时京西各地进京必经之地,是"京西"的门径和第一村,为往来友人、驼队提供住宿、饮食,因此,村落规模宏大,商业繁荣。

杏石口则位于门头村南,是香山通八大处的必经之地,因多杏树,原名杏子口。曹雪芹友人敦敏、敦诚都曾游览、寄住八大处。

以曹雪芹"寻诗人去留僧舍""卖画钱来付酒家"的行径,他常来门头村、杏石口,或者偶尔宿于此地,都是再正常不过的事情。

2. 大有庄、蓝靛厂

大有庄位于圆明园右侧、清漪园后,本名"穷八家",但因位于京师到门头沟妙峰山碧霞元君祠的通道上,加之圆明园、清漪园、圆明园护军营的建立,逐渐富裕,遂更名为"大有庄"。《日下旧闻考》载:"乾隆五年,增设驾车骡马一厩、圆明园大有庄驽马一厩。"

1963 年,张永海传说中曾有曹雪芹做侍卫的说法,而《红楼梦》第十七至十八回写正月十五上元之日贾妃省亲,"一时,有十来个太监都喘吁吁跑来拍手儿。"脂批道:"画出内家风范。"紧接着,"这些太监会意,都知道是'来了,来了'。"脂批道:"难得他写得出,是经过之人也。"

何谓"经过之人",即曹雪芹经历过这样的皇家礼仪。曹雪芹

---

① 当然,我们说传说有失实的成分,曹雪芹到底是在法海寺出家还是寓居法海寺,需要考虑曹雪芹的生平的其他资料,但老舍先生于 1964 年听闻的曹雪芹传说可与清末、民国初及 1963 年前后曹雪芹传说对照,亦可知传说有一定程度口述史的价值,不能以"传说不足采信"一笔打倒。

何以详细地知晓皇家的礼仪及细节呢,这或许与传说所谓曹雪芹曾任侍卫的经历相关——雍正、乾隆二帝以圆明园为京西御园,每年几乎一半时间都在园内,侍卫、官员随驾,在附近居住、生活都是常事。

又,曹雪芹友人张宜泉在海淀镇一带为西席,曹因访友,曾住大有庄也不足为奇。

蓝靛厂位于清漪园西,建有碧霞元君祠,为京师"五顶"元君祠之首,系京师信众最常到的寺庙之一,天启四年《敕赐护国洪慈宫碑记》载:

距都城西北十里许,内监局之蓝靛厂在焉……旧有玄帝祠……万历庚寅间……道士者流复祀碧霞元君于玄帝殿后。

清代,因畅春园、西花园、圆明园护军营(玉泉山静明园、长河边的东冉村、蓝靛厂一带都在护军营右翼镶蓝旗营巡护范围)、健锐营八旗和诸多达官贵人府邸的建立,京西消费日强,加之,旗人妇女对西顶碧霞元君祠的崇拜,蓝靛厂一带逐渐繁荣起来,成为京西重要的村镇。

九、结语:未解决的问题

我们认为曹雪芹曾住正白旗39号院,是基于曹雪芹研究中传

说提供的信息、正白旗题壁诗的发现、两者的时间前后与信息对应、专家鉴定而做出的结论,但是,这并不意味着解决了一切,比如曹雪芹到底什么时间、以何种身份来到正白旗39号院,正白旗39号院与健锐营的关系到底是怎样发展的、题壁诗到底反映了哪些信息,等等,因没有确切的资料,无法做出切实深入的研究,但这并不妨碍对正白旗39号院与曹雪芹故居关系的研究。

毕竟,考证与解释并不是同一种行为:考证基于现实的证据与合理的逻辑,解释则需要记载相关信息的原始资料,而这种资料既不一定会被记入文献、文物,也不一定能够在历史的更迭中保存下来。

关于传说在曹雪芹京西居所和行迹过程中的使用问题,笔者前已多有声明,需要与相应的其他证据结合使用,如传说中所谓的曹雪芹至香山正白旗系拨旗归营、曹雪芹于乾隆十六年移居正白旗等,因与制度不合、与其他相关资料矛盾且不可解释(至少就目前的证据与逻辑而言),暂时不予取信。

总之,对于曹雪芹京西居所与行踪的研究还存在太多空白和"矛盾",这需要在"资料可能"的基础上做更多的工作。

第七讲

从三山五园到《红楼梦》中的大观园

一、《红楼梦》中的时间设置：清朝初年

《红楼梦》写及林如海任两淮盐政之前的职位，书中称"乃是前科的探花，今已升至兰台寺大夫"。甲戌眉批云："官制半遵古名亦好。余最喜此等半有半无，半古半今，事之所无，理之必有，极玄极幻，荒唐不经之处。"①

可见《红楼梦》中时代设置的特点。

《红楼梦》中小说时间设定超越实际时代，尤其是作者的生活时代，早已成为学界通识。但是，书中时间叙述并非真的时代"模糊"，如果细致考察文本，就会发现，小说在宣称描写超越、混乱时代特征的表面下，通过明书暗写，交待了故事发生的时间、地点。

《红楼梦》自称无时代可考，石头则称可以假借汉唐名号。但这些文字不过是作者将传统绘画中常用的烟云模糊的技术手段用

---

① 黄霖. 脂砚斋评批红楼梦 [M]. 济南：齐鲁书社，1994.

于小说写作而已。《红楼梦》第二回《贾夫人仙逝扬州城　冷子兴演说荣国府》中，作者即借贾雨村论"正邪二赋"人物，谈及秉清明灵秀之气、残忍乖僻邪气而成的各人物，"暗示"了小说发生的时代：

若生于公侯富贵之家，则为情痴情种；若生于诗书清贫之族，则为逸士高人；纵再偶生于薄祚寒门，断不能为走卒健仆，甘遭庸人驱制驾驭，必为奇优名倡。如前代之许由、陶潜、阮籍、嵇康、刘伶……近日之倪云林、唐伯虎、祝枝山……此皆易地则同之人也。

唐伯虎（1470—1524）、祝枝山（1460—1526）皆为明中叶书画家，与文徵明、徐祯卿并称"吴门四子"。

以"唐伯虎、祝枝山"为小说故事发生的"近日"，因传统文字对"近日"意义的使用，则《红楼梦》的故事发生时代上限为明朝中晚期。而《红楼梦》第七十八回《老学士闲征姽婳词　痴公子杜撰芙蓉诔》中青州、恒王、林四娘的故事，则把小说限定到明末清初。

其实，乾隆时期就有明确的文字记录证明《红楼梦》作于乾隆初，为曹雪芹所作。乾隆三十三年（1768），宗室诗人爱新觉罗·永忠（康熙十四子允禵之孙）因墨香（额尔赫宜，敦诚叔父）看到《红楼梦》，做《因墨香得观〈红楼梦〉小说，吊雪芹三绝句》。①

---

① 爱新觉罗·永忠. 延芬室集[M]. 上海：上海古籍出版社，1990.

此诗是《红楼梦》最早传播时代、时人最直接记录曹雪芹作《红楼梦》的文献，是考证《红楼梦》作者问题最为直接、最为有力的证据。由该诗的写作时间和其中"可恨同时不相识"可知，永忠知道曹雪芹与他生活于同一时期。

但《红楼梦》第一回《甄士隐梦幻识通灵　贾雨村风尘怀闺秀》中有"曹雪芹于悼红轩中披阅十载，增删五次，纂成目录，分出章回，则题曰《金陵十二钗》。……至脂砚斋甲戌抄阅再评，仍用《石头记》"句，似乎曹雪芹为《红楼梦》的整理者，与永忠之曹雪芹作《红楼梦》的证言看似相悖。

然而，甲戌本的眉批则云："若云雪芹披阅增删，然则开卷至此这一篇楔子又系谁撰？足见作者之笔，狡猾之甚。后文如此者不少。这正是作者用画家烟云模糊处，观者万不可被作者瞒蔽了去，方是巨眼。"由此可知所谓"披阅增删"，不过是作者对自己著作权的"特别表述"而已。

"至脂砚斋甲戌抄阅再评，仍用《石头记》"，还告诉读者，乾隆甲戌（乾隆十九年，1754）曹雪芹友人脂砚斋对《红楼梦》进行抄录，并在自己的本子上进行"再评"。由乾隆十八年上溯十年，则《红楼梦》开笔在乾隆九年（甲子，1744）。

曹雪芹在《红楼梦》的书写中还以"奴才""打千儿"等清代独特词语的使用，透漏了诸多时代信息。"奴才"二字，首见于《红楼梦》第九回《恋风流情友入家塾　起嫌疑顽童闹学堂》，云：

贾政看时，认得是宝玉的奶母之子，名唤李贵……李贵等

一面掸衣服,一面说道:"哥儿可听见了不曾?可先要揭我们的皮呢!人家的奴才跟主子赚些好体面,我们这等奴才白陪挨打受骂的。从此后也可怜见些才好。"宝玉笑道:"好哥哥,你别委曲,我明儿请你。"

了解清代旗人风俗,就会对这段文字中的特有词如"哥儿""奴才"以及文字中小主子与乳母之子的感情有所体会。

明末清初,建州女真崛起于辽沈区域,在阶级分化、战争过程中,不断形成依附于他人的阶层。因女真人的经济以渔猎为主,最初这些依附者主要用于主人的家内服务,故称包衣阿哈、包衣(意思是"家内使用的"),后来也用于农庄经营,战争时也用于作战、后勤。包衣称主人为主子,自称奴才。

这一"旗人内部"的民俗性身份界定词,在清代是仅次于旗人(八旗人)与民人(非八旗人)身份区别的特有词,也是旗人内部使用最广泛、常见的词。与此对应,是旗人男子最常用的"打千儿"礼。第九回中,贾政问跟宝玉的是谁?

只听外面答应了两声,早进来三四个大汉,打千儿请安。

在《红楼梦》明清之际的大背景下,这些属于清代的独特词表明了故事发生的时间。

《红楼梦》中家内奴仆的另一个特点是,有关奴仆间的婚配与家生子称谓的使用。如《红楼梦》第七十二回《王熙凤恃强羞说病来旺妇倚势霸成亲》中，林之孝对贾琏称："里头的姑娘也太多……况且里头的女孩子们一半都太大了，也该配人的配人。成了房，岂不又孳生出人来。"《红楼梦》第七十回《林黛玉重建桃花社　史湘云偶填柳絮词》中也写道："因又年近岁逼，诸务猬集不算外，又有林之孝开了一个人名单子来，共有八个二十五岁的单身小厮应该娶妻成房，等里面有该放的丫头们好求指配。"所谓放出去、配人，也都是清代旗人贵族之家家奴隶婚配的一般风俗。

包衣是主人的奴才，非主人特恩许可，没有出旗为民（入关后，买入奴才不在旗）的可能；为奴期间，包衣为主人工作，主人则要为包衣创建家庭，即在家内男女包衣中指定婚姻（最初是为了家内后世奴才的供应）——对于女性包衣来说，就称作"配人""配小子"，并为奴才提供工作机会和饮食。配人或者还要考虑奴才间的自愿，指配则是主人直接将某人指婚给某人，往往出于一定的目的：曹雪芹的两个姑母都是康熙皇帝直接指婚给王爷为嫡福晋的。

二、《红楼梦》中的空间设置

《红楼梦》第二回《贾夫人仙逝扬州城　冷子兴演说荣国府》，论及贾府没落，贾雨村说道：

去岁我到金陵地界，因欲游览六朝遗迹，那日进了石头城，从他老宅门前经过。街东是宁国府，街西是荣国府，二宅相连，竟将大半条街占了。

初读上述文字,似乎宁、荣二府在南京,但《红楼梦》第四回《薄命女偏逢薄命郎　葫芦僧乱判葫芦案》中,"护官符"写明了贾府实际情况:

贾不假,白玉为堂金作马。
宁国、荣国二公之后,共二十房分,除宁、荣亲派八房在都外,现原籍住者十二房。

南京即宁、荣二府的原籍,建造有相当规模的府邸,这里住着贾府人家十二房,贾府其余的八房都在京师居住,为首的就是宁、荣二府的当家人贾珍、贾赦。京师居住的"亲派八房"在南京也保留有房子,贾赦、贾政家的南京房屋,就是由贾母的大丫鬟鸳鸯的父母看着的。《红楼梦》第四十六回《尴尬人难免尴尬事　鸳鸯女誓绝鸳鸯偶》:

鸳鸯道:"……太太才说了,找我老子娘去。我看他南京找去!"平儿道:"你的父母都在南京看房子,没上来。"

这些房屋,就是《红楼梦》第二回中,贾雨村在石头城见到的"隔着围墙一望,里面厅殿楼阁,也还都峥嵘轩峻;就是后一带花园子里面树木山石,也还都有葱蔚洇润之气"的那些房屋、园林。
正因为贾府在北京,贾府又在南京有房子,《红楼梦》第三十三回《手足耽耽小动唇舌　不肖种种大承笞挞》中,宝玉挨打,史太君才令人去看轿马，说"我和你太太宝玉立刻回南京去"。

实际上，《红楼梦》中的京师不在南京，在第一回《甄士隐梦幻识通灵　贾雨村风尘怀闺秀》中已有暗示。本回中，甄士隐欣赏贾雨村才分，鼓动贾雨村去京师考取功名，贾雨村叹"神京路远"。"神京路远"四字大有玄机，即可证明贾雨村口中的京师不在南京。因为，说此话时，甄士隐、贾雨村在苏州。如果京师指南京的话，从苏州到南京不过四百里，即便步行，也不过七天上下；若能搭船前往，自苏州顺北上运河，过无锡，常州，至镇江，溯江而上，西行至南京。自苏州至南京，无论如何，也说不上"路远"。而自苏州到北京，路程两千三百里。以步行每日六十里计，连续不停，每日赶路，至少也要四十余天才能到达。这才能说得上"神京路远"。

此回中，甄士隐云："十九日乃黄道之期，兄可即买舟西上，待雄飞高举，明冬再晤。"这里之所以说到"西上"，不是由苏州西上南京，而是由苏州入运河，沿长江西上，至扬州，复自扬州北上大运河，直入京师。

自苏州至北京，尤其是有女眷时，多以船行。明代灭元后，出于镇压元朝王气的考量，摧毁元大都，在元大都南再建城市，将积水潭圈入城市；加之人口增加，白浮泉、玉泉山供水下降等原因，本来可以直接驶入京师的漕船只能开到通州，漕粮、货物、行人皆于通州张家湾卸下。其后，或者换小船，沿通惠河至东便门入城；或换轿子、轿车、车辆，走陆路进京。

林黛玉、贾雨村去北京就是如此。《红楼梦》第三回《贾雨村夤缘复旧职　林黛玉抛父进京都》中，林黛玉、贾雨村乘船入京师，

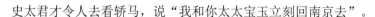
第七讲／从三山五园到《红楼梦》中的大观园

书中写道:"黛玉自那日弃舟登岸时,便有荣国府打发了轿子并拉行李的车辆久候了。"有轿子,说明下船处不是通州张家湾,而是已离京师咫尺的东便门(人轿极重,不能长途行走)。因此,虽书中并未明写地点,但只要熟悉当时北京的历史、地理,即可知通州、张家湾、东便门皆在作者头脑、笔下。

曹家系旗人,往返京师与南京,男人多以马而行。康熙五十四年三月初七《曹頫奏谢继任江宁织造折》云:"奴才于二月初九日奏辞南下,于二月二十八日抵江宁省署,省觐老母,传宣圣旨。"用时二十天。至苏州,又得有一两天行程。而以运河北行,逆流行舟,速度本慢,加之过淮河、黄河,过关待时,一般行程用时当倍于骑马,在一月上下。

清代,两淮巡盐御史于本年十月十三日接印办事,贾雨村到扬州,林如海方到任一月有余,也即十一月中。贾雨村旅店病倒将近一月,则其入林如海家当在十二月中旬。

《红楼梦》第二回写到"堪堪又是一载的光阴",贾敏逝世,林如海令黛玉守制读书,因黛玉哀痛过伤,连日不曾上学。贾雨村闲居无聊,风日晴和,饭后来闲步,遇到冷子兴,知道京师贾府情况;遇到李如圭,知道京师起复旧员,遂与林如海商量。林如海为其介绍,陪贾府来接黛玉船只入京。考虑自扬州入京师船行时间,考虑贾府接林黛玉入京当赶在年前,则书中的"堪堪又是一载的光阴"当是虚写,贾敏之离世当在九十月间。

《红楼梦》第三回中写到因贾敏去世,贾母遣了男女船只来接,时因林黛玉未曾大痊,故未及行。正逢贾雨村求起复事,林如海择月初二日,令林黛玉自扬州起船入京,则此"月初二"当系十一月初二。所以林黛玉至京师贾府时,已经在十一月月底或十二月月初了。

实际上,书中又有一个时间"暗写"。第三回,林黛玉往见王夫人、贾政。王夫人因说:"你舅舅今日斋戒去了,再见罢。"此"斋戒"二字,当指朝廷冬至祭天大典前,皇帝并与祭官员的斋戒。冬至在农历十一月二十一日至二十八日,则本年冬至当在月底,黛玉进京,船行紧急,故行程用二十五六天即达。

苏州、扬州、北京之间的来往时间,《红楼梦》还有其他相关"暗写"。《红楼梦》第四十八回《滥情人情误思游艺 慕雅女雅集苦吟诗》写薛蟠因被柳湘莲打,无脸见人,遂于十月十四随张德辉南下;第六十七回《见土仪颦卿思故里 闻秘事凤姐讯家童》中薛蟠回京,逢尤三姐自刎、柳湘莲出家事,薛姨妈曾说:

再者你妹妹才说,你也回家半个多月了,想货物也该发完了,同你去的伙计们,也该摆桌酒给他们道道乏才是。人家陪着你走了二三千里的路程,受了四五个月的辛苦,而且在路上又替你担了多少的惊怕沉重。

此回又云,薛蟠给宝钗带来的诸多南方风物中"又有在虎丘山上泥捏的薛蟠的小像,与薛蟠毫无相差。宝钗见了,别的都不理论,倒是薛蟠的小像,拿着细细看了一看,又看看他哥哥,不禁笑起来了",北京实际距离南京、苏州两千三百余里,来回四千余里,畜力行走,单程两个月,加上贸易耗时,往返用时四五个月。

因此,不管是从贾雨村的"神京路远",还是从林黛玉的"舟行入京",以及薛蟠的京师、苏州之行,《红楼梦》中的京师(即贾府故事发生地)就是北京无疑。

三、大观园的书写与清代北京西郊皇家平地造园

1. 大观园与圆明园的大观题名

大观园是太虚幻境在人间的投射,是为迎接元春省亲而建的大型园林,又是贾宝玉与诸钗的主要活动空间、《红楼梦》故事主要发生地,规模宏大,合乎元春贵妃的身份。

历来争论大观园的风格、素材,往往纠结于细节,即其中哪些物品出自哪里?却往往忽略大观园作为"皇家园林性质"园林的基本特点。值得注意的是,《红楼梦》中大观园的书写、命名与当时北京西郊皇家园林的现状、建设,在时间上同步。这种同步对曹雪芹的认知、创作产生包括审美倾向、创作元素等方面的巨大影响。

乾隆三年(1738),皇帝为《圆明园全图》御题的"大观"二字悬于清晖阁墙壁上。在《御制圆明园后记》中,皇帝称圆明园:

> 规模之宏敞,邱壑之幽深,风土草木之清佳,高楼邃室之具备,亦可称观止。实天宝地灵之区,帝王豫游之地,无以踰此。①

---

① 郭黛姮,贺艳. 深藏记忆遗产中的圆明园:样式房图档研究 [M]. 上海:上海远东出版社,2016.

《红楼梦》中,元妃称贾府新园"天上人间诸景备,芳园应赐大观名",命园为"大观园",正楼为"大观楼"。

2. 海淀皇家园林与大观园的平地建造

虽然,《红楼梦》第十七至十八回《大观园试才题对额 荣国府归省庆元宵》中,元春称大观园是"衔山抱水建来精,多少工夫筑始成",但大观园毕竟是平地造园,先失地理天然之势。贾宝玉批评稻香村(种植有诸多杏花)的非"大观"、非"天然",云:

> 宝玉道:"却又来!此处置一田庄,分明见得人力穿凿扭捏而成。远无邻村,近不负郭,背山山无脉,临水水无源,高无隐寺之塔,下无通市之桥,峭然孤出,似非大观。争似先处有自然之理,得自然之气,虽种竹引泉,亦不伤于穿凿。古人云'天然图画'四字,正畏非其地而强为地,非其山而强为山,虽百般精而终不相宜……"

如果熟悉圆明园的景观,就可以发现,这段文字涉及圆明园中两个景观:天然图画(西与后湖相接,雍正时名"竹子院")、杏花春馆(雍正时名"杏花村")。如果熟悉圆明园的环境,就可以感觉到,这段文字有批评圆明园不配乾隆"大观"题词的意味。

圆明园位于海淀畅春园北华家屯,西临金山、西南望瓮山(即今颐和园万寿山),后临清河(玉泉山水注入),园林用水引自畅春园(畅春园水引自万泉庄、巴沟水)。其环境布置正是"远无邻

村,近不负郭,背山山无脉,临水水无源,高无隐寺之塔,下无通市之桥",不堪为"大观"的造作。

圆明园的营造,费劲心思,开湖堆山,极尽精巧,但因地理先天不佳,终不免"正畏非其地而强为地,非其山而强为山,虽百般精而终不相宜"的结果,这正是乾隆皇帝《御制圆明园后记》中宣布永不再建新园,后却推翻前言、自我解嘲,兴建清漪园(即今颐和园,后有瓮山,前有瓮山泊,西借玉泉山、稻田、西山)的根本原因。

3. 大观园的面积与性质

大观园为迎接元妃省亲而建,规模宏大。《红楼梦》第十六回提到:"从东边一带,借着东府里花园起,转至北边,一共丈量准了,三里半大,可以盖造省亲别院了。"

这个"三里半大",指的是园林用地的四周周长。可以作为大观园大小参考的、类似风格的皇家园林,是康熙二十六年(1687)二月二十二日皇帝首次驻跸的海淀御园畅春园。据史料记载,畅春园四面周长在六七里,占地面积七百五十亩上下,则大观园的占地面积当在三百余亩上下,远超过海淀达官显贵园林五六十亩的规模,自当为皇家园林的有意缩小版写照。

4. 大观园的堆山与挖池

按照传统造园理念,平地造园需要挖湖堆山,模拟自然环境,而挖湖堆山就需要园林占地的大面积。在模拟自然山川基础上,园林还需要沟通溪流湖泊，形成流动空间。《红楼梦》第十七至十八回《大观园试才题对额　荣国府归省庆元宵》：

> 忽见柳阴中又露出一个折带朱栏板桥来，度过桥去，诸路可通，便见一所清凉瓦舍，一色水磨砖墙，清瓦花堵。那大主山所分之脉，皆穿墙而过。

"大主山"处，庚辰双行夹批云："两见大主山，稻香村又云怀中，不写主山，而主山处处映带连络不断可知矣。"

不仅稻香村、蘅芜苑或在山怀，或被主山之脉穿墙而过，大观园中各景点基本都有土山环绕。怡红院前与大门之间是大山，后与栊翠庵隔山而处，芦雪广也是盖在傍山临水河滩之上的。

山是园林的骨架，水便是园林的血脉。大观园中，土山处处，水可行舟，在明清时代，只有康雍乾嘉时代海淀的畅春园、畅春园附园西花园、圆明园并这一带敕赐、敕建园林有此面貌（城内园林不准引三海水，且面积狭小；三海则全是大面积湖面园林）。

不过，大观园面积虽大，但建筑空间却相对集中（园中居住的宝玉、诸小姐早晚要给贾母请安），位于大主山及分脉和大观园沁芳溪流湖泊前后。大观园广阔的面积为山川溪流占据，并有大规模的林地、园地。

林黛玉形容大观园中稻田为"十里稻花香"，或者用典，或者夸饰，但考虑大观园三四百亩的面积，有大面积的田地是很正常的。《红楼梦》第四十五回中，王熙凤对李纨说："老太太、太太还说

你寡妇失业的,可怜,不够用,又有个小子,足的又添了十两,和老太太、太太平等。又给你园子地,各人取租子。"这里,明确说到大观园中有"园子地",其地出租,租子归李纨母子所有。

5. 大观园的南方物产问题辨析

至于大观园中诸多的竹林、梅花、水产如芡实、莲藕,乍看起来是南方特产。实则不然,这些物产在传统时代的北京(明清时代,北京环城尽水,尤其是西郊一带,湖泊溪流纵横),尤其在皇家园林里,都可生长。潘荣陛《帝京岁时纪胜》(序署款乾隆二十三年)六月"时品":

> 河藕亦种二:御河者为果藕,外河者多菜藕。总以白莲为上,不但果菜皆宜,晒粉尤为佳品也。且有鲜菱、芡实、茨菇、桃仁,冰湃下酒,鲜美无比。其莲藕芡菱,凉水河最胜。①

本来,北京大面积竹林主要生长在西直门外的紫竹院、京西樱桃沟(前者有小温泉,后者三面环山,泉水丰沛),但皇家园林中,通过堆山成岭,改造小气候,竹子、芭蕉、梅花等皆能生长。

室外梅花开放,南方一般在农历十二月底、一月,北方要在二月,故十二月花神中的二月花神为梅花神,而《红楼梦》第四十九回《琉璃世界白雪红梅 脂粉香娃割腥啖膻》中,曹雪芹写大观园

---

① 潘荣陛,富察·敦崇. 帝京岁时纪胜·燕京岁时记 [M]. 北京:北京古籍出版社,1981.

十月底、十一月初梅花开放之事（薛蟠十月十四离开北京南下，薛宝琴等随之入京）：

> 一面忙起来揭起窗屉，从玻璃窗内往外一看，原来不是日光，竟是一夜大雪，下将有一尺多厚，天上仍是搓绵扯絮一般……于是走至山坡之下，顺着山脚刚转过去，已闻得一股寒香拂鼻。回头一看，恰是妙玉门前栊翠庵中有十数株红梅如胭脂一般，映着雪色，分外显得精神，好不有趣！

按大观园中红梅开放时间，似乎南、北方都不符合，但如将此时梅花盛开放到大观园的实际中考量，就会有合理解释。

在大观园中，有一大主山，位于稻香村周边，向东侧延伸，至栊翠庵、怡红院一带，栊翠庵东侧、东北侧（贾芸种树处）都是山岭纵横，又从东北山坳子里分流沁芳溪，入稻香村，并与西南来水，于怡红院处合流而出。这样的山环水抱，造就了栊翠庵一带阳光充沛、空气温度湿度合宜的环境，故而，其地梅花得以在十一月前后开放。

海淀园林皆引泉水成就湖泊溪流，不论是畅春园、圆明园引用的万泉庄泉水，还是清漪园引用的玉泉山泉水。海淀泉水众多，水量丰沛，常年流淌，尤其是冬季，泉水温度反而高于空气温度，从无冰冻之景象，园林中，水深一米上下，既不冰冻，自然可以行舟，乾隆甚至在冬季雪中乘船前往玉泉山。

6. 海淀的御稻田与《红楼梦》中的胭脂稻

乌进孝进贡单中有"御田胭脂米"一项,此名大有特别含义。红稻米出自河北玉田县,经康熙皇帝在中南海勤政殿西北丰泽园反复种植,选育出早熟高产稻米,赐名"御稻米"。《康熙几暇格物篇》云:"高出众稻之上……其米,色微红,而粒长,气香而味腴,以其生自苑田,故名'御稻米'。"[①] 特别强调"苑田"。

"御稻米"后曾在避暑山庄、苏州、南京、江西等地推广,各地种植面积不一,海淀玉泉山、青龙桥一带是清政府稻田厂所在地,大面积种植各种水稻,其中即有御稻米。《红楼梦》中,贾母并诸小姐食用的红稻米,乌进孝进贡的"御田胭脂稻",即康熙"御稻米"的文学描写。

大观园中,李纨居所稻香村即有大面积的稻田。《红楼梦》第十七至十八回《大观园试才题对额　荣国府归省庆元宵》中,林黛玉形容稻香村情形云:"一畦春韭绿,十里稻花香。盛世无饥馁,何须耕织忙。"

清代,园林中大面积种植水稻的情形,只出现在北京海淀的畅春园、圆明园、清漪园(光绪后改颐和园)中。之所以如此,是因为中国传统园林讲求选址自然、造景自然,故园林中营造有大面积的稻田、菜圃、果园等,而这些是城内皇家园林或其他私家园林不可能具备的特点。

---

① 承德市避暑山庄博物馆. 避暑山庄博物馆文集:纪念建馆五十周年 [G]. 1999:198.

四、结语：解读《红楼梦》应注意小说的模糊性书写与细节式暗示

文学、艺术来源于作者的生活见闻，这种见闻既可能是亲身见闻，也可能出于亲友的亲见亲闻的转述，也可能出于对古籍文献的亲身见闻。正因为有此见闻，作者笔下的文字才能真实、细腻，有切实感染人、感动人的能力。这正是我们在理解经典作品时，既要关注其文学的天才技法，也不应该忽略作者学养、生活、见闻的原因。

南京是作者的童年记忆，是家族荣耀的过往，这些难以忘记的历史在《红楼梦》中作为一个名词不时出现；与南京相反，北京是曹雪芹十四岁以后日日生活、经历的地方，这里平常的、特别的见闻是他的生活，更是他的创作元素，甚至原型。

在《红楼梦》写作中，曹雪芹尽量避免以往作品将时间、地点具体化的叙述方式，采用中国传统绘画烟云模糊的写作手法，力图在文字表面制造混乱、模糊。实际上，在作者的心中，小说的时间、空间都是极其清楚的，这就是《红楼梦》假语村言和追踪蹑迹、不失真传的辨证关系。

在《红楼梦》创作的细节处，曹雪芹不时点题，在看似混乱的南京、扬州、苏州、金陵、京师、长安、神京等概念变化中，隐写了故事的发生空间。对这些苦心孤诣的理解，不仅需要对系统文本的系统阅读，更需要对细节的阅读；同时，对那一时代作者生活空间、见闻、民俗等相关知识的了解，则是文本阅读不可或缺的基础。

第八讲

红楼六主：《红楼梦》中起到支配作用的六个人物

一、整部书是一个"了缘"的过程

《红楼梦》第一回《甄士隐梦幻识通灵　贾雨村风尘怀闺秀》中，通过茫茫大师之口写道：

> 那僧笑道："此事说来好笑，竟是千古未闻的罕事。只因西方灵河岸上三生石畔，有绛珠草一株，时有赤瑕宫神瑛侍者，日以甘露灌溉，这绛珠草便得久延岁月。后来既受天地精华，复得雨露滋养，遂得脱却草胎木质，得换人形，仅修成个女体，终日游于离恨天外，饥则食蜜青果为膳，渴则饮灌愁海水为汤。只因尚未酬报灌溉之德，故其五内便郁结着一段缠绵不尽之意。恰近日这神瑛侍者凡心偶炽，乘此昌明太平朝世，意欲下凡造

历幻缘,已在警幻仙子案前挂了号。警幻亦曾问及,灌溉之情未偿,趁此倒可了结的。那绛珠仙子道:'他是甘露之惠,我并无此水可还。他既下世为人,我也去下世为人,但把我一生所有的眼泪还他,也偿还得过他了。'因此一事,就勾出多少风流冤家来,陪他们去了结此案。"

可知,《红楼梦》是写贾宝玉一生经历的一部小说,与贾宝玉关系紧密(前缘所系的"多少风流冤家")的各相关人等(以绛珠仙草为主)在与贾宝玉的交往中,帮助神瑛侍者(贾宝玉的前生)完成其"了缘"的过程。

综合全书思想、结构可以发现,与神瑛侍者整个结缘故事关系最紧密者共有六人,我们称之为"红楼六主"。

二、故事都围绕贾宝玉、林黛玉、薛宝钗展开

《红楼梦》六主中最主要的角色是贾宝玉(神瑛侍者后身)、林黛玉(绛珠仙草后身)和薛宝钗。

之所以说薛宝钗是《红楼梦》中最主要的角色之一,不仅因为其在《红楼梦》中一直以林黛玉对照者的角色出现,更在于脂批的指点和太虚幻境中钗黛二人图画、判词的合一。

《红楼梦》第五回《游幻境指迷十二钗　饮仙醪曲演红楼梦》中写道:"既将薛家母子在荣府内寄居等事略已表明,此回则暂不能写矣。如今且说林黛玉……"甲戌本眉批:"今写黛玉神妙之至,何

也?因写黛玉实是写宝钗,非真有意去写黛玉,几乎又被作者瞒过。"

写宝玉和黛玉二人之亲密友爱,自较别个不同,"不想如今忽然来了一个薛宝钗,年岁虽大不多,然品格端方,容貌丰美,人多谓黛玉所不及"。甲戌本眉批:"欲出宝钗便不肯从宝钗身上写来,却先款款叙出二玉,陡然转出宝钗,三人方可鼎立。行文之法又一变体。"

宝玉、宝钗、黛玉三者在《红楼梦》中"三足鼎立",共同成为整个"了缘"故事的绝对主角。

在《红楼梦》第五回中,贾宝玉在秦可卿房间中梦游太虚境,见到记录金陵十二钗命运的图画与判词,其中,写宝钗、黛玉命运云:

宝玉看了仍不解。便又掷了,再去取"正册"看,只见头一页上便画着两株枯木,木上悬着一围玉带,又有一堆雪,雪下一股金簪。也有四句言词,道是:

可叹停机德,堪怜咏絮才。
玉带林中挂,金簪雪里埋。

玉、树隐林黛玉,雪、簪隐薛宝钗。十二钗各一判词,唯宝钗、黛玉二人命运合在同一图画和判词中。

曹雪芹这一特别的写法,即证明薛宝钗在《红楼梦》中与林黛玉同样重要。

《红楼梦》十二支前三支分别咏叹薛宝钗与林黛玉的关系、贾宝玉与薛宝钗的关系、林黛玉与贾宝玉的关系。

第一支·红楼梦引子：开辟鸿蒙，谁为情种？都只为风月情浓。趁着这奈何天，伤怀日，寂寥时，试遣愚衷。因此上，演出这怀金悼玉的《红楼梦》。

第二支·终身误：都道是金玉良姻，俺只念木石前盟。空对着，山中高士晶莹雪；终不忘，世外仙姝寂寞林。叹人间，美中不足今方信。纵然是齐眉举案，到底意难平。

第三支·枉凝眉：一个是阆苑仙葩，一个是美玉无瑕。若说没奇缘，今生偏又遇着他；若说有奇缘，如何心事终虚化？一个枉自嗟呀，一个空劳牵挂。一个是水中月，一个是镜中花。想眼中能有多少泪珠儿，怎经得秋流到冬尽，春流到夏！

曹雪芹之所以在第一回中不让茫茫大师将神瑛侍者与薛宝钗前身的关系点破，是因为曹雪芹在创作《红楼梦》时所特有的虚实对照写法，尽管如此，曹雪芹还是暗中点了一笔，只是不为读者所关注。

《红楼梦》第一回《甄士隐梦幻识通灵　贾雨村风尘怀闺秀》中写神瑛侍者、绛珠仙草姻缘并了缘事后，云：

那绛珠仙子道："他是甘露之惠，我并无此水可还。他既下世为人，我也去下世为人，但把我一生所有的眼泪还他，也偿还得过他了。"因此一事，就勾出多少风流冤家来，陪他们去了结此案。

这"多少风流冤家"中既包括薛蟠与甄英莲（香菱）的前身、贾琏与尤二姐的前身、柳湘莲与尤三姐的前身，当然也包括薛宝钗的前身，只是《红楼梦》的"得力处"在点到为止，从不一一写尽，一览无余耳①。

三、警幻仙姑是整个故事的终极支配性人物

除贾宝玉、林黛玉、薛宝钗外，警幻仙姑也是《红楼梦》中极其重要的角色。

1. 脂批称警幻仙姑与贾宝玉同为本书之"大纲"

《红楼梦》第一回《甄士隐梦幻识通灵　贾雨村风尘怀闺秀》中写神瑛侍者已在警幻仙子案前挂了号。甲戌本侧批云："又出一警幻，皆大关键处。"

贾宝玉神游太虚境，小说以一赋写警幻仙姑，略云：

爱彼之貌容兮，香培玉琢；美彼之态度兮，凤翥龙翔。其素若何？春梅绽雪。其洁若何？秋菊被霜。其静若何？松生空谷。

---

① 在"那僧道：'正合吾意。你且同我到警幻仙子宫中，将蠢物交割清楚，待这一干风流孽鬼下世已完，你我再去。如今虽已有一半落尘，然犹未全集。'"后，甲戌本侧批云："若从头逐个写去，成何文字？《石头记》得力处在此。丁亥春。"前写绛珠仙草还泪之处，甲戌本另一侧批云："余不及一人者，盖全部之主唯二玉二人也。"可见，脂批者水准亦不一也。

其艳若何？霞映澄塘。其文若何？龙游曲沼。其神若何？月射寒江。应惭西子，实愧王嫱。

吁！奇矣哉，生于孰地，来自何方？信矣乎，瑶池不二，紫府无双。果何人哉？如斯之美也！

甲戌本眉批云："按此书凡例本无赞赋闲文，前有宝玉二词，今复见此一赋，何也？盖此二人乃通部大纲，不得不用此套。前词却是作者别有深意，故见其妙。此赋则不见长，然亦不可无者也。"

脂批认为，写警幻仙姑一赋有落前人窠臼之嫌，不能如写贾宝玉二词自出心意，但由于警幻仙姑与贾宝玉"二人乃通部大纲"，不得已方如此写作。

2．贾宝玉、石头、金陵十二钗等痴男怨女之情缘皆归警幻仙姑执掌

按照警幻仙姑自己的说法，警幻仙姑的职责和任务是："司人间之风情月债，掌尘世之女怨男痴。因近来风流冤孽，缠绵于此处，是以前来访察机会，布散相思。"

正因为如此，不管是神瑛侍者凡心偶炽，意欲下凡造历幻缘，还是绛珠仙草下世还泪，甚至连青埂峰下顽石到世间经历红尘，都要首先在警幻仙姑处"挂号"，待缘结之后，再到警幻仙姑处"销号"。

是故，记载金陵十二钗命运的册页正册、副册、又副册皆储藏于太虚幻境"薄命司"中。

3. 警幻仙姑"三省"贾宝玉

小说中,之所以让贾宝玉神游太虚境,警幻自言:

> 今日原欲往荣府去接绛珠,适从宁府所过,偶遇宁荣二公之灵,嘱吾云:"吾家自国朝定鼎以来,功名奕世,富贵传流,虽历百年,奈运终数尽,不可挽回者。故遗之子孙虽多,竟无可以继业。其中唯嫡孙宝玉一人,禀性乖张,性情怪谲,虽聪明灵慧,略可望成,无奈吾家运数合终,恐无人规引入正。幸仙姑偶来,万望先以情欲声色等事警其痴顽,或能使彼跳出迷人圈子,然后入于正路,亦吾兄弟之幸矣。"如此嘱吾,故发慈心,引彼至此。

这就是贾宝玉神游太虚境的原因由来。在"万望先以情欲声色等事警其痴顽"处,甲戌本侧批云:"二公真无可奈何,开一觉世觉人之路也。"

警幻仙姑为使贾宝,也即神瑛侍者后身能够得悟,拟"先以彼家上中下三等女子之终身册籍,令彼熟玩,尚未觉悟;故引彼再至此处,令其再历饮馔声色之幻,或冀将来一悟,亦未可知也"。

正是因为如此,贾宝玉在太虚境阅览了金陵十二钗的册页、判词,聆听了"红楼梦十二支",又与警幻仙姑的妹妹乳名"兼美"、字可卿的仙女有风月之会。

在贾宝玉从梦中惊醒、回到现实之前,警幻仙姑携宝玉至迷津,

仍不忘谆谆教导宝玉：

忽至一个所在，但见荆榛遍地，狼虎同群，迎面一道黑溪阻路。并无桥梁可通。正在犹豫之间，忽见警幻后面追来，告道："快休前进，作速回头要紧！"宝玉忙止步问道："此系何处？"警幻道："此即迷津也……但遇有缘者渡之。尔今偶游至此，设如堕落其中，则深负我从前淳淳警戒之语矣。"

四、甄宝玉与贾宝玉

在《红楼梦》中，与主人公贾宝玉"面上"相对的是林黛玉和薛宝钗，而在"里上"相对的则是远在金陵的甄宝玉。

1. 写贾家之宝玉，则正为甄宝玉传影

《红楼梦》第二回《贾夫人仙逝扬州城　冷子兴演说荣国府》中冷子兴与贾雨村谈论贾宝玉与甄宝玉事云：

雨村道："正是这意。你还不知，我自革职以来，这两年遍游各省，也曾遇见两个异样孩子。所以，方才你一说这宝玉，我就猜着了八九亦是这一派人物。不用远说，只金陵城内，钦差金陵省体仁院总裁甄家，你可知么？"

在"甄家"处，甲戌本眉批写道："又一真正之家，特与假家遥对，故写假则知真。"

雨村笑道：

去岁我在金陵，也曾有人荐我到甄府处馆……但这一个学生，虽是启蒙，却比一个举业的还劳神。说起来更可笑，他说："必得两个女儿伴着我读书，我方能认得字，心里也明白；不然我自己心里糊涂。"

甲戌本侧批云："甄家之宝玉乃上半部不写者，故此处极力表明，以遥照贾家之宝玉，凡写贾家之宝玉，则正为真宝玉传影。"①

2．甄、贾宝玉曾于梦中相会

《红楼梦》第五十六回《敏探春兴利除宿弊　时宝钗小惠全大体》中，甄家妇女到贾家，回答贾母询问甄宝玉情况和贾宝玉梦见甄宝玉情况云：

众媳妇听了，忙去了，半刻围了宝玉进来。四人一见，忙起身笑道："唬了我们一跳。若是我们不进府来，倘若别处遇见，还只道我们的宝玉后赶着也进了京了呢。"……四人笑道："如今看来，模样是一样。"

---

① 蒙古王府藏本侧批云："灵玉却只一块，而宝玉有两个，情性如一，亦如六耳、悟空之意耶？"

宝玉心中便又疑惑起来：若说必无，然亦似有；若说必有，又并无目睹。心中闷闷了，回至房中榻上默默盘算，不觉就忽忽的睡去，不觉竟到了一座花园之内。……

宝玉听说，心下也便吃惊。只见榻上少年说道："我听见老太太说，长安都中也有个宝玉，和我一样的性情，我只不信。我才作了一个梦，竟梦中到了都中一个花园子里头，遇见几个姐姐，都叫我臭小厮，不理我。好容易找到他房里头，偏他睡觉，空有皮囊，真性不知那去了。"

宝玉听说，忙说道："我因找宝玉来到这里。原来你就是宝玉？"榻上的忙下来拉住笑道："原来你就是宝玉？这可不是梦里了。"宝玉道："这如何是梦？真而又真了。"

由以上描写可知，甄、贾宝玉相貌、性情、家庭皆同，而脂批则指出，曹雪芹之所以写贾宝玉"则正为甄宝玉传影"。可知，甄宝玉的设置和描写不为无因，当深思细析。

《红楼梦》中，先写甄、贾宝玉相貌、性情相同，复写二人梦中相会，按照曹雪芹的写作逻辑，当会写及甄、贾宝玉的现实相会与交往。

然则，曹雪芹创设与贾宝玉相貌、性情全同的甄宝玉到底有什么目的呢？当结合《红楼梦》第五回警幻仙姑对贾宝玉的劝诫来谈。

3. 甄宝玉曾游太虚境

甄、贾宝玉性情分别的描写出现于《红楼梦》第九十三回《甄

家仆投靠贾家门　水月庵掀翻风月案》，云：

包勇道："老爷若问我们哥儿，倒是一段奇事。哥儿的脾气也和我家老爷一个样子，也是一味的诚实。从小儿只管和那些姐妹们在一处顽，老爷太太也狠打过几次，他只是不改。那一年太太进京的时候儿，哥儿大病了一场，已经死了半日，把老爷几乎急死，装裹都预备了。幸喜后来好了，嘴里说道，走到一座牌楼那里，见了一个姑娘领着他到了一座庙里，见了好些柜子，里头见了好些册子。又到屋里，见了无数女子，说是多变了鬼怪似的，也有变做骷髅儿的。他吓急了，便哭喊起来。老爷知他醒过来了，连忙调治，渐渐的好了。老爷仍叫他在姐妹们一处顽去，他竟改了脾气了，好着时候的顽意儿一概都不要了，唯有念书为事。就有什么人来引诱他，他也全不动心。如今渐渐的能够帮着老爷料理些家务了。"

可知，甄宝玉的"回头"是因为其曾神游太虚幻境，受警幻仙姑训诫所致，此与贾宝玉不同。

又，《红楼梦》第一一五回《惑偏私惜春矢素志　证同类宝玉失相知》中甄、贾宝玉第一次见面并谈论学问倾向，云：

那甄宝玉素来也知贾宝玉的为人，今日一见，果然不差，"只是可与我共学，不可与你适道，他既和我同名同貌，也是三生石上的旧精魂了。既我略知了些道理，怎么不和他讲讲。但是初见，尚不知他的心与我同不同，只好缓缓的来……"

又云:

弟少时不知分量,自谓尚可琢磨。岂知家遭消索,数年来更比瓦砾犹贱,虽不敢说历尽甘苦,然世道人情略略的领悟了好些。世兄是锦衣玉食,无不遂心的,必是文章经济高出人上,所以老伯钟爱,将为席上之珍。弟所以才说尊名方称。

针对贾宝玉的不解,甄宝玉"心里晓得'他知我少年的性情,所以疑我为假。我索性把话说明,或者与我做个知心朋友也是好的'",便说道:

世兄高论,固是真切。但弟少时也曾深恶那些旧套陈言,只是一年长似一年,家君致仕在家,懒于酬应,委弟接待。后来见过那些大人先生尽都是显亲扬名的人,便是著书立说,无非言忠言孝,自有一番立德立言的事业,方不枉生在圣明之时,也不致负了父亲师长养育教诲之恩,所以把少时那一派迂想痴情渐渐的淘汰了些。

复知甄宝玉的醒悟与其家族的衰落和他对现实的关照有着密不可分的关系。

甄宝玉所言,贾宝玉虽不耐烦,却与第五回中警幻仙姑训诫贾宝玉话语(先以彼家上中下三等女子之终身册籍,令彼熟玩,尚未觉悟;故引彼再至此处,令其再历饮馔声色之幻,或冀将来一悟)

相通，唯甄宝玉游太虚境而能悟，神瑛侍者后身的贾宝玉虽经神游仍不能了悟。

贾宝玉之所以不以甄宝玉之悟为是，是因为"他说了半天，并没个明心见性之谈，不过说些什么文章经济，又说什么为忠为孝，这样人可不是个禄蠹么"！而甄宝玉因"世道人情略略的领悟了好些""见过那些大人先生尽都是显亲扬名的人，便是著书立说，无非言忠言孝，自有一番立德立言的事业"，方悟得"少时那一派迂想痴情"之非，而经济文章、忠孝仁义与明心见性不悖。

贾宝玉游览太虚境不能悟，甄宝玉游而能悟，区别在是否能够离开家族为之制造的"牢笼"，真正面对生活，故当贾府被抄没、林黛玉死、与薛宝钗成亲后，贾宝玉才能悟得"少时那一派迂想痴情"的不切实际与不合心性。

4．三教与《红楼梦》

《红楼梦》到底要表达什么，学界历来争论纷纷，或者以其为一部讲述爱情的小说，或者以其为对社会的反映，唯少有解及曹雪芹"都云作者痴，谁解其中味"者，更少解及甄宝玉之设置与描写者。

实际上，曹雪芹在对社会观察和三教思想贯通基础上，才创作了《红楼梦》，通过贾宝玉一生的经历、与贾宝玉全同的甄宝玉的"醒悟"，叙述了他对三教无为、清净思想（基于多种欲望对人心的祸乱和由此引发的各种大小争逐）的认同与贯通。

《道德经》云:

不尚贤,使民不争;不贵难得之货,使民不为盗;不见可欲,使民心不乱。是以圣人之治,虚其心,实其腹,弱其志,强其骨。常使民无知无欲,使夫智者不敢为也。为无为,则无不治。

又云:

清静为天下正。

《大般涅槃经·圣行品第七之四》:

善男子。一切有为皆是无常。虚空无为是故为常。佛性无为是故为常。虚空者即是佛性。佛性者即是如来。如来者即是无为。无为者即是常。常者即是法。法者即是僧。僧即无为。无为者即是常。

《中庸》则云:

君子依乎中庸,遁世不见知而不悔,唯圣者能之。
君子之道费而隐。
夫妇之愚,可以与知焉,及其至也,虽圣人亦有所不知焉。
夫妇之不肖,可以能行焉;及其至也,虽圣人亦有所不能焉。

可见，三教圣人所言并无遁世离群之言，皆就日常平实而论，如《易经·系辞上》所言"百姓日用而不知"，如《中庸》所谓"天命之谓性，率性之谓道，修道之谓教"。

唯宋至清某些理学家，或者如贾宝玉等，脱离百姓日用（不解百姓日用），言说脱离生活的"明心见性""痴情"，故经过家庭没落、接触社会的甄宝玉才说"世道人情略略的领悟好些""见过那些大人先生尽都是显亲扬名的人，便是著书立说，无非言忠言孝，自有一番立德立言的事业"，方悟得"少时那一派迂想痴情"之非。

贾宝玉是陷在"真情"里的卢生，甄宝玉就是醒悟后的贾宝玉——唯二人从形式上一以儒家思想悟，一以佛家思想悟，本质上并无不同，也就是《枕中记》中梦醒之后的卢生。

五、贾雨村与甄士隐

除甄宝玉和贾宝玉这一对相对的特殊人物外，《红楼梦》中还设置了甄士隐与贾雨村这样一对相对的人物。

以往，学界往往以《红楼梦》第一回《甄士隐梦幻识通灵　贾雨村风尘怀闺秀》"此开卷第一回也"后部分文字为据进行理解：

作者自云：因曾历过一番梦幻之后，故将真事隐去，而借"通灵"之说，撰此《石头记》一书也。故曰"甄士隐"云云……然闺阁中本自历历有人……何妨用假语村言，敷演出一段故事来……故曰"贾雨村"云云。

然而，除了表明真事隐去、假语村言之外，甄士隐、贾雨村这对文学人物在作品中就没有其他用意了吗？

未必。

实际上，二人在文章开头出现，一起引发整个故事，贾雨村不时在文章中出现，影响故事的发展；而甄士隐则在文章结尾出现，向饱经世事的贾雨村讲述了贾府诸人的命运与结局。

因此，虽然作者在《红楼梦》中并没有过多地将文字著于贾雨村的身上，但贾雨村不时的出现与结局，代表了《红楼梦》中绝对功利主义者的失败，也从另一个视角见证了整个贾府的没落与循环。

1. 甄士隐与贾雨村的遭遇讲述了对娇妻与儿孙的解脱

在曹雪芹的笔下，世人同循一个道理，不论大小，故在《红楼梦》的写作中，曹雪芹欲写某事，往往先设一小事，以显现大小同理，如写秦可卿之死，先写贾瑞之死；写贾府之败，先设甄家之败。

在"当日地陷东南，这东南一隅有处曰姑苏……人皆呼作葫芦庙。庙旁住着一家乡宦"处，甲戌本侧批云："不出荣国大族，先写乡宦小家，从小至大，是此书章法。"

在"姓甄，名费，字士隐……家中虽不甚富贵，然本地便也推他为望族了"处，甲戌侧批写道："本地推为望族，宁、荣则天下推为望族，叙事有层落。"

可见，由小及大，因小证大，同一道理。

由小乡宦甄士隐引出了落魄书生贾雨村，又复引出了四大家族中的薛家与贾家。

从佛教、道教的角度讲，在《红楼梦》的描写中，先后出现了四个开悟者和一个不开悟者，开悟者为贾宝玉、柳湘莲、甄士隐、惜春，貌似开悟而始终未悟者为妙玉。

佛经中，有五欲之说（色欲、名欲、财欲、食欲、睡欲），众人多有贪著。佛经即在解释何以和如何在五欲的引诱下得到自在。故《妙法莲花·方便品第二》云："舍利弗，吾从成佛已来，种种因缘，种种譬喻，广演言教，无数方便，引导众生令离诸著。"也就是说，不贪著于世间的各种欲望，能自然行事，方可得到解脱。

在曹雪芹看来，除以上五欲外，对某些人而言，唯有一"情"字更难解脱，故在《红楼梦》中，除了借助渺渺真人说"功名""金银""姣妻""儿孙"（分别对应佛教"五欲"中的名欲、财欲、色欲）的解脱外，还设置了贾宝玉这一"痴情者"对"情"字的解脱。

在《红楼梦》第一回中，渺渺真人对甄士隐道：

你若果听见"好""了"二字，还算你明白。可知世上万般，好便是了，了便是好。若不了，便不好；若要好，须是了。我这歌儿，便名《好了歌》。

唯世人执着于"情"者固少，仕途中人更难解脱的则是名与利。《红楼梦》虽立意写闺阁，然而却不排除对世间的描写，故通过贾雨村的起伏和所见所闻，证明了"功名""金银"的不长久，尤其是通过他与甄士隐的对话，向读者"验证了"贾府与石头的最终命运。

曹雪芹即通过对传统时代底层知识分子贾雨村仕途史的描写和贾雨村最后对名利的舍弃，透析了功名利禄的不能长久。

2．贾雨村是传统功利主义知识分子的典型

《红楼梦》中写贾雨村其人，"生得腰圆背厚，面阔口方，更兼剑眉星眼，直鼻权腮。"①娇杏心中以"雄壮"二字形容之。

写贾雨村的为人，赴甄士隐小宴的态度："雨村听了，并不推辞，便笑道：'既蒙厚爱，何敢拂此盛情。'"甲戌本侧批云："写雨村豁达，气象不俗。"当甄士隐表达愿意赠银赴京赶考时，"雨村收了银衣，不过略谢一语，并不介意，仍是吃酒谈笑。"甲戌本侧批："写雨村真是个英雄。"②

写贾雨村抱负，则云：

雨村此时已有七八分酒意，狂兴不禁，乃对月寓怀，口号一绝云："时逢三五便团圆，满把晴光护玉栏。天上一轮才捧出，人间万姓仰头看。"

甄士隐听了贾雨村诗，"大叫：'妙哉！吾每谓兄必非久居人下者，今所吟之句，飞腾之兆已见，不日可接履于云霓之上矣。可贺，可贺！'"蒙古王府藏本侧批云："伏笔，作巨眼语。妙！"

意思是说，曹雪芹在这首诗中已经埋下了后文中贾雨村通过努

---

① 甲戌侧批："是莽、操遗容。"甲戌眉批："最可笑世之小说中，凡写奸人则用'鼠耳鹰腮'等语。"

② 写雨村入京，"那家人去了回来说：'和尚说，贾爷今日五鼓已进京去了，也曾留下话与和尚转达老爷，说：读书人不在黄道黑道，总以事理为要，不及面辞了。'"甲戌侧批："写雨村真令人爽快。"可见，曹雪芹所写贾雨村实在是世人眼中的英雄，而非一般腐儒之辈。

力、登上仕途巅峰（贾雨村曾官至大司马、协理军机、参赞朝政）的结果。

贾雨村其人，"才干优长"，但多有贪、酷之弊，且恃才侮上，那些官员皆侧目而视①，虽然后来"门子也会钻了"，但也屡有起伏，《红楼梦》第九十二回《评女传巧姐慕贤良　玩母珠贾政参聚散》中贾政、贾琏、冯紫英三人议论贾雨村，贾政说：

几年间门子也会钻了。由知府推升转了御史，不过几年，升了吏部侍郎，署兵部尚书。为着一件事降了三级，如今又要升了。

《红楼梦》第九十五回《因讹成实元妃薨逝　以假混真宝玉疯颠》中，贾琏与王夫人提及贾雨村"今日听得军机贾雨村打发人来"。《红楼梦》第一零三回《施毒计金桂自焚身　昧真禅雨村空遇旧》则云"贾雨村升了京兆府尹兼管税务"。

按清代官职，吏部侍郎为从二品，顺天府尹为正四品上。

可见贾雨村仕途之跌宕起伏。

3. 贾雨村的结局与甄士隐的"证明"

甄士隐与贾雨村再次相见，是在贾雨村升了京兆府尹之后。《红楼梦》第一零三回中，贾雨村"出都查勘开垦地亩，路过知机县，到了急流津"，在一座小庙见到得道的甄士隐，甄云：

---

① 《红楼梦》第二回《贾夫人仙逝扬州城　冷子兴演说荣国府》。

葫芦尚可安身，何必名山结舍。庙名久隐，断碣犹存。形影相随，何须修篡。岂似那"玉在匮中求善价，钗于奁内待时飞"之辈耶！

又云：

请尊官速登彼岸，见面有期，迟则风浪顿起。果蒙不弃，贫道他日尚在渡头候教。

然而，此时正是贾雨村得意之时，甄士隐的点醒之语并不能起到作用。其后，贾雨村的参奏又直接导致了贾府的抄家①，《红楼梦》第一一七回《阻超凡佳人双护玉　欣聚党恶子独承家》中，贾府赖、林两家子弟说："……就是贾雨村老爷。我们今儿进去，看见带着锁子，说要解到三法司衙门里审问去呢。"

至《红楼梦》第一二零回《甄士隐详说太虚情　贾雨村归结红楼梦》中，"贾雨村犯了婪索的案件，审明定罪，今遇大赦，褫籍为民"。在急流津觉迷渡，贾雨村再遇甄士隐。二人遂就贾府数事问答，甄士隐解释道：

---

① 《红楼梦》第一零七回《散余资贾母明大义　复世职政老沐天恩》中，路人聊天道："他家怎么能败，听见说里头有位娘娘是他家的姑娘，虽是死了，到底有根基的。况且我常见他们来往的都是王公侯伯，那里没有照应。便是现在的府尹前任的兵部是他们的一家，难道有这些人还护庇不来么？"那人道："你白住在这里！别人犹可，独是那个贾大人更了不得！我常见他在两府来往，前儿御史虽参了，主子还叫府尹查明实迹再办。你道他怎么样？他本沾过两府的好处，怕人说他回护一家，他便狠狠的踢了一脚，所以，两府里才到底抄了。"

宝玉，即宝玉也。那年荣宁查抄之前，钗黛分离之日，此玉早已离世。一为避祸，二为撮合，从此凤缘一了，形质归一。又复稍示神灵，高魁贵子，方显得此玉那天奇地灵煅炼之宝，非凡间可比。前经茫茫大士渺渺真人携带下凡，如今尘缘已满，仍是此二人携归本处，这便是宝玉的下落。"

士隐笑道："此事说来，老先生未必尽解。太虚幻境即是真如福地。一番阅册，原始要终之道，历历生平，如何不悟？仙草归真，焉有通灵不复原之理呢！"

士隐叹息道："老先生莫怪拙言，贵族之女俱属从情天孽海而来。大凡古今女子，那'淫'字固不可犯，只这'情'字也是沾染不得的。所以，崔莺苏小，无非仙子尘心；宋玉相如，大是文人口孽。凡是情思缠绵的，那结果就不可问了。"

士隐道："福善祸淫，古今定理。现今荣宁两府，善者修缘，恶者悔祸，将来兰桂齐芳，家道复初，也是自然的道理。"

4. 曹雪芹说贾雨村

文章最后，曹雪芹又借小说中"曹雪芹"之口写"贾雨村"之意并本部小说之意，云：

那空空道人牢牢记着此言，又不知过了几世几劫，果然有

个悼红轩,见那曹雪芹先生正在那里翻阅历来的古史。空空道人便将贾雨村言了,方把这《石头记》示看。

那雪芹先生笑道:"果然是'贾雨村言'了!"空空道人便问:"先生何以认得此人,便肯替他传述?"

曹雪芹先生笑道:"说你空,原来你肚里果然空空。既是假语村言,但无鲁鱼亥豕以及背谬矛盾之处,乐得与二三同志,酒余饭饱,雨夕灯窗之下,同消寂寞,又不必大人先生品题传世。似你这样寻根究底,便是刻舟求剑,胶柱鼓瑟了。"

那空空道人听了,仰天大笑,掷下抄本,飘然而去。一面走着,口中说道:"果然是敷衍荒唐!不但作者不知,抄者不知,并阅者也不知。不过游戏笔墨,陶情适性而已!"

后人见了这本奇传,亦曾题过四句为作者缘起之言更转一竿头云:"说到辛酸处,荒唐愈可悲。由来同一梦,休笑世人痴!"

可知,整部书是借由了贾府的始末,讲述了人生"由来同一梦"的真相和醒悟的途径。

六、论《红楼梦》的"四引"与《封神演义》的"三妖"

除以上支配《红楼梦》故事的"六主"外,其中还有四位与故事情节发展紧密相关的人物,即秦可卿、一僧一道、甄士隐。

四人中，一僧一道因为与石头的下世、贾宝玉的出走直接有关，而历来为人们所关注，而秦可卿和甄士隐受到的持续重视程度则不尽相同。

实际上，四人在《红楼梦》中都扮演着非常重要的角色，他们或在开头出现，或不时出现，或在结尾出现，推动情节的发展，起到点题和推动故事发展、体现故事本旨的作用。

他们在故事中的作用如同《封神演义》中狐狸、雉鸡、琵琶三妖作为亡商的主要引发者一样，我们称之为"四引"。

《封神演义》第一回《纣王女娲宫进香》中写道：

且说女娲娘娘降诞，叁月十五日，往火云宫朝贺伏羲、炎帝、轩辕三圣而回。下得青鸾，坐於宝殿，玉女金童朝礼毕。娘娘猛头，看见粉壁上诗句，大怒骂曰："殷受无道昏君！不想修身立德，以保天下；今反不畏上天，吟诗亵我，甚是可恶！我想成汤伐桀而王天下，享国六百余年，气数已尽；若不与他个报应，不见我的灵感。"

……娘娘曰："三妖听吾密旨！成汤气运黯然，当失天下；凤鸣岐山，西周已生圣主。天意已定，气数使然。你叁妖可隐其妖形，托身宫院，惑乱君心；俟武王伐纣以助成功，不可残害众生。事成之后，使你等亦成正果。"

娘娘吩咐已毕，叁妖叩头谢恩，化清风而去。正是："狐狸听旨施妖术，断送成汤六百年。"

可知,"气数已尽"四字是《封神演义》和《红楼梦》最根本的支配要素,故事中各人物不过都是"气数已尽"过程中的过客。

在《封神演义》中,三妖的角色和使命使得她们成为推动故事发展的最主要元素;《红楼梦》中的四引亦如此。

不同的是,三妖与封神故事相始终,不断推动故事的进行,而秦可卿奉警幻仙姑之命到贾府,通过与贾珍乱伦,引发宁、荣二府传统道德和生活习气的失守,遂返回幻境,其余故事则由各相关人等按照前世姻缘各行其事,以至终了故事。

不过,为了使故事发展顺利进行,曹雪芹虽然安排秦可卿在故事开始即离世,却又安排一僧一道和甄士隐不时出没,替代可卿,完成终结宁、荣二府一段时间内的兴衰轮回。

从这一角度来说,秦可卿、一僧一道、甄士隐共同承担了《封神演义》中三妖的角色,"暗中"推动着故事的发展(相对于主要人物角色的行为而言),成为故事关键时刻的引爆者和转换人。

综上,从《红楼梦》整个故事的姻缘、发展、结局来看,"六主""四引"起到了各自的作用,虽然,他们各自所占文字篇幅不同、出现场次不同,但从整个故事发展的角度而言,他们的作用不是其他人物所能比拟的,不管是地位最高的史太君,还是光彩照人的王熙凤,以及作为贾府对外活动主角的贾政、贾琏。

第九讲

诗画式小说：《红楼梦》的含蓄写作与欣赏

一、引言

《红楼梦》既是一部文化名著，也是一部文学名著。

曹雪芹的伟大在于能将二者完美地融合于故事的描述之中。正如墨人先生在《红楼梦的写作技巧》中写到的：

文学作品，尤其是长篇小说，如果没有深厚的思想基础，必然流于浅薄，即使作者的写作技巧不错，也是金玉其外，败絮其中，这是一般擅长创作而少学问的作者所不可避免的通病；徒有学问而拙于创作的作者，便容易把自己的思想观念硬生生地塞进作品里去，写出来的作品便易流于教条、概念，甚至可以看作另一形式的论文。

曹雪芹则不然。他有学问，更长于创作，因此，他能把他的思想、观念十分自然地融入到作品里去，而使读者不知不觉，甚至读了多少遍还抓不住他的主题，而他的境界则因读者的年龄、学养、人生阅历随之提升。①

但是，一部好的作品，不论其故事如何离奇、人物性格如何饱满、立意如何高妙，总得要靠作者高超的文学技法来实现。

绝大多数读者并不关注《红楼梦》的主题，更多会被小说的故事和描写所吸引。

《红楼梦》里没有关于色情、英雄、狭义、风月等人们喜闻乐见故事的集中描写，那么，曹雪芹是如何将一部"老婆舌头"②、家长里短的故事写得有吸引力，且俘获了诸多读者的呢？

除了上面谈到的曹雪芹对社会大众的细致观察、细腻描摹、不主观的讲述道理与道德外，还有一些纯文学的写作技法发挥了极其重要的作用。因此，《红楼梦》的解读就不避免地涉及《红楼梦》

---

① 墨人. 红楼梦的写作技巧 [M]. 北京：中国文联出版社，1993.

② 《红楼梦》第四十三回《闲取乐偶攒金庆寿　不了情暂撮土为香》中"赖大之母因又问道：'少奶奶们十二两，我们自然也该矮一等了。'贾母听说，道：'这使不得。你们虽说矮一等，我知道你们这几个都是财主，果位虽低，钱却比他们多。'"此处，庚辰夹批："惊魂夺魄只此一句。所以一部书全是老婆舌头，全是讽刺世事，反面春秋也。所谓'痴子弟正照风月鉴'，若单看了家常老婆舌头，岂非痴子弟乎？"墨人的《红楼梦的写作技巧》云："就故事本身来说，《红楼梦》写的都是平实近人的日常琐事，没有惊天动地的大事。但是作者透过中国贵族生活的各种层面，发掘了各阶层人性，表现了各阶层人性。曹雪芹能从日常生活琐事中制造冲突。如林黛玉进贾府后，薛宝钗便跟踵而至，故事便一步步展开，冲突也接踵而起。不以离奇古怪故事取胜，而从日常生活细节着手，表现了空灵洒脱的人生境界，哲学思想，这就是曹雪芹的不可及之处，《红楼梦》的伟大之处。"（中国文联出版社，1993年版）。

创作中那些成功的文学技法[1]。

在《红楼梦》第一回《甄士隐梦幻识通灵　贾雨村风尘怀闺秀》中，借石头之口评历来之才子佳人小说：

> 逐一看去，悉皆自相矛盾、大不近情理之话，竟不如我半世亲睹亲闻的这几个女子……不敢稍加穿凿，徒为供人之目而反失其真传者。

"甲戌眉批"云：叙得有间架、有曲折、有顺逆、有映带、有隐有见、有正有闰，以致草蛇灰线、空谷传声、一击两鸣、明修栈道、暗渡陈仓、云龙雾雨、两山对峙、烘云托月、背面敷粉、千皴万染诸奇书中之秘法，亦不复少。

可知，在极其重视"近情理"的基础上，曹雪芹驾驭文字的手段是极其高妙的。其中，比较受人重视的手法当属草蛇灰线、两山对峙、千皴万染最受人们的重视，而这几种方法又可分为迎难而上法（两山对峙）和避难法（草蛇灰线、皴染法）。

---

[1] 罗德湛：《红楼梦的文学价值》自序："写过这些论文（《小说写作基本论》《小说写作研究》）以后，心中不时仍有言犹未尽的感觉；因为那些论文虽已略具系统，毕竟所谈的还都是一些原理原则，仍不免流于空泛抽象，对于初学写作的人，未见得真能有何裨益。这情形岂不似医科学生不能上解剖课程一样的遗憾？因此，乃使我兴起要'解剖'一部作品用作师范的念头。如何选择一部适当的作品，是一个颇为重要的问题！否则，这种努力将作白费。是以这作品必须具有丰富的内容、杰出的技巧、高超的意境。易言之，它必须是一本最好的小说范本，最佳的小说教科书——而且这本书很容易购买。舍此种种，则非《红楼梦》莫属了。"（大东图书有限公司民国六十八年版）

二、两山对峙（特犯不犯）

两山对峙是指，作者写两个人物，互相比托，显得二人愈发高不可及、各具特点。最明显的就是写宝钗与黛玉二人。《红楼梦》第八回《比通灵金莺微露意　探宝钗黛玉半含酸》写宝钗的形象：

宝玉掀帘一迈步进去，先就看见薛宝钗坐在炕上作针线，头上挽着漆黑油光的鬏儿，蜜合色棉袄，玫瑰紫二色金银鼠比肩褂，葱黄绫棉裙，一色半新不旧，看去不觉奢华。唇不点而红，眉不画而翠，脸若银盆，眼如水杏。罕言寡语，人谓藏愚；安分随时，自云守拙。

甲戌夹批："这方是宝卿正传。与前写黛玉之传一齐参看，各极其妙，各不相犯，使其人难其左右于毫末。"甲戌眉批："画神鬼易，画人物难。写宝卿正是写人之笔，若与黛玉并写更难。今作者写得一毫难处不见，且得二人真体实传，非神助而何？"

再看曹雪芹写黛玉若何？《红楼梦》第三回《贾雨村夤缘复旧职　林黛玉抛父进京都》写道：

宝玉早已看见多了一个姊妹，便料定是林姑妈之女，忙来作揖。厮见毕归坐，细看形容，与众各别：

两弯似蹙非蹙胃烟眉，一双似泣非泣含露目。态生两靥之愁，娇袭一身之病。泪光点点，娇喘微微。闲静时如姣花照水，行动处似弱柳扶风。心较比干多一窍，病如西子胜三分。

甲戌眉批："不写衣裙妆饰，正是宝玉眼中不屑之物，故不曾看见。黛玉之举止容貌，亦是宝玉眼中看、心中评。若不是宝玉，断不能知黛玉是何等品貌。"

脂批者已经意识到这个问题，《红楼梦》第十七至十八回《大观园试才题对额　荣国府归省庆元宵》中对黛玉的潇湘馆与宝钗的蘅芜苑的描写：

忽抬头看见前面一带粉垣，里面数楹修舍，有千百竿翠竹遮映。众人都道："好个所在！"于是大家进入，只见入门便是曲折游廊，阶下石子漫成甬路。上面小小两三间房舍，一明两暗，里面都是合着地步打就的床几椅案。从里间房内又得一小门，出去则是后院，有大株梨花兼着芭蕉。

写蘅芜苑：

贾政道："此处这所房子，无味的很。"

庚辰夹批："先故顿此一笔，使后文愈觉生色，未扬先抑之法。盖钗、颦对峙有甚难写者。"

其具体描写：

因而步入门时，忽迎面突出插天的大玲珑山石来，四面群绕各式石块，竟把里面所有房屋悉皆遮住，而且一株花木也无。只见许多异草：或有牵藤的，或有引蔓的，或垂山巅，或穿石隙，甚至垂檐绕柱，萦砌盘阶，或如翠带飘飘，或如金绳盘屈，或实若丹砂，或花如金桂，味芬气馥，非花香之可比。贾政不禁笑道："有趣！"

庚辰夹批："前有'无味'二字，及云'有趣'二字，更觉生色，更觉重大。"

此法又作"特犯不犯"，只不过特犯不犯之法有时亦写事情而已。如《红楼梦》第三回《贾雨村夤缘复旧职　林黛玉抛父进京都》中写贾赦、贾政不见黛玉：

王夫人因说："你舅舅今日斋戒去了，再见罢。"

甲戌侧批："赦老不见，又写政老。政老又不能见，是重不见重，犯不见犯。作者惯用此等章法。"

《红楼梦》第四回《薄命女偏逢薄命郎　葫芦僧乱判葫芦案》中描写李纨：

这李氏亦系金陵名宦之女……只不过将些《女四书》《列女传》《贤媛集》等三四种书，使他认得几个字，记得前朝这几个贤女便罢了，却只以纺绩井臼为要，因取名为李纨，字宫裁。

因此这李纨虽青春丧偶，居家处膏粱锦绣之中，竟如槁木死灰一般，一概无见无闻，唯知侍亲养子，外则陪侍小姑等针黹诵读而已。

甲戌侧批："一段叙出李纨，不犯熙凤。"
同回，写宝钗留住贾家：

原来这梨香院即当日荣公暮年养静之所，小小巧巧，约有十余间房屋，前厅后舍俱全。另有一门通街，薛蟠家人就走此门出入。西南有一角门，通一夹道，出夹道便是王夫人正房的东边了。每日或饭后，或晚间，薛姨妈便过来，或与贾母闲谈，或与王夫人相叙。宝钗日与黛玉迎春姊妹等一处。

甲戌眉批："金玉初见，却如此写，虚虚实实，总不相犯。"
《红楼梦》第十六回《贾元春才选凤藻宫　秦鲸卿夭逝黄泉路》写贾琏乳母赵嬷嬷：

我喝呢，奶奶也喝一盅，怕什么？只不要过多了就是了。

甲戌夹批："宝玉之李嬷，此处偏又写一赵嬷，特犯不犯。先有梨香院一回，今又写此一回，两两遥对，却无一笔相重，一事合掌。"
宝玉之李嬷嬷梨香院事指，《红楼梦》第八回《比通灵金莺微露意　探宝钗黛玉半含酸》中李嬷嬷劝宝玉不要饮酒事：

薛姨妈便令人去灌了最上等的酒来。李嬷嬷便上来道："姨太太，酒倒罢了。"宝玉央道："妈妈，我只喝一盅。"李嬷嬷道："不中用！当着老太太、太太，那怕你吃一坛呢。想那日我眼错不见一会，不知是那一个没调教的，只图讨你的好儿，不管别人死活，给了你一口酒吃，葬送的我挨了两日骂。姨太太不知道，他性子又可恶，吃了酒更弄性。有一日老太太高兴了，又尽着他吃，什么日子又不许他吃，何苦我白赔在里面。"

又比如林黛玉进贾府，三春、熙凤、宝玉出场的情景、相貌的描摹件件不同，历来为人们所称道。

但是，两山对峙法甚难写，曹雪芹又不欲做"开门见山"、一览无余的文字①，为了做到文章的曲折，同时避免面对两山对峙写法的困难，曹雪芹在写作中使用了诸如草蛇灰线法、千皴万染法等，脂批称这些将诸多问题分作数次写作的方式为"避难法"。

三、草蛇灰线法与补写法

所谓草蛇灰线，即在前文中埋伏并不明显的线索，在后数回中再对同一对象进行描述，如同蛇行草中、线过灰中，虽不甚明显，

---

① 《红楼梦》第二十五回《魇魔法姊弟逢五鬼　红楼梦通灵遇双真》中甲戌总批："先写红玉数行引接正文，是不作开门见山文字。"第二十八回《蒋玉菡情赠茜香罗　薛宝钗羞笼红麝串》中写"这里宝玉悲恸了一回，忽然抬头不见了黛玉，便知黛玉看见他躲开了，自己也觉无味，抖抖土起来，下山寻归旧路"，甲戌侧批："折得好，誓不写开门见山文字。"可知，曹雪芹在作文时，尽量避免故事叙述的直白和一览无余。

却实有痕迹，又称"千里伏线法"。最早见于《金圣叹批评第五才子书水浒传》：

有草蛇灰线法。如景阳冈勤叙许多"哨棒"字，紫石街连写若干"帘子"。字等是也。骤看之，有如无物，及至细寻，其中便有一条线索，拽之通体俱动。

《红楼梦》中关于通灵宝玉的介绍，前文数处都有提及，却不细写，待到第八回《比通灵金莺微露意　探宝钗黛玉半含酸》中，宝钗方细看其物，故该回写通灵宝玉样式、文字，甲戌夹批："余亦想见其物矣。前回中总用草蛇灰线写法，至此方细细写出，正是大关节处，可谓真奇之至。"

《红楼梦》第二十二回《听曲文宝玉悟禅机　制灯迷贾政悲谶语》中写诸钗猜元妃之灯谜：

宝钗等听了，近前一看，是一首七言绝句，并无甚新奇，口中少不得称赞，只说难猜，故意寻思，其实一见就猜着了。宝玉、黛玉、湘云、探春四个人也都解了，各自暗暗的写了半日。

在"探春"之后，庚辰夹批："此处透出探春，正是草蛇灰线，后文方不突然。"意思是说，探春智慧、诗才在贾府四春中独秀，此处点出，故后面大观园诗社中探春显现才艺方不突然。

《红楼梦》第二十六回《蜂腰桥设言传心事　潇湘馆春困发幽情》中，写佳惠、小红对话：

佳蕙道:"我想起来了,林姑娘生的弱,时常他吃药,你就和他要些来吃,也是一样。"

在"林姑娘生的弱,时常他吃药"处,庚辰侧批:"是补写否?"在"你就和他要些来吃"后面,甲戌侧批:"闲言中叙出黛玉之弱。草蛇灰线。"

可见,草蛇灰线法是与"补写"这一写作技法配合使用的,即前文伏线,后文照应。伏线法与补写法合用,又称"首尾照应法"。

之所以使用伏线法和皴染法,《红楼梦》第二十七回《滴翠亭杨妃戏彩蝶　埋香冢飞燕泣残红》中写道:

紫鹃雪雁素日知道林黛玉的情性:无事闷坐,不是愁眉,便是长叹,且好端端的不知为了什么,常常的便自泪道不干的。

庚辰侧批:"补写,却是避繁文法。"

四、千皴万染法

千皴万染法,原指传统时代的绘画方式,通过多次绘画,将事物如山石、峰峦的文理和阴阳等诸多层次表现出来。《红楼梦》第四十二回《蘅芜君兰言解疑癖　潇湘子雅谑补馀香》中,宝钗冷笑道:"我说你不中用!那雪浪纸写字画写意画儿,或是会山水的画南宗山水,托墨,禁得皴染。"用于小说批评中,指在不同的回目中分若干次对某一对象的某一方面进行描绘，直到形象越发明显。

《红楼梦》第二回《贾夫人仙逝扬州城　冷子兴演说荣国府》回前甲戌批："此回亦非正文本旨，只在冷子兴一人，即俗谓'冷中出热，无中生有'也。其演说荣府一篇者，盖因族大人多，若从作者笔下一一叙出，尽一二回不能得明，则成何文字？故借用冷子一人，略出其文，使阅者心中，已有一荣府隐隐在心，然后用黛玉、宝钗等两三次皴染，则耀然于心中眼中矣。此即画家三染法也。"

《红楼梦》第六回《贾宝玉初试云雨情　刘姥姥一进荣国府》中，周瑞家的安排"小丫头到倒厅上悄悄的打听打听，老太太屋里摆了饭了没有。小丫头去了。这里二人又说些闲话"，蒙府侧批："急忙中偏不就去，又添一番议论，从中又伏下多少线索，方见得大家势派出入不易，方见得周瑞家的处事详细；继之后文，放笔写凤姐，亦不唐突。仍用冷子兴演说宁、荣旧笔法。"

所以，"伏线""补写""皴染"诸法是互相联系的，在意义上也有相似的地方。

《红楼梦》第八回《比通灵金莺微露意　探宝钗黛玉半含酸》写清客与宝玉的活动：

谁知到穿堂，便向东向北绕厅后而去。偏顶头遇见了门下清客相公詹光单聘仁二人走来，一见了宝玉，便都笑着赶上来，一个抱住腰，一个携着手，都道："我的菩萨哥儿，我说作了好梦呢，好容易得遇见了你。"说着，请了安，又问好，劳叨了半日，方才走开。

甲戌眉批道:"一路用淡三色烘染、行云流水之法,写出贵公子家常不即不离气致。经历过者则喜其写真,未经者恐不免嫌繁。"

脂批亦称此法为"避难法"。如《红楼梦》第十六回《贾元春才选凤藻宫　秦鲸卿夭逝黄泉路》甲戌本回前批语:"细思大观园一事,若从如何奉旨起造,又如何分派众人,从头细细直写将来,几千样细事,如何能顺笔一气写清?又将落于死板拮据之乡,故只用琏凤夫妻二人一问一答,上用赵妪讨情作引,下文蓉蔷来说事作收,馀者随笔略一点染,则耀然洞彻矣。此是避难法。"

五、横云断岭法与重作轻抹法

"横云断岭"(或作"横云断山法")是在某件事情正在进行时,为避免啰唆,用语言或事件忽然截住。

《红楼梦》第四回《薄命女偏逢薄命郎　葫芦僧乱判葫芦案》写贾雨村观看"护官符":

雨村犹未看完,忽听传点,人报:"王老爷来拜。"雨村忙具衣冠出去迎接。

在"雨村犹未看完"后,甲戌眉批:"妙极!若只有此四家,则死板不活,若再有两家,又觉累赘,故如此断法。"

在"忽听传点,人报:'王老爷来拜。'雨村忙具衣冠出去迎接"后,甲戌侧批:"横云断岭法,是板定大章法。"

《红楼梦》第六回《贾宝玉初试云雨情　刘姥姥一进荣国府》写王熙凤与刘姥姥说话：

刚说到这里，只听二门上小厮们回说："东府里的小大爷进来了。"凤姐忙止刘姥姥："不必说了。"一面便问："你蓉大爷在那里呢？"

甲戌侧批："惯用此等横云断山法。"

横云断岭法与前文所谓伏线法颇有干系，因截住或者即为以后伏线。《红楼梦》第十七至十八回《大观园试才题对额　荣国府归省庆元宵》中：

说着，引人出来，再一观望，原来自进门起，所行至此，才游了十之五六。

己卯夹批："总住，妙！伏下后文所补等处。若都入此回写完，不独太繁，使后文冷落，亦且非《石头记》之笔。"

紧接着写道：

又值人来回，有雨村处遣人来回话。

己卯夹批："又一紧，故不能终局也。此处渐渐写雨村亲切，正为后文地步。伏脉千里，横云断岭法。"

此法与"云罩峰尖法"名目上颇相似,但意义却不同,前者是断,后者是补,与补写法颇似。《红楼梦》第四回《薄命女偏逢薄命郎　葫芦僧乱判葫芦案》中:

薛蟠道:"如今舅舅正升了外省去,家里自然忙乱起身,咱们这工夫一窝一拖的奔了去,岂不没眼色。"

他母亲道:"你舅舅家虽升了去,还有你姨爹家。况这几年来,你舅舅姨娘两处,每每带信捎书,接咱们来。如今既来了,你舅舅虽忙着起身,你贾家姨娘未必不苦留我们。咱们且忙忙收拾房屋,岂不使人见怪?"

甲戌侧批:"闲语中补出许多前文,此画家之云罩峰尖法也。"
与"横云断岭法"相似的是"重作轻抹法"。

所谓"重作轻抹",是前面大加描摹,树立起极高的态势,使人想象后面当如何方能妥帖解释,不料,却用一人物、事件轻轻抹去。

与"横云断岭法"不同的是,"横"法直断前事,而"重作轻抹法"却非断,而是"理",只是轻轻抹去而已。简言之,前是直断,后为渐断。

《红楼梦》第二十回《王熙凤正言弹妒意　林黛玉俏语谑娇音》,己卯总评:"此回文字重作轻抹。得力处是凤姐拉李嬷嬷去,借环哥弹压赵姨娘。细致处宝钗为李嬷嬷劝宝玉,安慰环哥,断喝莺儿。至急处为难处是宝、颦论心。无可奈何处是'就拿今日天气比''黛玉冷笑道:我当谁,原来是他!'。冷眼最好看处是宝钗、黛玉看凤姐拉李嬷嬷'这一阵风';玉、麝一节;湘云到,宝玉就走,宝钗笑说'等着';湘云大笑大说;鬟儿学咬舌;湘云念佛跑了数节。可使看官于纸上耳闻目睹其音其形之文。"

《红楼梦》第三十八回《林潇湘魁夺菊花诗　薛蘅芜讽和螃蟹咏》己卯总评:"题曰'菊花诗''螃蟹咏',伪自太君前阿凤若许诙谐中不失体、鸳鸯平儿宠婢中多少放肆之迎合取乐写来,似难入题,却轻轻用弄水戏鱼之看花等游玩事及王夫人云'这里风大'一句收住入题,并无纤毫牵强,此重作轻抹法也。妙极!好看煞!"

六、颊上三毫

《红楼梦》第三回《贾雨村夤缘复旧职　林黛玉抛父进京都》中写道:

> 台矶之上,坐着几个穿红着绿的丫头,一见他们来了,便忙都笑迎上来,说:"刚才老太太还念呢,可巧就来了。"于是三四人争着打起帘笼,一面听得人回话:"林姑娘到了。"

甲戌侧批:"如见如闻,活现于纸上之笔。好看煞!"甲戌眉批:"此书得力处,全是此等地方,所谓'颊上三毫'也。"

所谓颊上三毫,见南朝宋刘义庆《世说新语•巧艺》:"顾长康画裴叔则,颊上益三毛。人问其故,顾曰:'裴楷俊朗有识具,正此是其识具。'看画者寻之,定觉益三毛如有神明,殊胜未安时。"

顾长康,即顾恺之,字长康,东晋著名画家。叔则,裴楷的字。后世以颊上三毫比喻文章或图画的得神之处,类似于画龙点睛。在《红楼梦》写作和评点中用之,是说《红楼梦》善于用一些小的点睛的细节,如动作、话头等,将要表达的人物性格鲜活地衬托出来。

如《红楼梦》第六回《贾宝玉初试云雨情 刘姥姥一进荣国府》写刘姥姥进贾府的情景:

刘姥姥便不敢过去,且掸了掸衣服,又教了板儿几句话,然后蹭到角门前。只见几个挺胸叠肚指手画脚的人,坐在大板凳上,说东谈西呢。

甲戌夹批:"不知如何想来,又为侯门三等豪奴写照。"蒙府侧批:"世家奴仆个个皆然,形容逼真。"

又如《红楼梦》第七回《送宫花贾琏戏熙凤 宴宁府宝玉会秦钟》写智能儿:

周瑞家的因问智能儿:"你是什么时候来的?你师父那秃歪剌往那里去了?"智能儿道:"我们一早就来了。我师父见了太太,就往于老爷府内去了,叫我在这里等他呢。"周瑞家的又道:"十五的月例香供银子可曾得了没有?"智能儿摇头儿说:"我不知道。"

甲戌夹批:"妙!年轻未任事也。一应骗布施、哄斋供诸恶,皆是老秃贼设局。写一种人,一种人活像。"

七、不写之写、一击两鸣、一笔作三五笔用

《红楼梦》中,又有一种"不写之写法",非常巧妙,读者不易察觉,然领会之后,妙处无限。

《红楼梦》第三回《贾雨村夤缘复旧职　林黛玉抛父进京都》中:

> 如海笑道:"若论舍亲,与尊兄犹系同谱,乃荣公之孙:大内兄现袭一等将军,名赦,字恩侯;二内兄名政,字存周,现任工部员外郎,其为人谦恭厚道,大有祖父遗风,非膏粱轻薄仕宦之流,故弟方致书烦托。否则不但有污尊兄之清操,即弟亦不屑为矣。"

甲戌侧批:"写如海实写政老。所谓此书有不写之写是也。"

同回,王夫人向黛玉介绍王熙凤的住所:

> 这院门上也有四五个才总角的小厮,都垂手侍立。

"也有"二字处,甲戌侧批:"二字是他处不写之写也。"

《红楼梦》第七回《送宫花贾琏戏熙凤　宴宁府宝玉会秦钟》中周瑞家的中午访熙凤:

> 正说着,只听那边一阵笑声,却有贾琏的声音。接着房门

响处,平儿拿着大铜盆出来,叫丰儿舀水进去。

甲戌夹批:"妙文奇想!阿凤之为人,岂有不着意于'风月'二字之理哉?若直以明笔写之,不但唐突阿凤身价,亦且无妙文可赏。若不写之,又万万不可。故只用'柳藏鹦鹉语方知'之法,略一皴染,不独文字有隐微,亦且不至污渎阿凤之英风俊骨。所谓此书无一不妙。"

最典型的"不写之写"是《红楼梦》中写秦可卿之死。《红楼梦》第十三回《秦可卿死封龙禁尉　王熙凤协理宁国府》中:

人回:"东府蓉大奶奶没了。"凤姐闻听,吓了一身冷汗,出了一回神,只得忙忙的穿衣,往王夫人处来。彼时合家皆知,无不纳罕,都有些疑心。

甲戌眉批:"九个字写尽天香楼事,是不写之写。"

结合本回甲戌总评"'秦可卿淫丧天香楼',作者用史笔也。老朽因有魂托凤姐贾家后事二件,岂是安富尊荣坐享人能想得到者?其事虽未行,其言其意,令人悲切感服,姑赦之,因命芹溪删去",愈可以领会上面"无不纳罕,都有些疑心"九字"不写之写"的作用。

又比如,《红楼梦》第二十二回《听曲文宝玉悟禅机　制灯迷贾政悲谶语》中王熙凤与贾琏谈论为薛宝钗过生日:

贾琏听了，低头想了半日道："你今儿糊涂了。现有比例，那林妹妹就是例。往年怎么给林妹妹过的，如今也照依给薛妹妹过就是了。"

凤姐听了，冷笑道："我难道连这个也不知道？我原也这么想定了。但昨儿听见老太太说，问起大家的年纪生日来，听见薛大妹妹今年十五岁，虽不是整生日，也算得将笄之年。老太太说要替他作生日。想来若果真替他作，自然比往年与林妹妹的不同了。"

贾琏道："既如此，比林妹妹的多增些。"

凤姐道："我也这么想着，所以讨你的口气。我若私自添了东西，你又怪我不告诉明白你了。"

贾琏笑道："罢，罢，这空头情我不领。你不盘察我就够了，我还怪你！"说着，一径去了，不在话下。

庚辰夹批："一段题纲写得如见如闻，且不失前篇惧内之旨。最奇者黛玉乃贾母溺爱之人也，不闻为作生辰，却去特意与宝钗，实非人想得着之文也。此书通部皆用此法，瞒过多少见者，余故云不写而写是也。"

与此法相似或者相近的一种文学笔法叫作"一击两鸣法"（名义上写一人或一事，实际上，将与之相关的人物或事情也描摹清楚），《红楼梦》中也常用之。

《红楼梦》第五回《游幻境指迷十二钗　饮仙醪曲演红楼梦》写道：

如今且说林黛玉自在荣府以来,贾母万般怜爱,寝食起居,一如宝玉。

甲戌侧批:"妙极!所谓一击两鸣法,宝玉身份可知。"

《红楼梦》第七回《送宫花贾琏戏熙凤　宴宁府宝玉会秦钟》写香菱模样:

正说着,只见香菱笑嘻嘻的走来。周瑞家的便拉了他的手,细细的看了一会,因向金钏儿笑道:"倒好个模样儿,竟有些像咱们东府里蓉大奶奶的品格儿。"

甲戌夹批:"一击两鸣法,二人之美,并可知矣。再忽然想到秦可卿,何玄幻之极。假使说像荣府中所有之人,则死板之至,故远远以可卿之貌为譬,似极扯淡,然却是天下必有之情事。"

《红楼梦》第六十六回《情小妹耻情归地府　冷二郎一冷入空门》写鲍二家的笑骂贾琏小厮兴儿、评价贾府诸钗:

话说鲍二家的打他一下子,笑道:"原有些真的,叫你又编了这混话,越发没了捆儿。你倒不像跟二爷的人,这些混话倒像是宝玉那边的了。"

己卯夹批:"好极之文,将茗烟等已全写出,可谓一击两鸣法,不写之写也。"复可知,不写之写与一击两鸣是有相类关系的。

曹雪芹不仅能作一击两鸣之事，甚至能一笔作三五笔用。《红楼梦》第四十二回《蘅芜君兰言解疑癖　潇湘子雅谑补馀香》中写道：

刘姥姥见无事，方上来和贾母告辞。贾母说："闲了再来。"又命鸳鸯来："好生打发刘姥姥出去。我身上不好，不能送你。"刘姥姥道了谢，又作辞，方同鸳鸯出来。

到了下房，鸳鸯指炕上一个包袱说道："这是老太太的几件衣服，都是往年间生日节下众人孝敬的，老太太从不穿人家做的，收着也可惜，却是一次也没穿过的。"

蒙府侧批："写富贵常态，一笔作三五笔用，妙文。"

戚蓼生非常喜欢曹雪芹的这种笔法，他在为《红楼梦》所作序言中充满感情地写道：

吾闻绛树两歌，一声在喉，一声在鼻；黄华二牍，左腕能楷，右腕能草。神乎技也，吾未之见也。今则两歌而不分乎喉鼻，二牍而无区乎左右，一声也而两歌，一手也而二牍，此万万不能有之事，不可得之奇，而竟得之《石头记》一书。嘻！异矣。

夫敷华掞藻、立意遣词无一落前人窠臼，此固有目共赏，姑不具论；第观其蕴于心而抒于手也，注彼而写此，目送而手挥，似谲而正，似则而淫，如春秋之有微词、史家之多曲笔。

试一一读而绎之：写闺房则极其雍肃也，而艳冶已满纸矣；状阀阅则极其丰整也，而式微已盈睫矣；写宝玉之淫而痴也，而多情善悟，不减历下琅琊；写黛玉之妒而尖也，而笃爱深怜，不啻桑娥石女。他如摹绘玉钗金屋，刻画芗泽罗襦，靡靡焉几令读者心荡神怡矣，而欲求其一字一句之粗鄙猥亵，不可得也。

盖声止一声，手只一手，而淫佚贞静，悲戚欢愉，不啻双管之齐下也。噫！异矣。

其殆稗官野史中之盲左、腐迁乎？然吾谓作者有两意，读者当具一心。譬之绘事，石有三面，佳处不过一峰；路看两蹊，幽处不逾一树。

必得是意，以读是书，乃能得作者微旨。如捉水月，只把清辉；如雨天花，但闻香气，庶得此书弦外音乎？

不写之写与前面提到的皴染法，有着千丝万缕的关系，这是因为皴染产生的结果有实有虚，皴染处是实，不写之写处是虚。清人方薰《山静居画论》评论皴染画法："皴法妙在一图有虚有实，有笔踪稠叠处，有取势虚引处，意到笔不到处，具有本领。"

八、十面照应的故事结构

结构是架构全部小说故事的基本框架，对故事的演进起着统御的作用。

关于《红楼梦》的结构，学界已有诸多研究，或谓网状结构、或谓波浪结构、或谓立体结构，又有所谓爱情主线说、贾府衰败主线说、盛衰爱情双重主线说、爱情主线盛衰副线说、凤姐宝玉主线说、石头主线说等。①

实际上，前云之皴染法、伏线法既是小说故事的写作技法，又都与故事的整体结构不可分割。

由于曹雪芹对整个故事、所有主要人物都有极其清晰的把握，故而随手能够在合适的地方点到、补写、细化相应故事与人物，无处不照应，脂批处处点出《红楼梦》文字皆有意义、并无闲文。如《红楼梦》第二十回《王熙凤正言弹妒意　林黛玉俏语谑娇音》中写李嬷嬷生气：

> 李嬷嬷听了这话，益发气起来了，说道："你只护着那起狐狸，那里认得我了，叫我问谁去？谁不帮着你呢，谁不是袭人拿下马来的！我都知道那些事。我只和你在老太太、太太跟前去讲了。把你奶了这么大，到如今吃不着奶了，把我丢在一旁，逗着丫头们要我的强。"

这段文字，普通人看来，只是看到李嬷嬷的老态糊涂，真实固然，并无他味，然而，庚辰眉批："特为乳母传照，暗伏后文倚势奶娘线脉。《石头记》无闲文并虚字在此。壬午孟夏。畸笏老人。"

与此处脂批"《石头记》无闲文"对应的是，脂批到处点到的《红楼梦》诸处"省却多少闲文"。

立体网状结构是近年来学界给予《红楼梦》结构的一种定性，

---

① 李萍. 20世纪《红楼梦》结构主线研究综述 [J]. 河南教育学院学报（哲学社会科学版），2004, 23（4）：4-12.

曹立波. 《红楼梦》立体式网状结构模型的构建 [J]. 红楼梦学刊，2007（2）：267-284.

唯立体式网状亦不过"三向"而已,《红楼梦》对各故事、人物的整体关照,远远复杂于此。倒是李辰冬的波浪说更为确切些:"读《红楼梦》的,因其结构的周密,错综的繁杂,好像跳入大海一般,前后左右,波涛澎湃;且前起后拥,大浪伏小浪,小浪变大浪,也不知起于何地,止于何时,不禁兴茫茫沧海无边无际之叹!又好像入海潮正盛时的海水浴一般,每次波浪,都带来一种抚慰与快感;且此浪未覆,他浪继起,使读者欲罢不能,非至筋疲力倦而后已。"①

之所以说波浪说更确切些,是因为大海的波浪形成时四面八方皆来,无从言其来由、去向之间关系。

笔者认为,曹雪芹在结构上对整部书有着透彻的掌握,因此,随时做法,无不相宜,正如佛教谓菩萨千手千眼,可以洞察一切世事一般,故而可将《红楼梦》的故事结构称作"十面照应法"(十面照应贾宝玉历劫的全部过程,而以石头做冷眼旁观)。

这一点脂批也曾典出。《红楼梦》第四回《薄命女偏逢薄命郎 葫芦僧乱判葫芦案》中,门子讲述英莲故事:

……当日这英莲,我们天天哄他顽耍;虽隔了七八年,如今十二三岁的光景,其模样虽然出脱得齐整好些,然大概相貌,自是不改,熟人易认。况且他眉心中原有米粒大小的一点胭脂痣,从胎里带来的,所以我却认得。偏生这拐子又租了我的房舍居住。

戚序夹批云:"作者要说容貌实力,要说情要说幻,又要说小

---

① 李辰冬. 知味红楼:红楼梦研究[J]. 北京:中国档案出版社,2006.

人之居心,豪强之脱大。了结前文旧案,铺设后文根基,点明英莲、收叙宝钗等项诸事,只借先之沙弥、今日门子之口,层层序来。真是大悲菩萨,千手千眼,一时转动,毫无遗露。可见巨大光明着,故无难事,诚然。"

《红楼梦》第四十六回《尴尬人难免尴尬事　鸳鸯女誓绝鸳鸯偶》中鸳鸯讲述原先一拨儿侍女:

鸳鸯红了脸,向平儿冷笑道:"这是咱们好,比如袭人、琥珀、素云、紫鹃、彩霞、玉钏儿、麝月、翠墨,跟了史姑娘去的翠缕,死了的可人和金钏,去了的茜雪,连上你我,这十来个人,从小儿什么话儿不说?什么事儿不作?"

在"去了的茜雪"侧,庚辰夹批:"余按此一算,亦是十二钗,真镜中花、水中月、云中豹、林中之鸟、穴中之鼠、无数可考、无人可指、有迹可追、有形可据、九曲八折、远响近影、迷离烟灼、纵横隐现、千奇百怪、眩目移神,现千手千眼大游戏法也。脂砚斋。"

可见,脂批者对曹雪芹这种把握全局结构、人物、事件的能力是极端佩服的,无法形容,只得借"千手千眼"法来加以比喻形容。

此法又被脂批比喻为"八方皆应法"。《红楼梦》第十七至十八回《大观园试才题对额　荣国府归省庆元宵》写宝玉题大观园匾额:

前日,贾政闻塾师背后赞宝玉偏才尽有,贾政未信,适巧

遇园已落成,令其题撰,聊一试其情思之清浊。其所拟之匾联虽非妙句,在幼童为之,亦或可取。即另使名公大笔为之,固不费难,然想来倒不如这本家风味有趣。更使贾妃见之,知系其爱弟所为,亦或不负其素日切望之意。因有这段原委,故此竟用了宝玉所题之联额。那日虽未曾题完,后来亦曾补拟。

己卯夹批:"一句补前文之不暇,启后文之苗裔。至后文凹晶馆黛玉口中又一补,所谓'一击空谷,八方皆应'。"

《红楼梦》对各处情节和人物的处理及效果,正是"一击空谷,八方皆应",即我们上面提到的"十方照应法"。

"信手拈来无不是"正是对曹雪芹对小说结构、文字处理恰到好处的最好形容。

《红楼梦》第二十七回《滴翠亭杨妃戏彩蝶　埋香冢飞燕泣残红》写宝黛矛盾,前后出来寻找姊妹:

只见宝钗探春正在那边看鹤舞,见黛玉去了,三个一同站着说话儿。又见宝玉来了,探春便笑道:"宝哥哥,身上好?我整整的三天没见你了。"

庚辰侧批:"二玉文字岂是容易写的,故有此截。"庚辰眉批:"《石头记》用截法、岔法、突然法、伏线法、由近渐远法、将繁改简法、重作轻抹法、虚敲实应法种种诸法,总在人意料之外,且不曾见一丝牵强,所谓'信手拈来无不是'是也。"

"信手拈来无不是",既对曹雪芹笔法的形容,也是对曹雪芹对《红楼梦》结构把握的形容。"瞻之在前、忽焉在后",即《红楼梦》留给读者的印象。

　　能为此作,正是曹雪芹"十面照应"的结果。

九、诗词与小说

　　《红楼梦》中的各色文艺之所以被大众接受并喜欢,是因为曹雪芹在《红楼梦》诗词的写作中也有"传诗"的想法。

　　曹雪芹本人工诗善画,友人称其诗风有似李贺,能破其藩篱。李贺诗构思巧妙、用词瑰丽。《红楼梦》外,曹雪芹诗可得者少,其题敦诚《琵琶行传奇》"白傅诗灵应喜甚,定教蛮素鬼排场",其诗才、诗风略可见一斑。《红楼梦》第四十八回《滥情人情误思游艺　慕雅女雅集苦吟诗》中黛玉、香菱论诗,可视作曹雪芹对诗歌理论的"夫子自道"。

　　黛玉道:"什么难事,也值得去学!不过是起承转合,当中承转是两副对子,平声对仄声,虚的对实的,实的对虚的,若是果有了奇句,连平仄虚实不对都使得的。"

　　香菱笑道:"怪道我常弄一本旧诗偷空儿看一两首,又有对的极工的,又有不对的,又听见说'一三五不论,二四六分明'。看古人的诗上亦有顺的,亦有二四六上错了的,所以天天疑惑。如今听你一说,原来这些格调规矩竟是末事,只要词句新奇为上。"

黛玉道:"正是这个道理。词句究竟还是末事,第一立意要紧。若意趣真了,连词句不用修饰,自是好的,这叫做'不以词害意'。"

香菱笑道:"我只爱陆放翁的诗'重帘不卷留香久,古砚微凹聚墨多',说的真有趣!"

黛玉道:"断不可看这样的诗。你们因不知诗,所以见了这浅近的就爱,一入了这个格局,再学不出来的。你只听我说,你若真心要学,我这里有《王摩诘全集》,你且把他的五言律读一百首,细心揣摩透熟了,然后再读一二百首老杜的七言律,次再李青莲的七言绝句读一二百首。肚子里先有了这三个人作了底子,然后再把陶渊明、应玚、谢、阮、庾、鲍等人的一看。你又是一个极聪敏伶俐的人,不用一年的工夫,不愁不是诗翁了!"

清人论诗有学唐、学宋的区别,学唐者重诗性情,学宋者重厚重。以黛玉之性情,宜乎其重唐人;结合曹雪芹诗风,似亦可作为他的诗论。

又借香菱之口论诗:"据我看来,诗的好处,有口里说不出来的意思,想去却是逼真的。有似乎无理的,想去竟是有理有情的。"所论确切。

虽然如此,曹雪芹传诗的观念却不像诸多小说作者那般、为了炫才而将己诗硬塞入作品中,《红楼梦》中每一首诗词曲赋都与小说中要表达的环境、气氛、作者性格、年龄、心境等诸多因素协调妥帖。正如《红楼梦》第五十回《芦雪广争联即景诗　暖香坞雅制春灯谜》戚序总评的那样：

> 诗词之峭丽、灯谜之隐秀不待言，须看他极整齐、极参差、愈忙迫愈安闲，一波一折路转峰回，一落一起山断云连，各人局度、各人情性都现。

《红楼梦》第二十二回《听曲文宝玉悟禅机　制灯谜贾政悲谶语》写贾环之谜语：

> 且又听太监说："三爷说的这个不通，娘娘也没猜，叫我带回问三爷是个什么。"众人听了，都来看他作的什么，写道是："大哥有角只八个，二哥有角只两根。大哥只在床上坐，二哥爱在房上蹲。"

庚辰夹批："可发一笑，真环哥之谜。诸卿勿笑，难为了作者摹拟。亏他好才情，怎么想来？"

《红楼梦》第三十七回《秋爽斋偶结海棠社　蘅芜苑夜拟菊花题》中，宝钗作诗：

> 珍重芳姿昼掩门，自携手瓮灌苔盆。
> 胭脂洗出秋阶影，冰雪招来露砌魂。
> 淡极始知花更艳，愁多焉得玉无痕。
> 欲偿白帝凭清洁，不语婷婷日又昏。

己卯夹批:"宝钗诗全是自写身份,讽刺时事。只以品行为先,才技为末。纤巧流畅之词、绮靡浓艳之语,一洗皆尽,非不能也,屑而不为也。最恨近日小说中一百美人诗词语气只得一个艳稿。好极!高情巨眼能几人哉!"

黛玉诗却作:

> 半卷湘帘半掩门,碾冰为土玉为盆。
> 偷来梨蕊三分白,借得梅花一缕魂。
> 月窟仙人缝缟袂,秋闺怨女拭啼痕。
> 娇羞默默同谁诉,倦倚西风夜已昏。

己卯夹批:"看他终结道自己,一人是一人口气。逸才仙品固让颦儿,温雅沉着终是宝钗。"

可见,曹雪芹对宋诗也有相当的研究,并以此诗风赋予宝钗,显示个人不同的性格。

不唯如此,《红楼梦》中诗词还有一石二鸟的妙用,除塑造人物、显示性格外,有的诗还暗暗预示着作诗者的命运。[①]

《红楼梦》第二十二回《听曲文宝玉悟禅机 制灯迷贾政悲谶语》中写贾政观诸钗所作灯谜,如元春所作炮仗灯谜"一声震得人

[①] 茅盾:《关于曹雪芹》一文:"曹雪芹的友好,都赞美他能诗善画,然而他的诗、画都失传了;《红楼梦》中的诗词歌赋都是'按头制帽',适合书中各色人物的身世、教养和性格,并不能代表曹雪芹的诗的真面目。书中多少次的结社吟诗,制灯谜,多少次的饮酒行令,所以有的诗、词、灯谜、酒令,不但都符合各人的身份、教养和性格,并且还暗示了各人将来的归宿。"除有些词语用的稍微绝对外,所论确切。(《文艺报》1963 年 12 期)

方恐，回首相看已化灰"，庚辰夹批："此元春之谜。才得侥幸，奈寿不长，可悲哉！"惜春所作"佛前海灯""莫道此生沉黑海，性中自有大光明"，庚辰夹批："此惜春为尼之谶也。公府千金至缁衣乞食，宁不悲夫"等。

正是因为曹雪芹不将诗词作为炫才的工具，使得小说中每一诗赋都与环境、故事、人物紧密相连，获得了亲友的极大肯定。《红楼梦》第五回《游幻境指迷十二钗　饮仙醪曲演红楼梦》警幻仙姑赋后，甲戌眉批："按此书凡例，本无赞赋闲文，前有宝玉二词，今复见此一赋，何也？盖此二人乃通部大纲，不得不用此套。前词却是作者别有深意，故见其妙。此赋则不见长，然亦不可无者也。"

十、诗画手法创造出"虚实互现"的意境

曹雪芹工诗善画[①]。在《红楼梦》创作中，即将诗画的手法运用其中。

观《红楼梦》的写作技法，可以看出曹雪芹在小说写作中对诗画创作方法和境界的借用；而这一点，脂批也多有评点。

如《红楼梦》第七回《送宫花贾琏戏熙凤　宴宁府宝玉会秦钟》中：

> 迎春的丫鬟司棋与探春的丫鬟侍书二人正掀帘子出来，手里都捧着茶钟，周瑞家的便知他们姊妹在一处坐着呢，遂进入

---

① 张宜泉：《题芹溪居士》序云："姓曹名霑，字梦阮，号芹溪居士，其人工诗善画。"

内房，只见迎春、探春二人正在窗下围棋。周瑞家的将花送上，说明缘故。二人忙住了棋，都欠身道谢，命丫鬟们收了。

周瑞家的答应了，因说："四姑娘不在房里，只怕在老太太那边呢。"丫鬟们道："那屋里不是四姑娘？"

甲戌夹批："用画家三五聚散法写来，方不死板。"

《红楼梦》第二十四回《醉金刚轻财尚义侠　痴女儿遗帕惹相思》中写香菱、黛玉：

香菱嘻嘻的笑道："我来寻我们的姑娘的，找他总找不着。你们紫鹃也找你呢，说琏二奶奶送了什么茶叶来给你的。走罢，回家去坐着。"一面说着，一面拉着黛玉的手回潇湘馆来了。果然凤姐儿送了两小瓶上用新茶来。

庚辰眉批："是书最好看如此等处，系画家山水树头丘壑俱备，末用浓淡墨点苔法也。丁亥夏。畸笏叟。"

不唯技法上，用画家手法，即便在意境上，《红楼梦》也多用画家手法。

《红楼梦》第二十五回《魇魔法姊弟逢五鬼　红楼梦通灵遇双真》中写林黛玉出了院门：

来到园中，四顾无人，惟见花光柳影，鸟语溪声。

甲戌侧批："纯用画家笔写。"

《红楼梦》第二十七回《滴翠亭杨妃戏彩蝶　埋香冢飞燕泣残红》中：

> 紫鹃雪雁素日知道林黛玉的情性：无事闷坐，不是愁眉，便是长叹……

庚辰侧批："画美人之秘诀。"

又写道：

> 那林黛玉倚着床栏杆，两手抱着膝，眼睛含着泪，好似木雕泥塑的一般。

"两手抱着膝"处甲戌侧批："画美人秘诀。""眼睛含着泪"处庚辰侧批："前批的画美人秘诀，今竟画出《金闺夜坐图》来了。"

正是因为曹雪芹善用画法描写小说故事，在《红楼梦》中，视故事和人物描写的需要进行或详细或简略的描写，既有反复点染的地方，亦有略而不写，或者稍加点染的地方。

《红楼梦》第二回《贾夫人仙逝扬州城　冷子兴演说荣国府》甲戌回前批："此回亦非正文本旨，只在冷子兴一人，即俗谓'冷中出热，无中生有'也。其演说荣府一篇者，盖因族大人多，若从作者笔下一一叙出，尽一二回不能得明，则成何文字？故借用冷子

一人,略出其文,使阅者心中,已有一荣府隐隐在心,然后用黛玉、宝钗等两三次皴染,则耀然于心中眼中矣。此即画家三染法也。"

这是反复点染的地方。

《红楼梦》第四回《薄命女偏逢薄命郎　葫芦僧乱判葫芦案》中,薛姨妈对薛蟠言:

这几年来,你舅舅姨娘两处,每每带信捎书,接咱们来。如今既来了,你舅舅虽忙着起身,你贾家姨娘未必不苦留我们。咱们且忙忙收拾房屋,岂不使人见怪?

这是稍加点染的地方,故甲戌侧批:"闲语中补出许多前文,此画家之云罩峰尖法也。"

又如《红楼梦》第二十一回《贤袭人娇嗔箴宝玉　俏平儿软语救贾琏》写湘云为宝玉梳辫:

湘云一面编着,一面说道:"这珠子只三颗了,这一颗不是的。……必定是外头去掉下来,不防被人拣了去,倒便宜他。"黛玉一旁盥手,冷笑道:"也不知是真丢了,也不知是给了人镶什么戴去了!"

"黛玉一旁盥手,冷笑道"处庚辰侧批:"纯用画家烘染法。"

在涉及著作权时,曹雪芹也使用了画家的手法。《红楼梦》第一回《甄士隐梦幻识通灵　贾雨村风尘怀闺秀》中写《红楼梦》的流传：

空空道人听如此说，思忖半晌，将《石头记》再检阅一遍……因毫不干涉时世，方从头至尾抄录回来，问世传奇。从此空空道人因空见色，由色生情，传情入色，自色悟空，遂易名为情僧，改《石头记》为《情僧录》。东鲁孔梅溪则题曰《风月宝鉴》。后因曹雪芹于悼红轩中披阅十载，增删五次，纂成目录，分出章回，则题曰《金陵十二钗》。

甲戌眉批："若云雪芹披阅增删，然则开卷至此这一篇楔子又系谁撰？足见作者之笔，狡猾之甚。后文如此者不少。这正是作者用画烟云模糊处，观者万不可被作者瞒蔽了去，方是巨眼。"

十一、结语

根据以上分析，《红楼梦》写作的意境、结构、手法多借用了中国传统绘画的宗旨与各种技法，可以将《红楼梦》称作"诗画小说"。明人唐志契《绘事微言》云：

昔人谓画人物是传神，画花鸟是写生，画山水是留影。然则影可工致描画乎？……是以有山林逸趣者，多取写意山水，不取工致山水也。

直可作为中国画之指南，亦可作《红楼梦》赏析之指南。

唐六如居士《六如居士画谱》亦称：

凡画，气韵本乎游心，神彩生于用笔，意在笔先，笔尽意足。虽不能尽夫赏阅之精，而工拙亦略可见。或有高人韵士，寄兴寓情，当求诸笔墨之外，方为得趣。

吾不知其论画耶，论书耶，论典籍耶？

第十讲

说晴雯——谈《红楼梦》中写人的映照技法

一、晴雯不是反抗封建家庭和等级制度的斗士

晴雯是《红楼梦》中最有个性的年轻女子之一，20世纪90年代以前的文章多把她当作一个反抗封建家庭和等级制度的先进斗士，那么《红楼梦》中的晴雯对待封建家庭和等级制度的态度到底是怎样的呢？

先看她对贾府这个封建大家庭的态度。在谈论这个问题时，传统研究者往往拿出《红楼梦》第三十七回《秋爽斋偶结海棠社 蘅芜苑夜拟菊花题》中晴雯对秋纹从贾母、王夫人那里得到赏赐感到高兴，嗤之以鼻，来证明晴雯是积极反抗封建等级和家长制度的，是一个没完全奴化的、具有反抗精神的女奴，不过持这种观点的专家在分析这段文字时，犯了以偏概全的问题，试看：

秋纹笑道："提起瓶来，我又想起笑话。我们宝二爷说声孝心一动，也孝敬到二十分。因那日见园里桂花，折了两枝，原是自己要插瓶的，忽然想起来说，这是自己园里的才开的新鲜花，不敢自己先顽，巴巴的把那一对瓶拿下来，亲自灌水插好了，叫个人拿着，亲自送一瓶进老太太，又进一瓶与太太。谁知他孝心一动，连跟的人都得了福了。可巧那日是我拿去的。老太太见了这样，喜的无可无不可，见人就说：'到底是宝玉孝顺我，连一枝花儿也想的到。别人还只抱怨我疼他。'你们知道，老太太素日不大同我说话的，有些不入他老人家的眼的。那日竟叫人拿几百钱给我，说我可怜见的，生的单柔。这可是再想不到的福气。几百钱是小事，难得这个脸面。及至到了太太那里，太太正和二奶奶、赵姨奶奶、周姨奶奶好些人翻箱子，找太太当日年轻的颜色衣裳，不知给那一个。一见了，连衣裳也不找了，且看花儿。又有二奶奶在旁边凑趣儿，夸宝玉又是怎么孝敬，又是怎样知好歹，有的没的说了两车话。当着众人，太太自为又增了光，堵了众人的嘴。太太越发喜欢了，现成的衣裳就赏了我两件。衣裳也是小事，年年横竖也得，却不像这个彩头。"

晴雯笑道："呸！没见世面的小蹄子！那是把好的给了人，挑剩下的才给你，你还充有脸呢。"秋纹道："凭他给谁剩的，到底是太太的恩典。"晴雯道："要是我，我就不要。若是给别人剩下的给我，也罢了。一样这屋里的人，难道谁又比谁高贵些？把好的给他，剩下的才给我，我宁可不要，冲撞了太太，我也不受这口软气。"

请看，晴雯并不是不想要王夫人赏的东西，而是因为王夫人已经把东西在这之前赏给过别的丫头了，晴雯认为自己并不比此人差，因此才赌气不要。

当从众人口中，我们知道晴雯说的人就是怡红院的首席大丫头袭人，从《红楼梦》第三十六回《绣鸳鸯梦兆绛芸轩　识分定情悟梨香院》我们还知道，王夫人每月拿出二两银子一吊钱给袭人，而且叮嘱王熙凤"以后凡是有赵姨娘周姨娘的，也有袭人的，只是袭人的这一分都从我的分例上匀出来"，这俨然已经把袭人当作宝玉的妾了。晴雯所气的就是自认为处处优于袭人的自己为什么没有得到王夫人的青睐。当袭人嘱咐把借出去的瓶子取回来时，晴雯笑道：

"我偏取一遭儿去。是巧宗儿你们都得了，难道不许我得一遭儿？……虽然碰不见衣裳，或者太太看见我勤谨，一个月也把太太的公费里分出二两银子来给我，也定不得。"说着，又笑道："你们别和我装神弄鬼的，什么事我不知道。"一面说，一面往外跑了。秋纹也同他出来，自去探春那里取了碟子来。

这样看来，以前人们对晴雯反抗精神的赞赏，把她视为"具有鲜明反封建思想倾向的被压迫的女奴形象""不仅不向统治者谄媚取宠，反而随时把胸中的不平向外爆发，锋芒直指封建统治者"的评价似乎是不能站得住脚了。

实际上,如果我们能认真地分析《红楼梦》中所有关于晴雯的字句,公允地进行分析,可以看出晴雯和贾宝玉一样,都是在肆无忌惮地享用贾府这个富裕大家庭提供给他们的一切,但却激烈地反对着家庭和社会赋予他们的、他们应该承担的所有责任和相关约束,他们并不能像《玩偶之家》里的女主人公一样,义无反顾地决心离开这个家庭,抛弃他们所受到的供养,用自己的双手去创造心目中的理想生活,正如一位网络作者指出的:

一方面,她认识到这种看似舒适的生活其实就有着对她们这样人的压迫,但另一方面,她却是离不开这种生活的,她只能依附于这种生活,离开这种生活回到贫困的家中,她也就像刚开的剑兰送入猪窝一样,夭折了。

因此,很多书里为了表扬这个拥有反抗思想的奴才,就会把她描写成一个先进的战士,是根本错误的。

二、晴雯的志向与行为

既然晴雯并不知道自己斗争的对象,那么,晴雯又有哪些追求和志向呢?

晴雯的希望不过是能顺利地成为宝二姨奶奶,也就是成功地做宝玉的姨罢了。她深深知道自己的出身卑微,再高也不过是宝玉房中的一个大丫鬟而已,根本不可能和宝玉、宝钗等主子们站在同一高度上，甚至连袭人、鸳鸯等人也不如，对于这些晴雯确实是不甘心的。《红楼梦》第二十回《王熙凤正言弹妒意　林黛玉俏语谑娇音》中写道：

宝玉无聊，笑对麝月说："咱两个作什么呢？怪没意思的。也罢了，早上你说头痒，这会子没什么事，我替你篦头罢。"麝月听了便道："就是这样。"说着，将文具镜匣搬来，卸去钗钏，打开头发，宝玉拿了篦子替他一一的梳篦。只篦了三五下，只见晴雯忙忙走进来取钱。一见了他两个，便冷笑道："哦，交杯盏还没吃，倒上头了！"宝玉笑道："你来，我也替你篦一篦。"晴雯道："我没那么大福。"说着，拿了钱，便摔帘子出去了。

《红楼梦》第三十一回《撕扇子作千金一笑　因麒麟伏白首双星》中，袭人无意间说了一句"我们"，就被晴雯一顿冷嘲热讽。宝玉和袭人是怎样的关系呢？连黛玉这一心想将来和宝玉过，又嫉妒心极强的女孩子都戏称她作"嫂子"，"好嫂子，你告诉我。必定是你两个拌了嘴了。告诉妹妹，替你们和劝和劝"。袭人羞不过忙推黛玉说："林姑娘你闹什么？我们一个丫头，姑娘只是混说。"且看黛玉是怎样回答的，黛玉笑道："你说你是丫头，我只拿你当嫂子待。"很明显，在这里林黛玉把袭人和贾琏房中的平儿一样看待了。

晴雯就是见不得这些事情的出现，她内心的嫉妒之火一旦碰上

这样的事情立刻就能发作，可见，她的心里确实是爱着贾宝玉的，即便是说这种爱是一种潜意识的行为，当然她也知道自己不可能最终成为贾宝玉的正室。正是因为她爱着宝玉，才见不得宝玉和其他女孩子有过于亲热的行为，尤其她自视甚高，又怎会允许宝玉和她向来看不上的袭人、麝月那般亲热呢。

晴雯素有灵口慧心的说法，但是她与《红楼梦》中另一位同样灵口慧心的林黛玉在这上面的表现是完全不同的，试看《红楼梦》第八回《比通灵金莺微露意　探宝钗黛玉半含酸》中是怎样写的：

宝钗笑道："宝兄弟，亏你每日家杂学旁收的，难道就不知道酒性最热，若热吃下去，发散的就快；若冷吃下去，便凝结在内，以五脏去暖他，岂不受害？从此还不快不要吃那冷的了。"宝玉听这话有情理，便放下冷酒，命人暖来方饮……黛玉磕着瓜子儿，只抿着嘴笑。可巧黛玉的小丫鬟雪雁走来与黛玉送小手炉，黛玉因含笑问他："谁叫你送来的？难为他费心，那里就冷死了我！"雪雁道："紫鹃姐姐怕姑娘冷，使我送来的。"黛玉一面接了，抱在怀中，笑道："也亏你倒听他的话。我平日和你说的，全当耳旁风；怎么他说了你就依，比圣旨还快些！"

在这里，黛玉借宝玉按宝钗的意见饮用热酒一事，对宝玉加以嘲讽，虽然聪明人都能听得出来黛玉在说什么，但每一个当事人都没有办法发作出来，毕竟他说得是那样的委婉。因此，面对黛玉的嘲讽，"宝玉听这话，知是黛玉借此奚落他，也无回复之词，只嘻嘻的笑两声罢了。宝钗素知黛玉是如此惯了的，也不去睬他"。

在《红楼梦》第二十八回《蒋玉菡情赠茜香罗　薛宝钗羞笼红麝串》中，宝玉想看看宝钗的红麝串子，宝钗要为他褪了下来，小说写道：

宝钗生的肌肤丰泽，容易褪不下来。宝玉在旁看着雪白一段酥臂，不觉动了羡慕之心，暗暗想道："这个膀子要长在林妹妹身上，或者还得摸一摸，偏生长在他身上。"正是恨没福得摸，忽然想起"金玉"一事来，再看看宝钗形容，只见脸若银盆，眼似水杏，唇不点而红，眉不画而翠，比林黛玉另具一种妩媚风流，不觉就呆了，宝钗褪了串子来递与他也忘了接。

这时候，宝钗的表现是："见他怔了，自己倒不好意思的，丢下串子，回身才要走"，只见"林黛玉蹬着门槛子，嘴里咬着手帕子笑呢"。在这种情形下，要是晴雯肯定又要直愣愣的话飞过去了，黛玉是怎样表现的呢？黛玉接过宝钗的话，笑道：

"何曾不是在屋里的。只因听见天上一声叫唤，出来瞧了瞧，原来是个呆雁。"薛宝钗道："呆雁在那里呢？我也瞧一瞧。"林黛玉道："我才出来，他就'忒儿'一声飞了。"口里说着，将手里的帕子一甩，向宝玉脸上甩来。宝玉不防，正打在眼上，"嗳哟"了一声。

结果:

宝玉正自发怔,不想黛玉将手帕子甩了来,正碰在眼睛上,倒唬了一跳,问是谁。林黛玉摇着头儿笑道:"不敢,是我失了手。因为宝姐姐要看呆雁,我比给他看,不想失了手。"宝玉揉着眼睛,待要说什么,又不好说的。

看黛玉对自己的情感和小报复表达得那么巧妙,不漏一点痕迹,愿望实现了,却能让人无话可说,故而宝钗说:"真真颦丫头的这张嘴,让人恨又不是,喜欢又不是。"

这当然是两人身份地位、文化层次等各方面原因造成的,但晴雯一点就着的火爆脾气也是另一重要原因。晴雯的举动使自己处于无助的地位上,平时姐妹们一起闹,一时不快也就过去了,但是当有些事情爆发时,晴雯环顾自己的周围,才发现自己是那样的孤独。

三、晴雯的人际关系

在不涉及感情问题时,晴雯的所作所为也有失妥当,她只是单凭自己痛快的一味乱说,却几乎从来不顾别人的感受。

《红楼梦》第七十三回《痴丫头误拾绣春囊　懦小姐不问累金凤》中,袭人、晴雯等为了帮助宝玉蒙混贾政考试,陪同宝玉熬夜温习,文中写道:

袭人麝月晴雯等几个大的是不用说,在旁剪烛斟茶;那些小的,都困眼朦胧,前仰后合起来。晴雯因骂道:"什么蹄子们,一个个黑日白夜挺尸挺不够,偶然一次睡迟了些,就装出这腔调来了。再这样,我拿针戳你们两下子!"

晴雯粗暴、强横的态度跃然纸上,曹雪芹的高妙不止于此,下面接着写道:

话犹未了,只听外间咕咚一声,急忙看时,原来是一个小丫头子坐着打盹,一头撞到壁上了,从梦中惊醒,恰正是晴雯说这话之时,他怔怔的只当是晴雯打了他一下,遂哭央说:"好姐姐,我再不敢了。"

用小丫头的惧怕,将晴雯在怡红院里的行为举动和在诸丫鬟心目中的形象栩栩如生地表现在读者面前。

晴雯在怡红院一味逞强,有时连宝玉这个直接主子也敢顶撞,平常的小矛盾是少不了的,《红楼梦》中写晴雯与宝玉的矛盾以第三十一回《撕扇子作千金一笑 因麒麟伏白首双星》写得最为精彩,虽然曹公在这里要表现的是贾宝玉以暴殄天物的态度、举措"撕扇子作千金一笑",但是前面却做了一个大大的铺垫,先浓墨重彩地描写晴雯、宝玉的矛盾,来为下面的"撕扇子作千金一笑"做铺垫,文章是这样写的:

那宝玉的情性只愿常聚,生怕一时散了添悲;那花只愿常

开,生怕一时谢了没趣;及到筵散花谢,虽有万种悲伤,也就无可如何了。因此,今日之筵,大家无兴散了,林黛玉倒不觉得,倒是宝玉心中闷闷不乐,回至自己房中长吁短叹。偏生晴雯上来换衣服,不防又把扇子失了手跌在地下,将股子跌折。宝玉因叹道:"蠢才,蠢才!将来怎么样?明日你自己当家立事,难道也是这么顾前不顾后的?"

这本是宝玉一时的气话,也反映出两者关系的一般,宝玉并没有把晴雯当作自己将来的屋里人来看待,一般人即便是林黛玉也会问一问发生了何事,且看晴雯是怎样回答的:

晴雯冷笑着:"二爷近来气大的很,行动就给脸子瞧。前儿连袭人都打了,今儿又来寻我们的不是。要踢要打凭爷去。就是跌了扇子,也是平常的事。先时连那么样的玻璃缸、玛瑙碗不知弄坏了多少,也没见个大气儿,这会子一把扇子就这么着了。何苦来!要嫌我们就打发我们,再挑好的使。好离好散的,倒不好?"

在这种情况下,晴雯的一席话无异于火上浇油,以至于:

宝玉听了这些话,气的浑身乱战,因说道:"你不用忙,将来有散的日子!"

248

连自己的主子,晴雯都敢于直面顶撞、讽刺,对其他人怎么样,也就可想而知了。

晴雯做的最为过分的一件事情发生在第五十二回《俏平儿情掩虾须镯　勇晴雯病补雀金裘》里,小丫头坠儿偷了一件"虾须镯",被查出后,晴雯大怒,骂小丫头子们:

"那里钻沙去了!瞅我病了,都大胆子走了。明儿我好了,一个一个的才揭你们的皮呢!"唬的小丫头子篆儿忙进来问:"姑娘作什么。"晴雯道:"别人都死绝了,就剩了你不成?"

这时候,坠儿也蹭了进来。晴雯顿时借题发挥,道:

"你瞧瞧这小蹄子,不问他还不来呢。这里又放月钱了,又散果子了,你该跑在头里了。你往前些,我不是老虎吃了你!"坠儿只得前凑。晴雯便冷不防欠身一把将他的手抓住,向枕边取了一丈青,向他手上乱戳,口内骂道:"要这爪子作什么?拈不得针,拿不动线,只会偷嘴吃。眼皮子又浅,爪子又轻,打嘴现世的,不如戳烂了!"坠儿疼的乱哭乱喊。

麝月忙拉开坠儿,按晴雯睡下。晴雯尚不罢休,命人叫宋嬷嬷进来,假借宝玉、袭人的名义,说道:

"宝二爷才告诉了我,叫我告诉你们,坠儿很懒,宝二爷

当面使他，他拨嘴儿不动，连袭人使他，他背后骂他。今儿务必打发他出去，明儿宝二爷亲自回太太就是了。"

宋嬷嬷听了，心下便知镯子事发，因笑道："虽如此说，也等花姑娘回来知道了，再打发他。"晴雯道："宝二爷今儿千叮咛万嘱咐的，什么'花姑娘''草姑娘'，我们自然有道理。你只依我的话，快叫他家的人来领他出去。"

像坠儿这样的事情，即便落在王熙凤手中，也不过打几板子、赶人，断不会拿一丈青这种东西去糟蹋人的，再者说王熙凤做事是由其当家人的地位决定的，而晴雯就凭一个大丫头，就把坠儿赶出大观园去了。

不仅是对这些身份、地位比她低的小丫头，晴雯是随意打骂，对一些有一定地位的丫环她也不能给予尊重，袭人是不用说了，怡红院的其他人也经常受到她的训斥、讽刺。《红楼梦》第二十七回《滴翠亭杨妃戏彩蝶　埋香冢飞燕泣残红》中，红玉替凤姐儿去拿荷包，回来的路上，碰见晴雯、绮霰、碧痕等人，晴雯一见了红玉，便说道：

"你只是疯罢！院子里花儿也不浇，雀儿也不喂，茶炉子也不煽，就在外头逛。"红玉道："昨儿二爷说了，今儿不用浇花，过一日浇一回罢。我喂雀儿的时侯，姐姐还睡觉呢。"

同样心气高的红玉一句话就把晴雯的质问给堵了回去，当红玉把帮王熙凤拿来的荷包举给他们看的时候，别人"方没言语了，大家分路走开"。只有晴雯冷笑道：

"怪道呢！原来爬上高枝儿去了，把我们不放在眼里。不知说了一句话半句话，名儿姓儿知道了不曾呢，就把他兴的这样！这一遭半遭儿的算不得什么，过了后儿还得听呵！有本事从今儿出了这园子，长长远远的在高枝儿上才算得。"一面说着去了。这里红玉听说，不便分证，只得忍着气来找凤姐儿。

这红玉是谁呢？他原来是管家林之孝的女儿，所以此处有一句脂批："管家之女，而晴卿辈挤之，招祸之媒也。""招祸之媒"就是说得罪红玉是给晴雯惹来祸害的原因。虽然林之孝为人本分，夫妻二人被凤姐儿称作"天聋""地哑"，这句脂批说得未必正确，但是，晴雯如此对待他的女儿，无论谁都是难以接受的，至少碰到事情不愿再出头为她说哪怕一句好话是肯定的。

四、是谁害了晴雯

晴雯的遭遇无疑是一个悲剧，是她好强的性格和卑贱的出身葬送了自己，正如她的判词上说的"心比天高，命比纸薄"。然而她这好强的性格是怎样形成的呢？归结起来，主要有以下几方面的因素。

1. 天生要拔尖的性格

要强的性格害了晴雯,虽然要强并不一定会害所有的人,如王熙凤、探春、夏金桂都是出名的好强,尤其是后者,"爱自己尊若菩萨,窥他人秽如粪土",甚至养成了"盗跖的性气",但她们小姐的出身足以保证他们不会受到别人的迫害,即便她们在生活中得罪过他人。但晴雯比不得,她好强、不服输的性格使她得罪了太多的人,加上她卑贱的出身——虽然我们不能确知晴雯的出身,但《红楼梦》第七十七回《俏丫鬟抱屈夭风流 美优伶斩情归水月》一回中明确写了"这晴雯当日系赖大家用银子买的",因贾母喜欢,"故此赖嬷嬷就孝敬了贾母使唤",可知,晴雯是被贾府的奴才买来作奴才的,这样的出身,家境一定差得很。《红楼梦》第二十六回《蜂腰桥设言传心事 潇湘馆春困发幽情》中,虽然佳蕙说"可气晴雯、绮霰他们这几个,都算在上等里去,仗着老子娘的脸面,众人倒捧着他去",晴雯的老子娘,在这里应该指的是赖大夫妇,因为我们知道,晴雯被赖大家买来时,并不记得父母。这些足以使她在一定条件下成为众矢之,后来的结果也证明了这一点。

2. 贾宝玉的纵容和袭人等的迁就

晴雯的跋扈性情虽然是她的天性所致,但宝玉的无限纵容和袭人等人对她的迁就更加促使晴雯好强个性的无限制发展。我们虽不知道晴雯在贾母身边待了多长时间,但贾母因喜欢她聪明伶俐又把她给了宝玉使唤,想来在贾母身边时还是比较守礼的,纵观《红楼梦》可以发现,晴雯在其他主子面前也很规矩,举止也甚得当,可是为什么在怡红院里就这样放纵自己呢?

毫无疑问,她身边的人们——宝玉、袭人、麝月等人——对晴雯的小性儿过于纵容和迁就。

贾宝玉是一个生来视女儿如生命的富贵公子,向来是能讨女孩儿喜欢则无所不用,何况晴雯这样一个貌美如花、性情刁蛮的女孩子呢。除了《红楼梦》第三十一回《撕扇子作千金一笑　因麒麟伏白首双星》所写曾经吵过一架,两人并无其他不快,即便这一回也是以宝玉赔礼道歉,以暴殄天物"撕扇子作千金一笑"的方式,取得和解。宝玉这个主子的纵容无疑是晴雯偏执个性无限发展的一个重要原因。其次,如袭人、麝月等几个与晴雯地位大体相同的大丫头皆性情贤淑,对晴雯的执拗基本上采取了委屈求全的方式加以迁就,像佳蕙、红玉这些小丫头们则敢怒不敢言。因此,在怡红院这个小天地里,晴雯成了没有人控制的野马,近乎达到随意而为的地步了。但是一旦这一切暴露于天光之下,爱子如命,生怕宝玉走上邪路的王夫人对晴雯的这种个性自然是不能容忍的,即便不是因为绣春囊而引发抄检大观园。

3. 时代的家庭道德与悲哀的人性

保守的社会风气也是促成晴雯悲剧的一个原因。且看《红楼梦》第七十七回《俏丫鬟抱屈夭风流　美优伶斩情归水月》,婆子们听到王夫人叫晴雯哥嫂来领晴雯出去时,这些与晴雯并无利益瓜葛的婆子们的反应是:"阿弥陀佛!今日天睁了眼,把这一个祸害妖精退送了,大家清净些。"婆子们称晴雯为妖精并不是指她的行为处事,更多地是说她的美貌、她的活泼开朗,这在当时讲究行为符合礼仪规范的社会里,是被看作异类的,这样的异类一旦离开这里,自然是"祸害妖精退送了,大家清静些"了。

另外一点是有人向王夫人告状:"指宝玉为由,说他大了,已解人事,都由屋里的丫头们不长进教习坏了。"在传统社会,主要是富贵家庭,由父母长辈指定某个丫头给小主子做房里人是可以的,如贾母、王夫人指袭人给宝玉。但任自己高兴而为则是不可以的,因王夫人认为告状者说的这种情况"更比晴雯一人较甚,乃从袭人起以至于极小做粗活的小丫头们,个个亲自看了一遍"。不仅将病重的晴雯从床上拖了出去,还赶走了说"同日生日就是夫妻"的四儿和漂亮活泼、反抗干娘欺压的芳官——"耶律雄奴"。

五、晴雯的可爱处

晴雯能够取得怡红院的地位和宝玉的喜欢,并被后世研究者视作正面形象,不是没有原因的,不过,以前人们并没有把问题提到这一层次。即便提到这一点,答案也是很简单的,不过是说她与宝玉都是封建等级制度的反抗者,二人叛逆者的身份,使之拥有了深厚的友情。这样的回答不能说完全没有道理,但未免有失偏颇,晴雯的可爱之处到底是哪些呢?

1. 美丽的外貌

晴雯的美貌是有口皆碑的，仅以《红楼梦》第七十四回《惑奸谗抄检大观园　矢孤介杜绝宁国府》为例就可看出一二。这一回是晴雯遭受嫉妒者丑化、打击的一回，在这一回里反对者是怎样评判晴雯的外貌的呢？

王善保家的是最恨晴雯的，她说："那丫头仗着他生的模样儿比别人标致些，又生了一张巧嘴，天天打扮的像个西施的样子。"

王夫人则说晴雯"水蛇腰、削肩膀、眉眼又有些像你林妹妹的"。脂批评价这句话连用了"妙妙，好腰！妙妙，好肩！俗云'水蛇腰则游曲小也'"。

凤姐道："若论这些丫头们，共总比起来，都没晴雯生得好。"

贾宝玉是怎样看待自己身旁这个美女的呢？《红楼梦》第七十七回《俏丫鬟抱屈夭风流　美优伶斩情归水月》中，他对袭人说，晴雯"生得比人强……想是他过于生得好了，反被这好所误"。

宝玉这样一个怜香惜玉的年轻公子，对所有年轻女儿都充满着无尽的爱惜和同情，何况对晴雯这样一个美丽绝顶，天天出现在自己身边的人呢？

2. 聪明的头脑

晴雯能够进贾府，小说写得明白，就是因为小时候"常跟赖嬷嬷进来，贾母见他生得伶俐标致，十分喜爱。故此赖嬷嬷就孝敬了贾母使唤，后来所以到了宝玉房里"。聪明伶俐是不用说的。晴雯

通过自己的聪明机灵帮助宝玉躲过贾政测试也发生在《红楼梦》第七十三回《痴丫头误拾绣春囊　懦小姐不问累金凤》：

话犹未了，只听金星玻璃从后房门跑进来，口内喊说："不好了，一个人从墙上跳下来了！"……晴雯因见宝玉读书苦恼，劳费一夜神思，明日也未必妥当，心下正要替宝玉想出一个主意来脱此难，正好忽然逢此一惊，即便生计，向宝玉道："趁这个机会快装病，只说唬着了。"

"……才刚并不是一个人见的，宝玉和我们出去有事，大家亲见的。如今宝玉唬的颜色都变了，满身发热，我如今还要上房里取安魂丸药去。太太问起来，是要回明白的，难道依你说就罢了不成。"晴雯和玻璃二人又出去要药，故意闹的众人皆知宝玉吓着了。

结果，宝玉的测试不了了之，都是靠了晴雯的机灵。

3. 精致的女工

《红楼梦》里并没有说哪个女孩儿的女工做得更好，但从文章可以看出薛宝钗、史湘云、袭人、晴雯几个做得是比较好的，尤其是晴雯，"补裘"素来为人们所称赞，成为传统红楼人物绘画中的经典题材。

《红楼梦》第五十二回《俏平儿情掩虾须镯　勇晴雯病补雀金裘》对晴雯的女工做了细致的描述。本回里贾母给宝玉的一件褂子被火星烧了一块，为了不使贾母生气，宝玉忙命人拿出去织补，结果派去的人回话说，"不但能干织补匠人，就连裁缝绣匠并作女工的问了，都不认得这是什么，都不敢揽"。

重病中的晴雯闻说，忍不住翻身接过，果然见多识广，道："这是孔雀金线织的，如今咱们也拿孔雀金线就像界线似的界密了，只怕还可混得过去。"麝月笑道："孔雀线现成的，但这里除了你，还有谁会界线？"

从麝月的话可知，晴雯的女红在怡红院是最好的，至少应该不次于袭人。

为了不让宝玉为难，重病的晴雯撑着病躯，当夜为宝玉补好了被烧毁的"雀金呢"，"补裘"这段描写非常细致：

晴雯道："不用你蝎蝎螫螫的，我自知道。"一面说，一面坐起来，挽了一挽头发，披了衣裳，只觉头重身轻，满眼金星乱迸，实实撑不住。若不做，又怕宝玉着急，少不得恨命咬牙捱着。便命麝月只帮着拈线。晴雯先拿了一根比一比，笑道："这虽不很像，若补上，也不很显。"宝玉道："这就很好，那里又找俄罗斯国的裁缝去。"晴雯先将里子拆开，用茶杯口大的一个竹弓钉牢在背面，再将破口四边用金刀刮的散松松的，然后用针纫了两条，分出经纬，亦如界线之法，先界出地子后，依本衣之纹来回织补。补两针，又看看，织补两针，又端详端详。无奈头晕眼黑，气喘神虚，补不上三五针，便伏在枕上歇一会。

此处，不唯写晴雯之能，兼及宝、晴之素日为人并情谊：

宝玉在旁，一时又问："吃些滚水不吃？"一时又命："歇一歇。"一时又拿一件灰鼠斗篷替他披在背上，一时又命拿个拐枕与他靠着。急的晴雯央道："小祖宗！你只管睡罢。再熬上半夜，明儿把眼睛抠搂了，怎么处！"宝玉见他着急，只得胡乱睡下，仍睡不着。一时只听自鸣钟已敲了四下，刚刚补完；又用小牙刷慢慢的剔出绒毛来。麝月道："这就很好，若不留心，再看不出的。"宝玉忙耍了瞧瞧，说道："真真一样了。"

4．对亲情的看重

说到对亲情的看重，晴雯比探春、惜春等人简直不能同日而语。探春对自己母亲赵姨娘的态度历来为人所诟病，虽然这里面赵姨娘有着许多让人为难的地方；惜春为贾敬之女，父亲一味忙于炼丹升仙，哥哥贾珍则整天花天酒地，无所不为，自幼跟随贾母长大的惜春除了对老太太尚存感情，似乎没能看出对谁表露过亲情。加之，笃信佛教，更使她冷面寒心，《红楼梦》第七十四回《惑奸谗抄检大观园　矢孤介杜绝宁国府》，惜春不顾自幼服侍她的入画的苦苦哀求，立逼着赶了出去；对她进行劝说的嫂子尤氏，被她的冷言冷语气得一塌糊涂，只得说："可知你是个心冷口冷心狠意狠的人。"

与她们相比，丫头出身的晴雯则做得好得多：

这晴雯进来时，也不记得家乡父母，只知有个姑舅哥哥，专能庖宰，也沦落在外，故又求了赖家的收买进来吃工食。赖家的见晴雯虽到贾母跟前，千伶百俐，嘴尖性大，却倒还不忘旧，故又将他姑舅哥哥收买进来，把家里一个女孩子配了他。

晴雯的姑舅表哥就是被称作"灯儿姑娘"的男人。酒肉厨子多混虫，即便是这样的人，晴雯刚刚进入赖家，就请求主子把他"收买进来吃工食"了。赖大家所谓的"不忘旧"即指晴雯对亲情的看重了。

5. 生性活泼

在传统社会中，侍候主子的奴才被教导得顺从听话，怡红院的诸丫头们自然也不例外。虽然在贾宝云这个混世魔王的放纵下，这些可怜的女孩子们可以比其他主子的丫头有更多的自由，在一起玩闹时可以更加放得开，但主子毕竟是主子，在宝玉面前她们还得表现出奴才应该有的样子，虽然宝玉天生不欲如此。在芳官进入怡红院之前，只有晴雯的笑声和身影不时伴随在宝玉身旁，与女孩子在一起，厌恶等级划分的宝玉在晴雯这里看到了平等和自由，这不能不说也是晴雯能在怡红院获得看重的原因之一。

综上，我们可以看出，真实的晴雯并不像通常人们所分析的那样，是纯粹的好或者是纯粹的坏，她的优缺点都是那么明显而真实：在欣赏她的人眼中，她无疑可以算得上"其为质则金玉不足喻其贵，其为性则冰雪不足喻其洁，其为神则星日不足喻其精，其为貌责花月不足喻其色"；在厌恶者眼里，晴雯的缺点显得是那样的扎人，

委实是"狐媚子""女妖精"了,不幸的是晴雯先遇上的是欣赏者,后碰到的是厌恶者。

六、作为晴雯反面或者坐标的袭人

晴雯和袭人同是《红楼梦》中非常出色的艺术形象,她们是怡红院宝玉身旁两个最有地位、说话最有分量的大丫头;但两人性格迥异,为人和给人们的感觉也是完全不一样的。长期以来,晴雯被作为个性鲜明、追求自由和对传统势力、习惯、传统进行不屈战斗的角色被人研读和接受;袭人则是被看作心计颇深、陷害晴雯的形象被人们误解着,这种情况并不是自今日而始的,在清代就已经有人这样看了。

如同物体运动一般,必须有两个物体,才可以说某一物体相对于某一物体是运动着的。因此,在讨论晴雯形象时,对袭人进行系统的分析是不应被遗缺的因素;如果不能对作为晴雯坐标的袭人形象研究明晰,就不可能真正认识一个真实的晴雯,也就不能真正理解曹雪芹在人物塑造方面所取得的成就和突破。上面我们已经分析了被视为战斗者的晴雯,下面就来分析一下,作为晴雯对立面或者参考坐标的袭人是怎样的。

袭人出场是在《红楼梦》第三回《贾雨村夤缘复旧职　林黛玉抛父进京都》:

当下,王嬷嬷与鹦哥陪侍黛玉在碧纱橱内。宝玉之乳母李嬷嬷,并大丫鬟名唤袭人者,陪侍在外面大床上。

紧接着对袭人的身份、特点进行了介绍:

原来这袭人亦是贾母之婢,本名珍珠。贾母因溺爱宝玉,生恐宝玉之婢无竭力尽忠之人,素喜袭人心地纯良,克尽职任,遂与了宝玉。宝玉因知他本姓花,又曾见旧人诗句上有"花气袭人"之句,遂回明贾母,更名袭人。这袭人亦有些痴处:伏侍贾母时,心中眼中只有一个贾母;如今服侍宝玉,心中眼中又只有一个宝玉。只因宝玉性情乖僻,每每规谏宝玉不听,心中着实忧郁。

这是从贾母和作者的眼光来看待袭人的。袭人的特点有类于清初悍将王辅臣,王辅臣曾先后追随洪承畴和吴三桂,为洪承畴部下时,以父礼事承畴,遇有难走山路,王辅臣以身负洪承畴过,事吴三桂亦如是。

以《红楼梦》第八回《比通灵金莺微露意 探宝钗黛玉半含酸》和第十九回《情切切良宵花解语 意绵绵静日玉生香》中,袭人对待宝玉乳母李奶奶的态度为例,试分析袭人的为人。

在第八回中,贾宝玉吃了半碗茶,想起早晨沏的枫露茶还没喝,问小丫头茜雪搁哪里去了。茜雪回答说被宝玉的乳母李奶奶喝掉了,宝玉闻言大怒:

将手中的茶杯只顺手往地下一掷，豁啷一声，打了个粉碎，泼了茜雪一裙子的茶。又跳起来问着茜雪道："他是你那一门子的奶奶，你们这么孝敬他？不过是仗着我小时候吃过他几日奶罢了。如今逞的他比祖宗还大了。如今我又吃不着奶了，白白的养着祖宗作什么！撵了出去，大家干净！"

清代满族的主奴关系是很奇妙的，与汉族的地主、农民关系有着较大的差别。满族是在汉文化影响下，直接从奴隶社会低级阶段进入地主、农民社会的，其间没有经历长期的奴隶制过渡，因此，早期奴隶制时期的一些特点在清朝表现得很明显。

以主奴关系为例，主奴间的亲情因素在社会生活中表现得相当浓郁，老汗王努尔哈赤创业时期，他自己是和奴才在一个桌子上吃饭、一个大炕上睡觉的。这种亲情关系是人类社会早期的基本特点，不管是中国、欧洲，还是汉族、少数民族都如此。

正因为如此，曹雪芹的太祖母才能够因为照顾过幼年时期的康熙而受到皇家的礼遇；曹家的崛起固然与曹玺、曹寅的个人能力出众、对皇家忠心耿耿有关，但与曹玺之妻与康熙的这段历史也不无关系。

这种主奴关系在《红楼梦》里也有着很细致的描写，以第十六回《贾元春才选凤藻宫　秦鲸卿夭逝黄泉路》为例，贾琏夫妇对坐吃饭，这时贾琏的乳母赵嬷嬷走来，贾琏、凤姐连忙请她上炕吃酒，因赵嬷嬷执意不肯，在炕沿下设了一个杌子、一个脚踏，赵嬷嬷便坐在脚踏上，贾琏向桌上拣两盘肴馔与他放在杌上自吃。凤姐又道：

"妈妈很嚼不动那个,倒没的硌了他的牙。"因向平儿道:"早起我说那一碗火腿炖肘子很烂,正好给妈妈吃,你怎么不拿了去赶着叫他们热来?"又道:"妈妈,你尝一尝你儿子带来的惠泉酒。"赵嬷嬷道:"我喝呢,奶奶也喝一盅,怕什么?只不要过多了就是了。我这会子跑了来,倒也不为饮酒,倒有一件正经事,奶奶好歹记在心里,疼顾我些罢。我们这爷,只是嘴里说的好,到了跟前就忘了我们。幸亏我从小儿奶了你这么大。我也老了,有的是那两个儿子,你就另眼照看他们些,别人也不敢龇牙儿的。我还再四的求了你几遍,你答应的倒好,到如今还是燥屎。这如今又从天上跑出这一件大喜事来,那里用不着人?所以倒是和奶奶来说是正经,靠着我们爷,只怕我还饿死了呢。"

凤姐笑道:"妈妈你放心,两个奶哥哥都交给我。你从小儿奶的儿子,你还有什么不知他那脾气的?拿着皮肉倒往那不相干的外人身上贴。可是现放着奶哥哥,那一个不比人强?你疼顾照看他们,谁敢说个'不'字儿?没的白便宜了外人——我这话也说错了,我们看着是'外人',你却看着'内人'一样呢。"说的满屋里人都笑了。……赵嬷嬷笑道:"奶奶说的太尽情了,我也乐了,再吃一杯好酒。从此我们奶奶作了主,我就没的愁了。"

这样的情节在《红楼梦》中还有很多,并不像我们平时认识到的汉族地主、农民关系那样,且看作为被奚落的贾琏是怎样反应的:

贾琏此时没好意思，只是讪笑吃酒，说"胡说"二字。

按照常规来说，宝玉的乳母喝一碗茶实在算不了什么，可是宝玉的反应是激烈的，不仅摔了茶杯，还"要去立刻回贾母，撵他乳母"。装睡的袭人忙起来解释劝阻。贾宝玉这一不合常规的反应，是他富家公子哥儿脾性的发作，可谓无情。这时，贾母遣人来问是怎么了，为了不让贾母担心，同时避免李奶奶寒心和事情的扩大化，善良的袭人委曲求全，忙道：

"倒茶来，被雪滑倒了，失手砸了钟子。"一面又安慰宝玉道："你立意要撵他，也好，我们也都愿意出去，不如趁势连我们一齐撵了。我们也好，你也不愁再有好的来伏侍你。"宝玉听了这话，方无了言语，被袭人等扶至炕上，脱换了衣服。

再看《红楼梦》第十九回《情切切良宵花解语　意绵绵静日玉生香》，宝玉"才要去时，忽又有贾妃赐出糖蒸酥酪来，宝玉想上次袭人喜吃此物，便命留与袭人了"。回过贾母后，到贾珍那边看戏。

奶母李嬷嬷拄拐进来请安，瞧瞧宝玉，见宝玉不在家，丫头们只顾玩闹，……那李嬷嬷还只管问"宝玉如今一顿吃多少饭""什么时辰睡觉"等语。丫头们总胡乱答应。有的说："好一个讨厌的老货！"……李嬷嬷又问道："这盖碗里是酥酪，怎不送与我去？我就吃了罢。"说毕，拿匙就吃。一个丫头道：

"快别动！那是说了给袭人留着的，回来又惹气了。你老人家自己承认，别带累我们受气。"李嬷嬷听了，又气又愧，便说道："我不信他这样坏了。别说我吃了一碗牛奶，就是再比这个值钱的，也是应该的。难道待袭人比我还重？难道他不想想怎么长大了？我的血变的奶，吃的长这么大，如今我吃他一碗牛奶，他就生气了？我偏吃了，看怎么样！你们看袭人不知怎样，那是我手里调理出来的毛丫头，什么阿物儿！"一面说，一面赌气将酥酪吃尽。又一丫头笑道："他们不会说话，怨不得你老人家生气。宝玉还时常送东西孝敬你老去，岂有为这个不自在的。"李嬷嬷道："你们也不必妆狐媚子哄我，打量上次为茶撵茜雪的事我不知道呢。明儿有了不是，我再来领！"说着，赌气去了。

虽然宝玉已经长大成人，但是给他喂过奶、照顾过他的李嬷嬷还是对他的生活异常关心，因为二者不是简单的主仆关系，而是某种程度上的母子关系，如凤姐儿对赵嬷嬷说贾琏一口一个"你儿子"一样。李嬷嬷想不到的是自己不在宝玉身边不多时，这些丫头们在宝玉的纵容下，把房子弄得一塌糊涂，自己打听一下宝玉的近况也是无人搭理，说吃一碗酥酪而已，丫头竟然说宝玉会生自己的气，心中自然不平，一来是赌气，二来向丫头表明，宝玉是我的儿子，即便吃了，他也不能怎样我。

少时，宝玉回来，命人去接袭人。只见晴雯躺在床上不动，

宝玉因问:"敢是病了?再不然输了?"秋纹道:"他倒是赢的。谁知李老太太来了,混输了,他气的睡去了。"宝玉笑道:"你别和他一般见识,由他去就是了。"说着,袭人已来,彼此相见……宝玉命取酥酪来,丫鬟们回说:"李奶奶吃了。"宝玉才要说话,袭人便忙笑道:"原来是留的这个,多谢费心。前儿我吃的时候好吃,吃过了好肚子疼,足的吐了才好。他吃了倒好,搁在这里倒白糟塌了。我只想风干栗子吃,你替我剥栗子,我去铺床。"

宝玉听了信以为真,方把酥酪丢开,取栗子来,自向灯前检剥。

没有被得罪的晴雯因老太太的一通闹,躺在床上生气,被骂过、喜欢的东西被拿走的袭人反而为了家庭和合,为李嬷嬷开脱,说什么自己吃过反而闹肚子的话,在处理人际关系上,晴、袭二人的高下自然不言而喻了。

研究者和读者对袭人最大的误解和不可原谅,是认为晴雯等人被赶出怡红院是因于袭人对王夫人的告密。乾嘉时期的《红楼梦》评论家"二知道人"在谈到金钏之死、晴雯之死的时候,说"袭人是功之首,罪之魁"。其后涂瀛说得就更严重了,他认为袭人"奸而近人情者,阅其平生,死黛玉,死晴雯,逐芳官、蕙香,挑拨秋纹、麝月等,其虐肆矣"。由此可以看出,袭人在晴雯被逐事件中受到人们的怀疑并不是近起的事情。事实的真相是怎样的呢,袭人在这一事件中为什么受到了人们的怀疑,下面我们来解决这一问题。

首先，晴雯被逐是因为以王善保家的为首的诸婆子日常未被晴雯给予足够尊重的实权派人物的陷害。

王善保家的是邢夫人的陪房，在"抄检大观园"事件中起着重要的作用。绣春囊事件发生后，王夫人在凤姐儿的建议下决定对大观园的小姐、丫头们进行搜检。《红楼梦》第七十四回《惑奸谗抄检大观园　矢孤介杜绝宁国府》中详细记载了整个过程：

一时，周瑞家的与吴兴家的、郑华家的、来旺家的、来喜家的现在五家陪房进来，余者皆在南方，各有执事。王夫人正嫌人少不能勘察，忽见邢夫人的陪房王善保家的走来，方才正是他送香囊来的。王夫人向来看视邢夫人之得力心腹人等原无二意，今见他来打听此事，十分关切，便向他说："你去回了太太，也进园内照管照管，不比别人又强些。"

谁知王夫人此话正中王善保家的心意，她因"素日进园去那些丫鬟们不大趋奉他，他心里大不自在，要寻他们的故事又寻不着，恰好生出这事来，以为得了把柄。又听王夫人委托，正撞在心坎上"，便对大观园里的丫头们大加褒贬，并趁机说起了晴雯的坏话：

"别的都还罢了。太太不知道，一个宝玉屋里的晴雯，那丫头仗着他生的模样儿比别人标致些，又生了一张巧嘴，天天打扮的像个西施的样子，在人跟前能说惯道，掐尖要强。一句话不投机，他就立起两个骚眼睛来骂人，妖妖趫趫，大不成个

体统。"

王夫人为人平和,对仗势欺人的行为很是讨厌,听了王善保家的话,猛然触动往事,便问凤姐道:

"上次我们跟了老太太进园逛去,有一个水蛇腰、削肩膀、眉眼又有些像你林妹妹的,正在那里骂小丫头。我的心里很看不上那个轻狂样子,因同老太太走,我不曾说得。后来要问是谁,又偏忘了。今日对了坎儿,这丫头想必就是他了……"凤姐道:"若论这些丫头们,共总比起来,都没晴雯生得好。论举止言语,他原有些轻薄。方才太太说的倒很像他,我也忘了那日的事,不敢乱说。"王善保家的便道:"不用这样,此刻不难叫了他来太太瞧瞧。"

王善保家的不仅在王夫人面前告了晴雯的状,而且还在王夫人表示不喜欢晴雯这样的人后,立即献策,"此刻不难叫了他来太太瞧瞧",生怕宝玉被妆艳饰语薄言之人带坏的王夫人立刻派人把晴雯叫来。可巧,这天晴雯刚从梦中醒来,不及装束,便径直来见王夫人,哪知王夫人一见他的装束相貌,大为生气,《红楼梦》中是这样写的:

钗軃(duǒ 下垂)鬓松,衫垂带褪,有春睡捧心之遗风。

正如病西施一般，并且是上一次辱骂小丫头的人，王夫人顿时心生怒意。虽然，晴雯凭借着自己的机灵，好歹在王夫人这里混了过去，可是她已经在王夫人这里留下了很坏的印象。试想，一个丫头在一个大家庭里被主妇所不喜，能有什么好的结局呢？

晴雯得罪了太多的人而不自知，一旦失势，这些平时受过她气的人就群起而攻之，晴雯还没来得及回击，就已被彻底击败了。王善保家的这番话实际上就已经把晴雯送上了黄泉路。

《红楼梦》第七十七回《俏丫鬟抱屈夭风流　美优伶斩情归水月》对晴雯遭逐说得就更明白清晰了：

原来王夫人自那日着恼之后，王善保家的去趁势告倒了晴雯，本处有人和园中不睦的，也就随机趁便下了些话。王夫人皆记在心中。因节间有事，故忍了两日，今日特来亲自阅人。一则为晴雯犹可，二则因竟有人指宝玉为由，说他大了，已解人事，都由屋里的丫头们不长进教习坏了。因这事更比晴雯一人较甚，乃从袭人起以至于极小作粗活的小丫头们，个个亲自看了一遍。

从上可知，晴雯被逐出大观园与袭人根本没有任何关系。王夫人问"谁是和宝玉一日的生日"时，一位老嬷嬷指道"这一个蕙香，又叫作四儿的，是同宝玉一日生日的"。当王夫人又问，"谁是耶律雄奴？"老嬷嬷们便将芳官指出。

可见，不仅晴雯被逐，而且蕙香、芳官被逐出大观园都是老嬷

嬷们挑唆的,这三个人的特点,蕙香是因为说了不该说的话,晴雯、芳官都是因为长得太漂亮,又过于活泼,对当权者又不够温顺,这些都不是传统观念中丫头,甚至女主人应该具备的基本素养,正因为她们的行为与传统观念相违,才遭到众婆子的控告和王夫人的厌恶,而被逐出了大观园。王夫人说得明白:

"打谅我隔的远,都不知道呢。可知道我身子虽不大来,我的心耳神意时时都在这里。难道我通共一个宝玉,就白放心凭你们勾引坏了不成!"

因此,袭人与晴雯被逐实在是没有什么关系的,但是,我们也应该承认,袭人在这件事情中受到人们的怀疑,也不是没有原因的。

1. 袭人曾向王夫人进言而获得王夫人的欣赏

袭人是贾宝玉的第一大丫头,对贾宝玉向来忠心耿耿,对他的照顾无微不至,全家上下,如贾母、王夫人、王熙凤,甚至林黛玉都把他当作了事实上宝玉的第一位妾室,对此,袭人自己也深深地知道,因此她的所作所为是以宝玉为中心的,丝毫没有害人的意思。
《红楼梦》第三十二回《诉肺腑心迷活宝玉 含耻辱情烈死金钏》写贾宝玉向林黛玉表露衷肠,黛玉走后,袭人赶来为他送扇,不料:

宝玉出了神,见袭人和他说话,并未看出是何人来,便一把拉住,说道:"好妹妹,我的这心事,从来也不敢说,今儿我大胆说出来,死也甘心!我为你也弄了一身的病在这里,又不敢告诉人,只好掩着。只等你的病好了,只怕我的病才得好呢。睡里梦里也忘不了你!"袭人听了这话,吓得魄消魂散,只叫"神天菩萨,坑死我了!"

待宝玉走后,袭人"自思方才之言,一定是因黛玉而起,如此看来,将来难免不才之事,令人可惊可畏。想到此间,也不觉怔怔的滴下泪来,心下暗度如何处治方免此丑祸"。

《红楼梦》第三十三回《手足耽耽小动唇舌　不肖种种大承笞挞》中,宝玉因会见贾雨村时谈吐不佳,加之,忠顺王府的长史前来索要琪官,贾政怕宝玉给全家引来灾祸,正准备大加训斥时,贾环诬告宝玉逼奸金钏不遂,以致金钏跳井自杀,惹得贾政大怒,一顿暴打,几乎将宝玉打死。

《红楼梦》第三十四回《情中情因情感妹妹　错里错以错劝哥哥》中,袭人被王夫人叫去询问宝玉的情况,要走时,王夫人又问及宝玉挨打的原因,从王夫人的口气来看,似乎已经知道贾环在贾政面前搬弄了是非,袭人开始还为宝玉掩护,但见王夫人悲感异常时,道:

"二爷是太太养的,岂不心疼。便是我们做下人的服侍一场,大家落个平安,也算是造化了。要这样起来,连平安都不能了。那一日那一时我不劝二爷,只是再劝不醒。偏生那些人又肯亲

近他,也怨不得他这样,总是我们劝的倒不好了。今儿太太提起这话来,我还记挂着一件事,每要来回太太,讨太太个主意。只是我怕太太疑心,不但我的话白说了,且连葬身之地都没了。"

对宝玉的为人,袭人是清楚的,加上宝玉曾把袭人当作黛玉倾诉衷情,怕一旦发生什么事情,于是对王夫人道:

"我也没什么别的说。我只想着讨太太一个示下,怎么变个法儿,以后竟还教二爷搬出园外来住就好了……如今二爷也大了,里头姑娘们也大了,况且林姑娘宝姑娘又是两姨姑表姊妹,虽说是姊妹们,到底是男女之分,日夜一处起坐不方便,由不得叫人悬心,便是外人看着也不像。"

传统社会里,男女间的礼数非常的大,所谓"男女授受不亲",袭人的担心正是基于当时社会的认同来建议的,并无个人的利益在里面,所以蒙府本《石头记》这里有"远虑近忧,言言字字,真是可人"的脂批。

况且,世间的事情正如袭人所说的:

"世上多少无头脑的事,多半因为无心中做出,有心人看见,当作有心事,反说坏了。只是预先不防着,断然不好。二爷素日性格,太太是知道的。他又偏好在我们队里闹,倘或不防,前后错了一点半点,不论真假,人多口杂,那起小人的嘴有什么避讳,心顺了,说的比菩萨还好,心不顺,就贬的连畜牲不如。二爷将来倘或有人说好,不过大家直过没事;若要叫人说出一个不好字来,我们不用说,粉身碎骨,罪有万重,都是平常小事,但后来二爷一生的声名品行岂不完了,二则太太也难见老爷。俗语又说'君子防不然',不如这会子防避的为是。"

蒙府本《石头记》在这里批"袭卿爱人以德,竟至如此。字字逼来,不觉令人静听。看官自省,且可阔略戒之",对袭人的考虑大加赞赏。

"王夫人听了这话,如雷轰电掣的一般,正触了金钏儿之事,心内越发感爱袭人不尽",后来就有了每月二两银子、一吊钱都从王夫人月例中支放的事情。这在平时不会使人想到什么,但晴雯等人一被训斥、驱逐,就不能不让人想到袭人在里面做过什么了。

2. 袭人没有受到王夫人的指责

当怡红院的诸丫头受到王夫人的斥责后,唯有袭人、麝月等少数几个丫环得以幸免,以致宝玉都不免发出了怀疑:"怎么人人的不是太太都知道,单不挑出你和麝月秋纹来?"(《红楼梦》第七十七回《俏丫鬟抱屈夭风流 美优伶斩情归水月》)这也是长期以来袭人被认作在晴雯事件中扮演不光彩角色的一条证据。但是,我们不应忘记了,贾宝玉自己随后已经做出了肯定的回答,"你是头一个出了名的至善至贤之人,他两个又是你陶冶教育的,焉得还有孟浪该罚之处。"

所以，袭人被人们怀疑是在情理之中的，但研究者却不应如此鲁莽地判断，以致委屈了温柔和顺的袭人数百年。

晴雯死后，痴公子贾宝玉"杜撰"了一篇诔文，他对那些"毁谤"晴雯的卑劣下贱的小人进行了谴责，对晴雯的为人品格做了高度的评价：

孰料鸠鸩恶其高，鹰鸷翻遭罦罬；薋葹妒其臭，茝兰竟被芟鉏！花原自怯，岂奈狂飙；柳本多愁，何禁骤雨。偶遭蛊虿之谗，遂抱膏肓之疢……诼谣諑诟，出自屏帏；荆棘蓬榛，蔓延户牖。岂招尤则替，实攘诟而终。既怛幽沉于不尽，复含罔屈于无穷。高标见嫉，闺帏恨比长沙；直烈遭危，巾帼惨于羽野。

最后，作者在万分悲愤中说道：

固鬼蜮之为灾，岂神灵而亦妒。钳诐奴之口，讨岂从宽；剖悍妇之心，忿犹未释！

在这篇诔文里，贾宝玉为晴雯的遭遇感到极度的不平和气愤，不过他针对的对象是谁呢，是人们怀疑的袭人吗？非也，宝玉自然不会把自己的袭人比作鬼蜮、悍妇，那么，他指责的人是谁呢？《红楼梦》第七十七回《俏丫鬟抱屈夭风流　美优伶斩情归水月》给出了答案：

周瑞家的发躁向司棋道:"你如今不是副小姐了,若不听话,我就打得你。别想着往日姑娘护着,任你们作耗。越说着,还不好好走。如今和小爷们拉拉扯扯,成个什么体统!"那几个媳妇不由分说,拉着司棋便出去了。宝玉又恐他们去告舌,恨的只瞪着他们,看已去远,方指着恨道:"奇怪,奇怪,怎么这些人只一嫁了汉子,染了男人的气味,就这样混帐起来,比男人更可杀了!"守园门的婆子听了,也不禁好笑起来,因问道:"这样说,凡女儿个个是好的了,女人个个是坏的了?"宝玉点头道:"不错,不错!"

七、脂批是怎样看待晴雯、袭人的

传世抄本《石头记》中的脂批是研究《红楼梦》中人物的重要参考资料,虽然脂批并不能完全代表曹雪芹创作人物个性及评价的原意,但因作批者系与作者同一时代之人,又与雪芹关系密切,深知曹公性情与创作意图,因此脂批中关于晴雯、袭人的评价是今日研究此二人的重要参考。

脂批中关于袭人、晴雯的批是不少的,举几个例子,看当时情况下脂砚斋等人,某种程度上可以看作曹雪芹的代言人,是怎样看待袭、晴二人的。

关于袭人,《红楼梦》第三回《贾雨村夤缘复旧职　林黛玉抛父进京都》,"原来这袭人亦是贾母之婢,本名珍珠……每每规谏宝玉不听，心中着实忧郁"一段，介绍袭人的来历、特点，共165字，有脂批三条：

"贾母因溺爱宝玉"蒙旁批："贾母爱孙，锡以善人，此诚为能爱人者，非世俗之爱也。"

"这袭人亦有些痴处"蒙旁批："世人有职任的，能如袭人，则天下幸甚。"

"心中着实忧郁"蒙旁批："我读至此，不觉放声大哭。"

但袭人的悲剧不是她的不甘心，而是她为了摆脱这种不甘心所采取的手段。《红楼梦》第五回《游幻境指迷十二钗　饮仙醪曲演红楼梦》中，贾宝玉梦游太虚幻境，看到袭人的判词是：

枉自温柔和顺，空云似桂如兰；
堪羡优伶有福，谁知公子无缘。

甲夹批："骂死宝玉，却是自悔。"

《红楼梦》第九回《恋风流情友入家塾　起嫌疑顽童闹学堂》中，宝玉入塾学，袭人嘱咐道："读书是极好的事……但只一件：只是读书的时节想着书。"蒙旁批："袭人……此时的正论，请教诸公，设身处地，亦必是如此方是，真是曲尽情理，一字也不可少者。"

又嘱道："别和他们一处玩闹。"蒙旁批："长亭之嘱，不过如此。"

从《红楼梦》第二十回《王熙凤正言弹妒意　林黛玉俏语谑娇音》"李嬷嬷……唠唠叨叨说个不清"后的脂批"花袭人有始有终"，

结合后面的文字，我们推测，贾府衰落后，宝玉、湘云夫妇流落街头，是袭人夫妇终身奉养的。第二十一回标题上半句"贤袭人娇嗔箴宝玉"旁批"当得起"，可以作为脂批诸公对袭人的基本评价。

关于晴雯的脂批相对比较少，且举几例。

《红楼梦》第二十六回《蜂腰桥设言传心事　潇湘馆春困发幽情》写林黛玉到怡红院高声叫门，旁批："想黛玉高声亦不过你我平常说话一样耳，况晴雯素昔浮躁多气之人，如何辨得出？"

在《红楼梦》第二十七回《滴翠亭杨妃戏彩蝶　埋香冢飞燕泣残红》中李宫裁笑道"你原来不认得他？他是林之孝之女"处，甲旁批："管家之女，而晴卿辈挤之，召祸之媒也。"

可见，脂批作者对晴雯的评价是不如袭人高的，这与今日的评价完全相反，但是这并不意味着脂批作者对晴雯持完全的否定态度。在《红楼梦》第二十回《王熙凤正言弹妒意　林黛玉巧语谑娇音》中"晴雯笑道：'你又护着。你们那瞒神弄鬼的，我都知道。'"处夹批："写晴雯之疑忌，亦为下文跌扇角口等文伏脉，却又轻轻抹去。正见此时都在幼时，虽微露其疑忌，见得人各禀天真之性，善恶不一，往后渐大渐生心矣。但观者凡见晴雯诸人则恶之，何愚也！要知自古及今，愈是尤物，其猜忌愈甚。若一味浑厚大量涵养，则有何可令人怜爱护惜哉？然后知宝钗、袭人等行为，并非一味蠢拙古板以女夫子自居，当绣幕灯前、绿窗月下，亦颇有或调或妒、轻俏艳丽等说，不过一时取乐买笑耳，非切切一味妒才嫉贤也，是以高诸人百倍。不然宝玉何甘心受屈于二女夫子哉？看过后文则知矣。古观书诸君子不必恶晴雯，正该感晴雯金闺绣阁中生色方是。"

通过这段脂批,我们知道在批者看来,越是优秀的女孩子越是存有妒忌心,一味的宽厚忍让不是一个优秀女孩应有的特点,而宝钗、袭人高过其他人不是因为他们不妒忌,而是因为他们"绣幕灯前、绿窗月下,亦颇有或调或妒、轻俏艳丽等说,不过一时取乐买笑耳,非切切一味妒才嫉贤也"。无疑,批者虽认为晴雯不如袭人,但是她也是属于优秀女孩子,所谓"尤物"之列的。

八、研究晴雯应该注意的一些问题

什么影响了我们对晴雯进行客观的评价?

1. 对曹雪芹时代的社会历史情况不甚了解

以往的晴雯研究往往着眼于阶级论的观点去考察。马克思主义的"阶级论"是研究社会历史不可或缺的分析方式,是一种科学的思想和研究方法,以这种理论为指导研究社会历史是一种科学的方法。

但是,我们应该正确地看待传统社会的阶级关系,并不是统治者之外的所有人都是被压迫的阶级,这是浅薄的"二分论"。以晴雯为例,她在怡红院中的地位仅次于宝玉、袭人,按照权力分割的现实来看,她所享受到的各种权利是很高的,其他如婆子、老妈子、众丫头可供之差遣,且还有相当的月钱供她们使用游戏,甚至可以擅自决定其他丫头的命运前途。虽然在阶级划分中,我们通常把她划作被统治阶级,但是从她所享受的待遇和拥有的权利将之划分为统治阶级的一分子也是没有任何问题的。因为在传统社会，即便是统治阶级中的官僚阶层所拥有的和他的品级相符合的权利也不过如此，一旦违背天颜照样逃脱不了被罢官、赶出朝堂的结局，《红楼梦》中的贾政就是一个很好的例子。所以，在晴雯的研究和评价中避免将通俗的"阶级论"引入是一件很重要的事情。

2. 囿于某些传统观点的束缚

脂批说："观者凡见晴雯诸人则恶之。"可见在那个《红楼梦》刚刚出现的时代，最早读到《红楼梦》的人对晴雯的态度是不甚友好的。接下来脂批就对这种浅薄的观点进行了点评："何愚也！"

另一种传统观点则对晴雯极力赞扬，而这种观点更多地受阶级论的影响和支配，更多地将晴雯作为被压迫者和反抗精神的代表进行评论。

受以上两种观点的影响，人们在研究中不自觉地走了这样的路子。

实际上，正如王蒙形象简洁地描述的"不奴隶，毋宁死"。

由于贾府家风待下人温和宽大，且各房里丫鬟待遇比普通人家小姐还好，所以，晴雯虽然有性格、有脾气，却从来没有离开怡红院的想法，甚至让她出去，她心里也是死也不甘的。

3. 以偏概全，评价情绪化

以偏概全，不能全面、综合地分析《红楼梦》中的相关描述，评价情绪化在晴雯研究和评判中占据的成分较高。

现代普通读者对晴雯的评价褒贬不一,究其原因,主要是不能综合、全面地阅读文章,并在全局观点的指导下,对红楼人物做出全面的评价,也就是犯了以偏概全的错误。

在《红楼梦》人物研究上,鲁迅先生在《中国小说历史的变迁》中有着精彩的评价:

至于说到《红楼梦》的价值,可是在中国底小说中实在是不可多得的。其要点在敢于如实地描写,并不讳饰,和从前的小说叙好人完全是好,坏人完全是坏的,大不相同,所以其中所叙的人物都是真的人物。总之,自有《红楼梦》出来以后传统的思想和写法都打破了——它那文章旖旎和缠绵倒还在其次的事。

我以为这可以作为研究者的方向指南。

第十一讲

论清代《红楼梦》的传播与部分江浙士绅和旗人官员的"禁红"行为

一、《红楼梦》查禁事情主要集中在江浙地区

我们认真归纳清代禁红资料时可以发现,查禁《红楼梦》的行为多发生于江浙地区,主张禁书者多为江浙士绅和部分旗人文士,今据资料列于表 11-1。

通过表 11-1 中的信息可以发现,清代禁止《红楼梦》传抄、刊刻是地方行为,而不是中央政府的统一政策,至少到目前为止,我们还没有在中央的任何文献中发现查禁《红楼梦》的信息。

基于此,研究《红楼梦》产生环境、研究《红楼梦》的传播、研究《红楼梦》的技法与思想,都不得也不应该将查禁《红楼梦》的"地方行为"当作"全国行为",不该将"个人行为"当作"政府或者集体行为"。

表 11-1 清代禁毁《红楼梦》人员信息表

人物	籍贯	禁书时身份	时间	出处	备注
玉麟	满洲正黄旗	安徽学政	嘉庆十二年	梁恭辰《池上草堂笔记》	以为此书污蔑满族人
某	不详	京师	嘉庆二十年前后	吴云《红楼梦传奇》序	呵禁红楼戏曲表演
周祖植	河南商城人	苏松太兵备道	道光十七年	余治《得一录》卷十一	禁书目录有《红楼梦》（即《欢喜冤家》）
裕谦	蒙古镶黄旗人	江苏按察使	道光十八年	吴兆元《劝孝戒淫录》	是年八月，潘遵祁等在金陵、吴县收缴淫书
梁宝常	直隶天津人	浙江巡抚	道光十八年	《劝毁淫书征信集》	杭州士绅张鉴首倡，梁宝常、吴钟骏支持，杭州知府、湖州知府、仁和知县参与
吴钟骏	江苏吴县人	浙江学政			
王大经	浙江平湖人	安徽江安粮道	同治六年	赵烈文《能静居日记》	以《红楼梦》为"淫书"子以查禁
丁日昌	广东丰顺县人	江苏巡抚	同治七年	《札饬禁毁淫词小说》附"书目"	读咏、查禁《红楼梦》

因此，我们还应思考一个问题，即何以查禁《红楼梦》行为发生在江浙地区，而不是其他地区？查禁者何以为江浙士绅和部分旗人文士，而不是其他人？

只有正视并回答这些问题，我们才能够排除《红楼梦》在清代是一部禁书、曹雪芹为避文字狱而采用曲笔书写《红楼梦》这些"定论"对《红楼梦》研究、赏析的影响，以更加客观的心态去看待《红楼梦》的创作环境与作者的心态，去加深对《红楼梦》的解读与赏析。

二、清代皇族与《红楼梦》

就现有材料来看，我们尚未发现清代中央政府查禁《红楼梦》的资料，唯其如此，我们甚至可以发现清代皇族（宫廷、王府、贝勒阶层）与《红楼梦》有着千丝万缕的关系。

了解清代皇族与《红楼梦》的关系，不仅有利于我们回答《红楼梦》是否写有反满的"隐语"、《红楼梦》在清代中央是否曾经被禁这些问题，还有利于解释《红楼梦》在清代何以迅速传播（除了其本身的魅力之外）。

清代皇族与《红楼梦》的关系，我们可以举出诸多例子，当然不少例子学界耳熟能详，但并未给予足够的重视（除弘晓、永忠、裕瑞等人外），今因探讨此问题，罗列于下。

1. 永忠、墨香、敦诚、敦敏、弘旿与《红楼梦》

永忠读过《红楼梦》这一信息在学界可谓耳熟能详，也比较受人们的重视，本文之所以专门写到他，是因为其特殊的身份和其读红诗涉及的相关人物。

永忠（1735—1793）系雍正皇帝亲弟、政治死敌允禵之孙，有《因墨香得观〈红楼梦〉小说，吊雪芹三绝句》。诗有批："此三章诗极妙。第《红楼梦》非传世小说。余闻之久矣，而终不欲一见，恐其中有碍语也。"①

按，诗题中的"墨香"名额尔赫宜，系曹雪芹友人敦敏、敦诚叔父，为该诗作批的弘旿系諴亲王允祕次子。

弘旿"不欲"见《红楼梦》不意味着《红楼梦》中有碍于政治的"碍语"，更不意味着《红楼梦》因此而遭禁。

因弘旿诗批语中有"《红楼梦》非传世小说，余闻之久矣，而终不欲一见，恐其中有碍语也"，或者可以认为，该诗注即《红楼梦》中有碍语、《红楼梦》为避文字狱而作暗语、清代因《红楼梦》有碍语故禁《红楼梦》的证据。

胡小伟先生在《睿亲王淳颖题红诗与〈红楼梦〉钞本的早期流传——兼评关于〈红楼梦〉曾在清代遭禁的几种说法》中曾经指出，永忠诗、弘旿批都留下了对《红楼梦》的文字态度，故《红楼梦》不应当有任何涉及"文字狱"的碍语，又谓：

---

① 永忠《延芬室集》。

乾隆时代的记叙而言，《红楼梦》早期钞本流传范围已逐渐扩大到公开的程度……这种争相传抄，市贾牟利，而且是在名公巨卿的眼皮子底下通行无阻情况，不正说明它在乾隆年间并未被人目为"谤书"吗？①

从个人、社会两个角度，证明弘旿之不欲读《红楼梦》，不能直接证明《红楼梦》中确有碍语，更不能证明《红楼梦》因有碍语而为政府所禁。

2. 乾隆皇帝与《红楼梦》

关于乾隆皇帝与《红楼梦》的关系，出自赵烈文的《能静居笔记》：

谒宋于庭丈翔凤于葑溪精舍，于翁言："曹雪芹《红楼梦》，高庙末年，和珅以呈上，然不知其所指。高庙阅而然之，曰：'此盖为明珠家作也。'后遂以此书为珠遗事。"

这一信息以前往往被学界忽视，认为不足为信。问题是，说这话的是著名经学家宋翔凤（字虞庭，一字于庭），而宋翔凤和著名诗人、戏曲家舒位有交往（舒位系旗人，与礼王家族关系甚密）；加之，乾隆皇帝对汉文化了解极深，对在旗人、达官显贵中盛行的《红楼梦》似不应当一无所知，故而，宋翔凤提供信息的可信性很大，而这一点也能够在其他文献中得到证明。

---

① 《红楼梦学刊》1996年第4辑。

如乾隆五十九年周春《阅红楼梦随笔·红楼梦记》中就写道："相传此书为纳兰太傅而作。"前后两条资料互相对照,可见宋翔凤所谓乾隆阅《红楼梦》而"然之"信息的可靠。

3. 淳颖与《红楼梦》

乾隆时期,睿亲王淳颖亦曾阅《红楼梦》,并作有《读〈石头记〉偶成》诗,感慨《红楼梦》故事:"满纸喁喁语不休,英雄血泪几难收。痴情尽处灰同冷,幻境传来石也愁。怕见春归人易老,岂知花落水仍流。红颜黄土梦凄切,麦饭啼鹃认故邱。"

淳颖生于乾隆二十六年九月二十一日,乾隆四十三年正月,袭睿亲王,而后历任宗人府宗令、左总政、右总政、玉牒馆副总裁、正黄旗汉军都统、镶红旗满洲都统、正黄旗领侍卫内大臣、总理正红旗觉罗学、理藩院事务、御前大臣等职。

淳颖是乾隆朝比较得宠的皇室成员,其读《红楼梦》并予以题咏足可证明彼时《红楼梦》不曾被朝廷明文禁止。

不仅淳颖,淳颖的母亲佟佳氏甚至在乾隆中期,也就是《红楼梦》的早期抄本流传期,就已经读到了《红楼梦》[①]。

淳颖与其母的《红楼梦》阅读和批评,不仅印证了清代中期北京王公贵族对《红楼梦》的阅读事实和感受,也从一个侧面说明乾隆五十六年《新镌全部绣像红楼梦》中程伟元序"好事者每传抄一部,置庙市中,昂其值得数十金,可谓不胫而走者矣",高鹗序所

---

① 詹颂. 族群身份与作品解读:论清代八旗人士的《红楼梦》评论[J]. 曹雪芹研究,2016 (1):78-94.

写的"予闻《红楼梦》脍炙人口者,几廿余年",不是谎言,都是历史的真实记载。

4. 裕瑞、晋昌与《红楼梦》

裕瑞,豫亲王多铎五世孙,豫良亲王修龄次子,因其《枣窗闲笔》多谈及《红楼梦》与《红楼梦》之续书,向来为学界所重视;而晋昌与《红楼梦》整理者程伟元的关系虽为人所知,却并未引起学界足够的重视。

晋昌,恭亲王常宁(顺治皇帝第五子)五世孙,字戬斋,号红梨主人,满洲正蓝旗人。嘉庆五年,出任盛京将军。

晋昌与收集、整理、摆印《红楼梦》的程伟元关系甚佳,晋昌为盛京将军,程伟元随其远赴沈阳,为其幕友(晋昌《壬戌冬,余还都,小泉以上下平韵作诗赠行,因次之》中云:"宾主三年共此心,好将新况寄佳音"句)。[①]

程伟元为晋昌编纂的诗集《且住草堂诗稿》(即《戎旃遣兴草》上册)中与程伟元有关诗歌计十题、五十首,如《八月二十五日,招小泉畊畲赏桂,次小泉韵》"忘形莫辨谁宾主,把酒临风喜欲狂"[②]、《壬戌冬,余还都,小泉以上下平韵作诗赠行,因次之》:"文章妙手称君最,我早闻名信不虚""况君本是诗书客,云外应闻桂子芬""义路循循到礼门,先生德业最称尊。箕裘不坠前人志,自有诗书裕子孙"。可见二人关系之紧密。

---

① 《戎旃遣兴草》重刊本,卷上叶二二下至二五下。
② 《戎旃遣兴草》重刊本,卷上叶一三下至一四上。

以百二十回《新镌全部绣像红楼梦》在当时的传播与影响而言，晋昌当见、读并谈及《红楼梦》。

5. 奕绘家族与《红楼梦》

奕绘，字子章，又号妙莲居士、太素道人，生于嘉庆四年（1799）正月十六，乾隆皇帝第五子荣纯亲王永琪之孙，嘉庆二十年（1815）袭贝勒。

奕绘《妙莲集》卷二收录有《戏题曹雪芹石头记》诗，云："梦里因缘那得真？名花簇影玉楼春。形容般若天明漏，示现毗卢有色身。离恨可怜承露草，遗才谁识补天人？九重运斡何年阙？拟向娲皇一问津。"

该诗作于嘉庆二十四年，直指曹雪芹为《红楼梦》作者，且以《石头记》称，可知其所阅版本当为早期抄本。

时，奕绘二十岁。不仅奕绘好《红楼梦》，其侧福晋著名词人顾太清（本名西林春）也极好《红楼梦》，并撰有《红楼梦》续书《红楼梦影》（光绪二年隆福寺聚珍堂刊行）。

不唯奕绘夫妇，奕绘家族都沿袭了喜好《红楼梦》的传统，奕绘女婿外蒙古三音诺颜札萨克超勇亲王车登巴咱尔（车王府曲本收藏者，居北京）家中亦藏有《石头记》（至晚为道光年间抄本）；奕绘之孙溥芸喜读《红楼梦》，其家庭教师与《儿女英雄传》作者文康（大学士勒保之孙，勒保之女嫁嘉庆第四子绵忻）友善，溥芸亦曾见过文康；太清外孙富察敦崇（著有《燕京岁时记》），太清外孙婿铁龄、铁龄弟延龄等都是《红楼梦》的收藏者与爱好者。

6. 慈禧太后与《红楼梦》

慈禧太后喜读《红楼梦》首见于徐珂《清稗类钞·孝钦后嗜小说》：

> 京师有陈某者，设书肆于琉璃厂。光绪庚子，避难他徙，比归，则家产荡然，懊丧欲死。一日，访友于乡，友言："乱难之中，不知何人遗书籍两箱于吾室，君固业此，趣视之，或可货耳。"陈检视其书，乃精楷抄本《红楼梦》全部，每页十三行，三十字，抄之者各注姓名于中缝，则陆润庠等数十人也，乃知为禁中物，亟携之归，而不敢视人。阅半载，由同业某介绍，售于某国公使馆秘书某，陈遂获巨资，不复忧衣食矣。其书每页之上均有细字朱批，知出于孝钦后之手，盖孝钦最喜阅《红楼梦》也。①

此条记载之所以受到人们的重视，是因为有其他旁证可以证明其信息的可靠性，如表11-2所示。一为邓之诚《骨董琐记》卷六云："闻孝钦后好读说部，略能背诵，尤熟于'红楼'，时引史太君自比。"② 另一证据则是，北京故宫长春宫（慈禧寝宫）正房四隅游廊绘以18巨幅《红楼梦》题材壁画，甚至以《红楼梦》游戏为戏。

---

① 徐珂《清稗类钞》卷十二《宫闱类》。
② 《骨董琐记》，北京富文斋佩文斋1926年版。

表 11-2 文献记载中《红楼梦》与皇族的关系

人名	身份	与《红楼梦》关系	时间
永忠	辅国将军、贝勒弘明	读咏	乾隆三十三年
乾隆	皇帝	阅而然之	乾隆末年
淳颖	睿亲王	读咏	乾隆末、嘉庆初
晋昌	顺治五子恭亲王常颖五世孙	不详，当有所知	嘉庆五年，为盛京将军，程伟元为之幕友
裕瑞	豫良亲王修龄次子	读、评《红楼梦》	嘉道之交
奕绘	贝勒、荣纯亲王永琪孙	读咏	道光年间
慈禧	太后	读诵	光绪年间

就当前文献列表可以看出，从乾隆中叶至同光年间，皇族上到帝后，下至贝勒多喜读《红楼梦》。正如金启孮先生所云：

《红楼梦》在旗兵营房中没有多大影响，但在府邸世家的小范围内影响很大。因为此书即出于府邸世家的曹雪芹之手，书中描写的又是府邸世家内部的情况，所以这部书不但各府及世家中案头都有一部，而且不少人在续作。①

实际上，正是因为皇族的热衷与推崇，才促进了《红楼梦》在京师的迅速传播，以至于嘉庆二十二年（1817）出版的《京都竹枝词》中就有了"闲谈不说红楼梦，读尽诗书亦枉然"的说法。

---

① 金启孮. 金启孮谈北京的满族 [M]. 北京：中华书局，2009.

三、关于弘旿不欲观《红楼梦》原因的分析

何以墨香、永忠俱喜读《红楼梦》,弘旿却因恐《红楼梦》"中有碍语"而不欲一读呢?

1. 弘旿不欲读《红楼梦》并非家族的原因

弘旿之父允祕为康熙皇帝少子(排行皇二十四子),少雍正35岁。

雍正继位时,允祕才8岁,雍正让他继续在宫中学习。雍正十一年(1733)正月初九,雍正皇帝谕宗人府、册封17岁的允祕为諴亲王,谕旨云:

> 朕幼弟允祕,秉心忠厚,赋性和平,素为皇考所钟爱。数年以来,在宫中读书,学识亦渐增长,朕心嘉悦,封为亲王。

值得注意的是,此谕旨下面写着:

> 皇四子弘历、皇五子弘昼年岁俱已二十外,亦著封为亲王。所有一切典礼,著照例举。①

故而,允祕与雍正的关系虽为兄弟,而情同父子。

---

① 《雍正实录》卷之一百二十七。

也就是说，单就与皇帝的关系而言，弘旿比永忠、弘晓、墨香、敦诚、敦敏、淳颖（以上人物，除弘晓外，家族在历史上都曾罹祸，在乾隆朝也特别得宠）等人更没有理由惧怕"文字狱"。

《红楼梦》弘旿"闻之久矣，而终不欲一见，恐其中有碍语也"，只能是因为弘旿的"见识所限"。

2. 关于弘旿的见识与曹雪芹写作的差距：弘旿对《红楼梦》的"先入之见"与《红楼梦》的主张

那么，我们如何探讨、解释弘旿认为"《红楼梦》非传世小说"这一观点呢？

永忠诗题、诗批中涉及的永忠、墨香、弘旿三人中，弘旿虽然对《红楼梦》"闻之久矣"，但却是唯一没有看过《红楼梦》的人。

也就是说，弘旿对《红楼梦》的认知、态度来源于其他读过《红楼梦》的人的谈论和他对永忠诗的解读。

明末清初，社会上大量流传的是曹雪芹批判的才子佳人类小说。《红楼梦》第一回借石头之口道：

市井俗人喜看理治之书者甚少，爱适趣闲文者特多。历来野史，或讪谤君相，或贬人妻女，奸淫凶恶，不可胜数。更有一种风月笔墨，其淫秽污臭，屠毒笔墨，坏人子弟，又不可胜数。至若佳人才子等书，则又千部共出一套，且其中终不能不涉于淫滥，以致满纸潘安、子建、西子、文君，不过作者要写出自己的那两首情诗艳赋来，故假拟出男女二人名姓，又必旁出一小人其间拨乱，亦如剧中之小丑然。且鬟婢开口即者也之乎，非文即理。故逐一看去，悉皆自相矛盾、大不近情理之话。①

而知识界对小说的要求却是道德教化、发泄儿女真情，这不论在明清小说思潮中，还是在曹雪芹看来都是如此。《红楼梦》第一回借茫茫大师之口，比较历来才子佳人小说与《红楼梦》云：

> 历来几个风流人物，不过传其大概以及诗词篇章而已；至家庭闺阁中一饮一食，总未述记。再者，大半风月故事，不过偷香窃玉、暗约私奔而已，并不曾将儿女之真情发泄一二。想这一干人入世，其情痴色鬼、贤愚不肖者，悉与前人传述不同矣。

唯《红楼梦》最能吸引大众读者关注和理解的是，它对其中人物描摹的细腻与深入，而其与传统小说的最大区别，却因为读者的学养和传播信息的不确定，未必能够被及时和全面地传达给读者和听众。

永忠诗云："传神文笔足千秋，不是情人不泪流""颦颦宝玉两情痴，儿女闺房语笑私。三寸柔毫能写尽，欲呼才鬼一中之""都来眼底复心头，辛苦才人用意搜"。

不幸的是，弘旿就是那个没有能够全面和真正了解《红楼梦》信息的人。他在永忠的诗句中，看到的只有永忠对《红楼梦》创作者曹雪芹文笔（包括对《红楼梦》中宝黛感情的传神描摹和对现实的文字凝练技巧）的欣赏与赞叹，故误会《红楼梦》不过是写得绮丽的才子佳人小说，在这种误会下，以至于写下了那句《红楼梦》

---

① 黄霖. 脂砚斋评批红楼梦 [M]. 济南：齐鲁书社，1994.

"非传世小说"的评语。

其所谓的"碍语"二字,并不只指违背政治的语言,也包括情色方面的语言和内容,这也是清政府重点查禁此类图书的真正原因。

实际上,如果我们不被《红楼梦》回避文字狱这样的先入之见所蔽,就可以分析出弘旿所谓的"碍语"不可能指有碍于政治的语言,因为如果那样,弘旿不当题于永忠诗上,永忠亦不当令其存于自己诗上。

四、何以禁毁《红楼梦》集中于江浙:兼论丁日昌对《红楼梦》的"矛盾态度"

1. 何以禁毁《红楼梦》集中于江浙

除了了解清中晚期禁《红楼梦》事多发生在江浙外,我们还要分析何以如此。胡小伟《睿亲王淳颖题红诗与〈红楼梦〉钞本的早期流传》指出:

这些禁令有这样两个共同点:一是时间都在同治年间,这时太平天国刚被镇压下去。号为"中兴",理学之士纷纷跑出来强调纲纪伦常,因而将《红楼梦》视为"淫辞小说";二是这些禁令都是地方官员颁布或主张实行的,这些地方又多是太平天国活跃过的。

主要考量时代特点。

实际上不全如此,在道光年间,江浙官员就已经在支持查禁《红楼梦》了。地方官员之所以如此行为,是因为他们对江浙民风的固有看法和基于此进行的常规应对举措。

江浙一带经济发达,人文兴盛,尤其娱乐业繁荣,其民风较北地为薄,且人口流动比较频繁,所以,在当时的官员和士人看来,此等地界民风浇漓,不如北地淳朴,从长远看,容易导致社会混乱,影响社会秩序,故而需要禁止、教导。

这些看法不仅反映在各种笔记中,地方官员的禁令也时有反映,一般都是要求勿奢靡、勿游荡。《得一录》卷十六收录曾禁止《红楼梦》的江苏按察使裕谦的《裕中丞示谕》,其中写道:

为训勉风俗、以端趋向事:

照得三吴为文物大邦。士庶军民之知礼义、爱身家者奚可偻指,祗因商贾辐辏,习染多歧,平居以相衒为能,积久遂因仍成俗,其力量不能供挥霍者,又各出其机械变诈,以求取胜于人,于是,温饱之家,大半揩撑门面,矫诬之辈,甚且干犯刑章,不知守仆守诚。

又云:

当知本部院非以刑民峻法强为之驱,亦非以理学迂谈曲为之解,无非欲尔等黜浮践实、返朴还醇,尽心知手足之长,以遂其仰事俯育之愿。

这种态度与清朝初年于成龙、康熙、雍正对江浙士民的态度并无二致，当地士绅作为地方文化的传承和地方道德、秩序的维护者也非常了解这一点，故多有自发购焚"淫词小说"之举。

2. 关于某些旗人何以产生对《红楼梦》的毁禁态度

曹雪芹才大如天，在《红楼梦》中分别设下了数个大小主题，而读者因学养、经历、身份的区别各有其解释。正如鲁迅先生在《〈绛洞花主〉小引》中指出的那样：

> 《红楼梦》……单是命意，就因读者的眼光而有种种：经学家看见《易》，道学家看见淫，才子看见缠绵，革命家看见排满，流言家看见宫闱秘事……在我的眼下的宝玉，却看见他看见许多死亡。①

这一现象不唯近代如是，在《红楼梦》流传的早期也如此：乾隆认为写明珠家世；永忠、淳颖以为其写感情真挚；玉麟、那彦成则认为，《红楼梦》系刺满人之作，欲加禁止：

> 满洲玉研农先生（麟），家大人座主也，尝语家大人曰："《红楼梦》一书，我满洲无识者流每以为奇宝，往往向人夸耀……其稍有识者，无不以此书为诬蔑我满人，可耻可恨……我做安

---

① 鲁迅：《鲁迅全集》第八卷《集外集拾遗补编》，人民文学出版社 2005 年版。

徽学政时,曾经出示严禁,而力量不能及远,徒唤奈何。

那绎堂先生亦极言《红楼梦》一书为邪说诐行之尤,无非糟蹋旗人,实堪痛恨,我拟奏请通行禁绝,又恐立言不能得体,是以忍隐未行。①

玉、那二人之所以如是,需要结合二人生活的时代背景进行考量和解释。

旗人唯以当差、当兵为职业,但是随着承平日久、旗人人口的增多和享乐作风的蔓延,至道光年间,旗人上层中无心学问事功、唯知享乐摆阔的人越发增多,这种情况使得当时的"有识之士"都产生了"恨其不争"的心态。

《红楼梦》描写了一个公侯家庭的因无善理家者而没落的过程,因其描摹世家大族情形细腻真切,故而在京师,尤其是在旗人上层和知识分子中间广泛传播。

然而,由于学养不同、关注不同,旗人读者各有自己的认识,奕绘、慈禧在《红楼梦》中读到了富贵与情感,而像玉麟、那彦成这样的"有识之士"便读出了"诬蔑我满人,可耻可恨"的念头,以致产生查禁《红楼梦》的想法与行动。

3. 从丁日昌对《红楼梦》态度的矛盾看江浙地区的禁《红楼梦》事

江浙地区查禁《红楼梦》,以江苏巡抚丁日昌于同治七年的查

---

① 梁恭辰:《北东园笔录》四编,同治五年刊本。

禁规模最大，其理由也不外"愚民鲜识……忠孝廉节之事，千百人教之而未见为功，奸盗诈伪之书，一二人导之而立萌其祸，风俗与人心，相为表里"而已①。

在丁日昌的查禁名单中，不仅有《红楼梦》，还有《红楼梦》的各种续书，如《续红楼梦》《后红楼梦》《补红楼梦》《红楼圆梦》《红楼复梦》《红楼重梦》等。

可是，丁日昌自己是读《红楼梦》的，不仅读，还为友人黄昌麟的《红楼梦二百咏》作序、评诗，对《红楼梦》的文笔给予高度评价。

丁日昌其人好读书、为政有法，但其为人确有瑕疵（也可以称为技巧），故曾国藩称其为"诈人"，对《红楼梦》的查禁来说，其所行非其所欲行，其所言非其所欲言，因为行政实际的需要（愚民鲜识……奸盗诈伪之书，一二人导之而立萌其祸）不得以将其作为《红楼梦》系实系"淫书"的结论。

最可作为丁日昌在江苏查禁《红楼梦》"反面教材"的是，他的老上司曾国藩、李鸿章都熟读《红楼梦》，而其查禁《红楼梦》不仅没有阻止《红楼梦》的传播，反而更进一步促使了《红楼梦》的流传——未读过者，因官府查禁反生兴趣。

五、关于所谓"文字狱"与《红楼梦》的写作、传播

文字狱现在已经是人尽皆知的词，出自龚自珍《已亥杂诗·咏

---

① 丁日昌《抚吴公牍》卷一《札饬禁毁淫词小说》，光绪丁丑年林达泉校刊本。

史·金粉东南十五州》:"避席畏闻文字狱,著书都为稻粱谋。"

一般解释称,文字狱即因文字获罪。一般又称,文字狱以清康雍乾三朝为最,知识分子钳口不言,以致不敢从事史书编纂,纷纷从事经典考据工作,《红楼梦》亦此种文化强制政策下的产物,故书中"隐写"各种文字。

1. 清代考据学的兴起与文字狱无干

实际上,关于清代考据学兴起的原因,学界通过对明中叶以来知识分子的学术梳理,已经认识到清代考据学的兴起是因为自明中叶以来儒家知识分子对宋明理学与孔子原典存在区别进行的反思,进而从事经典原意的考证,与文字狱无甚大关系。

2. 文字狱的具体情况很复杂,不得一体视作因文字而获罪

仔细分析历来举例的文字狱,可以发现所谓文字狱的情况非常复杂。

实际上,清代顺康雍三朝许多被指摘为"文字狱"的案件基本都属于政治案件,也就是说,因文字获罪或者只是表面现象(文字反映了作者的政治态度),或者只是为他们的罪行更加一条罪状而已(根本罪状不在文字),比如人们都很熟悉的康熙初年《明史》案、雍正三年汪景祺《西征随笔》案,即涉及政治态度和"党争"问题。

纯粹为文字获罪者固然不少,但基本以朱元璋、乾隆的某些时

期为主。

乾隆时期被定为文字狱的诸案，不少是因为乾隆皇帝敏感所致，但也有不少案件与写作者不懂避讳（避清朝各皇帝讳、圣贤讳等，如王锡侯《字贯》案、刘峨《圣讳实录》等）、道学家沽名钓誉（如大理寺卿尹嘉铨案）、写作不慎被认为讽刺攻击朝政（贺世盛《笃国策》案、李一《糊涂词》案、祝庭诤《续三字经》案）、拍马屁没拍准的（智天豹《万年历》案、安能敬颂诗案等）等有关。

3. 不要用今天的民主思想看待传统时代的文字案件：《红楼梦》研究需要回归曹雪芹的时代与身份

在今天讲求自由、民主的环境下看来，以上所举事情都算不得什么，但是在讲求等级制度的传统社会，这些行为皆为大罪，不论是不是在清朝——实际上，即便这些时期的一些诗文也难免有知识分子"暗刺"时政、讥讽帝王的用意，此亦宋以来文人之恶习之一，朱元璋、乾隆深知此点，又复以"和尚""满洲夷狄"的身份，时加警惕，故不免多有苛刻之举。

之所以用诸多笔墨分析文字狱的情况，旨在说明真正以文字罪人，以致乾隆时期学人不敢于著述，写作时刻抱有凛凛之心的文化环境并不存在（翻案者或者学养很差，或者心存各种私心，多与名利权势相干），大多数汉人知识分子不存在——从乾隆朝出现的大量诗文、史志著述即可得到证明，曹家这般身份的家族和个人更加不存在。

4. 曹家的身份与身份认同使得他们与文字狱无甚干系

曹雪芹家族系满洲老包衣人，其文化、习俗多从满洲，又与满洲亲贵结亲往来，故而，他们对清政府、清朝政策、皇帝的态度，不可能如民国以后的汉人，尤其是江浙、广东一带汉人对满洲的看法。

这一点，只要看看曹雪芹友人敦诚《四松堂集》论史文字就可以看出，很多题材和态度似乎都应被纳入我们"认为的""文字狱"查抄视野，实际上没有。

在《红楼梦》第一回中，空空道人阅读《红楼梦》，其时心态：

上面虽有些指奸责佞贬恶诛邪之语，亦非伤时骂世之旨；及至君仁臣良父慈子孝，凡伦常所关之处，皆是称功颂德，眷眷无穷，实非别书之可比。虽其中大旨谈情，亦不过实录其事，又非假拟妄称，一味淫邀艳约、私订偷盟之可比。

虽然，"甲戌本"脂批在"亦非伤时骂世之旨……毫不干涉时世"一段文字间三批"要紧句"，但在其前面的"空空道人听如此说，思忖半晌，将《石头记》再检阅一遍"处，甲侧亦有批语："这空空道人也太小心了，想亦世之一腐儒耳。"

也就是说，曹雪芹在写作《红楼梦》时，为万全或为文学上的需要，曾在此处略加"声明"，但并不意味着他内心时刻有着文字狱的空气压迫。

大兴"较纯"文字狱的乾隆四五十年,曹雪芹已经去世,且《红楼梦》已经在京师部分达官显贵之间风行了,所以,这点声明丝毫证明不了曹雪芹写作时周遭环绕着文字狱空气的压迫,也不意味着因受文字狱的压迫而作有有意危害政权的"隐语",更不意味着清政府因此而查禁过《红楼梦》,这一点逻辑是需要极力分清的。

5. 从龚自珍"避席畏闻文字狱"说清代的文字狱

论清代文字狱,人们习惯于用龚自珍"避席畏闻文字狱"作例证。

但是,如果我们的知识量和逻辑性足够,就可以从龚自珍的"避席畏闻文字狱,著书都为稻粱谋"看出另外的意思:如果清朝彼时的文字狱那么厉害,龚自珍还敢写下这样的文字吗?

龚自珍作此诗的大环境是,嘉庆四年(1799)二月,也即嘉庆帝真正亲政之初,在论比照大逆缘坐人犯时说:"殊不知文字诗句原可意为轩轾……挟仇抵隙者遂不免藉词挟制,指摘疵瑕,是偶以笔墨之不检,至与叛逆同科,既开告讦之端,复失情法之当。"①某种程度上,废止了纯粹以文字解释罪人。

再一个需要知道的是,龚自珍生活于嘉道时期,系著名的今文经学家、诗人,主张变革,诗风夸张,其诗并不反映文化空气的实际情况。

---

① 《清实录·嘉庆朝实录》卷三十九"嘉庆四年二月壬子条"。

6. 清末革命与清代文字案件的污名化

清末民初,南方革命党出于"驱除鞑虏、恢复中华"革命主义的需要,大量翻印,甚至编造不利于清朝、旗人的文献,用以宣传和鼓舞之用。民国之后,孙文政府消弭民族隔阂,而学界、民众不查,排满之风持续多年。民国二十三年(1934),故宫博物院文献馆就出版了《清代文字狱档》一、二辑,以学界和文献的视角,将清代涉及"文字之罪"者统称为"文字狱",而这种学术思维一直影响到今天,并未对其中各案件进行区别与理剔。

综上,在论及曹雪芹的思想、《红楼梦》的主张、技法时,不当再以笼统的"文字狱"三字作为学术环境使用。

因为这种说法既不符合历史的史实,亦未将曹雪芹、《红楼梦》的写作、流传情况与江浙地方个案相区分,笼统地使用极大地误导了《红楼梦》的研究与深度赏析。

六、论《红楼梦》需要回归曹雪芹的时代与身份

我们一直说,文艺来源于生活,高于生活。

但实际上,在论及《红楼梦》时,我们对产生《红楼梦》的生活了解远远不够,不仅如此,研究者还往往有意无意地忽略这一点,认为不会影响到《红楼梦》的赏析。

关于读书论文,在总结自己中国小说史研究和小说创作的基础

上，鲁迅先生曾经有两条意见非常值得注意。

1. 读《红楼梦》因眼光不同而对《红楼梦》的主题认知不同

即如前引鲁迅先生在《〈绛洞花主〉小引》中指出的"《红楼梦》……单是命意，就因读者的眼光而有种种"。问题不出在《红楼梦》上，问题出在读者的"眼光"上，而决定"眼光"的是学术背景和学术素养。

故而，要正确解读《红楼梦》，研究者当尽可能地脱离"今日意识"，对曹雪芹生活的时代有相对客观全面的了解。

2. 论《红楼梦》要顾及全篇、作者的全人及社会状态

关于论文，鲁迅先生又说：

> 世间有所谓"就事论事"的办法，现在就诗论诗，或者也可以说是无碍的罢。不过我总以为倘要论文，最好是顾及全篇，并且顾及作者的全人，以及他所处的社会状态，这才较为确凿。要不然，是很容易近乎说梦的。①

20 世纪 80 年代，就红学研究的范畴和境界问题，周汝昌先生曾与学界发生过剧烈的争论。1985 年，周汝昌先生在《云南民族

---

① 鲁迅. 且介亭杂文二集·题未定草（《鲁迅全集》第六卷）[M]. 北京：人民文学出版社，2005.

学院学报》第二期上发表了《红学的高境界何处可寻》一文,他在其中写道:

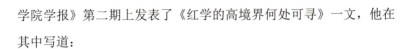

> 把研究对象的涵量估计得那么低,把自己的能力估计得那么高,最易犯一个"唯我才是最高明"的毛病。红学史上已经出了不少这样的高明人士了,红学仍未见自他出来便有大起色。我看还是放谦虚些的好。我们共同多做点基本功,做得好了,水到渠成,瓜熟蒂落,那自然另一番境界无疑。

孔子的学生说孔子的境界,叫作"瞻之在前,忽焉在后",不可思议、不可捉摸;佛陀的学生也说,佛陀境界不可思议、难值难信;老子自己说,他的道很简单,但下士必笑之,不笑不足以为道。

曹雪芹与《红楼梦》也一样,作为传统文化集大成时代的一部巨著,因以"小说的体裁"出现,读者往往觉得很好理解,但是,同一个读者在不同年龄、不同经历、不同学术视野看《红楼梦》的感觉总是不一样,原因就在于大众把《红楼梦》看得过低了:《红楼梦》不过是一部写得好的小说而已。

而当我们把曹雪芹的生平与思想,放在18世纪中国思想史大时空背景下去看,就会发现曹雪芹、《红楼梦》的高度与复杂。

不了解曹雪芹的生活时代、身份、交游情况、思想意识,仅仅看到《红楼梦》的"小说体裁",以"《红楼梦》只是一部小说"立论,不仅无法深入赏析《红楼梦》,还容易导致各种不解基本史实和制度的"谬论",一百年来,各种不靠谱的索引和不靠谱的评

论皆属此类情况。

七、谈王文元的"红学非学术",说《红楼梦》研究需要回归曹雪芹的时代与身份

1. 王文元《红楼梦研究的现状与问题——兼论红学非学术》与其中的文本失误

2006年,北京市社会科学院哲学所研究员王文元在2006年第3期《汕头大学学报》"人文社科版"上发表了《红楼梦研究的现状与问题——兼论红学非学术》一文,指出红学为小说评论学,不在学术的范畴之内。

此文还在《贵州社会科学》2006年第5期上发表过,题目亦同。

与王文元没打过交道,不知其为何许人也。相关搜索,知其人系北京社会科学院学者、研究员、作家、诗人,研究涵盖文、史、哲等领域,著作如文学代表作《文房织锦》,史学代表作《权力图腾》,哲学代表作《人与道》,语言文字学代表作《汉字正见》,经济学代表作《日本经济腾飞之根源》,小学代表作《日完录》,儒学代表作《儒家辨章》,佛学代表作《佛典譬喻经全集》,散文代表作《捕猎人生》,学术代表作《人类的自我毁灭》等。

看来是学问广博的专业研究者,唯其论学术(何谓学术,其文亦未明示)、论"红学"(红学的范畴各家界定不一,百年来,成果亦非其人所了解之点滴；红学不免附会，然不附会者多，惜其似未寓目）内容，除以上论断各抒己见，不易达成一致意见（曹雪芹能否进入中国文坛前十，仁智自见；曹雪芹的创作动机虽各家不同，亦当探讨；红学虽颇附会，不附会者多，惜王不知红学史而已）外，对"红学"常识所知亦颇少，如：

凡歪说歪理必然愈演愈烈。焦大醉酒之后骂出"白刀子进去，红刀子出来"，博得许多"红学家"喝彩，以为焦大喊出了豪言壮语，殊不知这句"名言"现在已经成为黑道上盗贼的习惯用语，这个口号是盗贼行凶时的壮胆剂。这个帮助恶人做坏事的口号不知断送了多少无辜的性命！在"红学家"那里，这句话却每每得到称赞！

焦大醉酒之后骂出"白刀子进去，红刀子出来"一句，不同版本写法不同，"甲戌本"《脂砚斋重评石头记》第七回《送宫花贾琏戏熙凤　宴宁府宝玉会秦钟》中：

那焦大那里把贾蓉放在眼里，反大叫起来，赶着贾蓉叫："蓉哥儿，你别在焦大跟前使主子性儿。别说你这样儿的，就是你爹、你爷爷，也不敢和焦大挺腰子！不是焦大一个人，你们做官儿享荣华受富贵？你祖宗九死一生挣下这家业，到如今了，不报我的恩，反和我充起主子来了。不和我说别的还可，若再说别的，咱们红刀子进去白刀子出来！"

此处,"甲戌本"夹批写道:"是醉人口中文法。一段借醉奴口角闲闲补出宁荣往事近故,特为天下世家一笑。"

"醉人口中文法"意思是说,焦大此处说法都是喝醉后、不理智的说法,"红刀子进去,白刀子出来"这种话也只有醉汉能够说出来。

从曹雪芹之善于观察、描摹人物可见,岂吾辈小文人可望其项背、可轻加臆测的?!亏得有脂批的提醒,否则,此语竟成了曹雪芹不会写作的证据。

此外,值得指出,王文元的风格一点儿也说不上学术,更多的是一种散文式的"牢骚"风格,不过,"外行"的"雷人"观点却不少,试举几例,以见其观点、学识、逻辑。

2. 关于"红学"的附会与非学术

王文元指出:

我对"红学"评价不高就是因为它离不开附会……俗话云"《易》无达言",套用这句话可以说"红(学)无准谱",怎么说都有理。有人说东你说西,有人正说你反说,可矣,反正贾府门朝南或朝北无关宏旨,薛宝钗美于林黛玉或林黛玉美于薛宝钗也绝不会影响大局,永远没有标准答案。

没有答案,就是附会了吗?就王先生所研究的哲学而言,不正如其所言"《易》无达言"吗?是否他与同事的研究就是附会,应

该得到不高的评价呢?讨论的问题无关宏旨,就不值得讨论了吗?这恐怕又是见仁见智的事情。其文又云:

> 红学中粗浅的附会,在考证曹雪芹创作动机上体现得尤为明显。作为秘笈的《红楼梦》尚且让人糊涂,比"秘笈"更奥妙的创作动机自然更让人糊涂。所以各种动机说五花八门,无所不有。我们都知道,司马迁创作《史记》是为完成父志,但丁创作《神曲》是为写给心仪的姑娘——贝亚德。曹雪芹为谁创作?除去刨坟问尸,别无他法,因为曹雪芹没有像司马迁、但丁那样直率地吐露写作初衷。如果非要究其动机,在我看来,曹雪芹"披阅十载,增删五次,纂成目录,分出章回"就是为了愚弄"红学家"的:一人藏物,百人难寻,我藏珠匿璧,让你们翻箱倒柜——这不是一种愚弄吗?曹雪芹造疑的水平实在超乎常人。

原来,王先生经过深刻思考,认为曹雪芹之所以创作《红楼梦》,其动机不过要跟后人开一个玩笑,测一下智商而已。

曹雪芹竟然这么无聊吗?那么,何以他还要说:"都云作者痴,谁解其中味"呢?为什么又有"字字看来皆是血,十年辛苦不寻常"呢?

"在我看来",凭什么你的"看来"就比别人的看法更不"附会"呢?王先生之自信亦足矣。

3. 关于红学、学术、文学评论

王文元说:

若以为从《红楼梦》中能够研究出正学来,除非重新定义"学"与"学术"。学术不会与小说混同,过去不会,现在不会,将来也不会。

"红学"一词可以用,但它不是学术,《红楼梦》研究应纳入到"文学评论"之中。

王文元所谓的学术指什么,他在文章也并未有明确的界定。但是,从他的相关文字,我们能够看到他的认识和诉求,归纳起来有三点:

第一,小说不是传统学术的研究范畴。

王文元认为:"经、史、掌故、义理、词章被称为传统'五学',虽然小说与掌故沾点边,终究不是独立一项,正统士大夫从不以治小说为务。"

第二,《红楼梦》并不是最伟大的古典文学作品。

"红学热"绝不仅仅是因为《红楼梦》作品伟大,中国古典文学作品中比《红楼梦》伟大的不下二十部,除去《论语》,都没有成"学",唯《红楼梦》成为"显学"。

第三，《红楼梦》热是因为现代性导致中国人的审美层次降低

一切都是"现代性"在搅局。现代性迫使中国人的审美兴趣发生巨大转变，一言以蔽之就是由雅变俗。高雅的诗词歌赋被低俗的小说取代。审美载体由美文转移到小说。俗文学占据了绝对统治地位，小说中的佼佼者《红楼梦》自然成为俗文人的追逐对象。

中国学术史上，就笔者所见，从来没有"经、史、掌故、义理、词章被称为传统'五学'"的说法。

中国传统学术以经史为根本，义理是唐宋时代儒家与佛家辩论由"四书"延展而来的学问，词章从来就不是学问，它只是一种工具而已，虽不同时代时尚不同，但从来没有脱离"文以载道"的定位，至于掌故，更是明清尤其是清以来的所谓"学问"。

小说，固然不在传统学术的范畴之内，但《红楼梦》只是借助了小说的体裁讲述作者的思想而已，难道王先生以为，用了"小说的体裁"就够不上研究的层面吗？佛经多有故事（包括王自己所集《佛典譬喻经全集》），《庄子》多为寓言，以体裁而言，这些经典似乎也没有研究的必要了，那么，王先生何以还要做这样的工作呢？

关于一部作品成学，王文元认为："'红学热'绝不仅仅是因为《红楼梦》作品伟大，中国古典文学作品中比《红楼梦》伟大的不下二十部，除去《论语》都没有成'学'"。

中国古典作品中是否有二十部比《红楼梦》伟大,个人看法不同,或者认为《红楼梦》当排第一,或者认为可能连前三十名也排不进去,这完全取决于评论者的学术水准与个人爱好。

除《红楼梦》外,作品成学的,《昭明文选》就是其一,世称"选学"。《道德经》《庄子》《四书》虽不称学,但其研究汗牛充栋,远超过《红楼梦》研究,研究的人多,某种程度上就意味着作品高度的卓绝,承认或不承认无关紧要。

至于说《红楼梦》成为"显学",都是"现代性"在搅局。"现代性迫使中国人的审美兴趣发生巨大转变,一言以蔽之就是由雅变俗"这种说法则属于无知。

小说之兴盛在于城市化,自宋始,明清时代,小说就已经兴盛到学者不能熟视无睹的地步。

曹雪芹之所以以小说体裁作《红楼梦》,他自己说得很清楚。《红楼梦》第一回《甄士隐梦幻识通灵　贾雨村风尘怀闺秀》中写道:"市井俗人喜看理治之书者甚少,爱适趣闲文者特多。"

明清学界之所以重视小说,就是因为市井俗人"爱适趣闲文者特多",故他们主张因俗而治,随缘教化,也就是用小说谈道德教化,实际上,这也是佛学之所以能够兴盛的原因之一。王先生治哲学,大概应该懂得这一点。

至于,王文元说现代性迫使中国人的审美兴趣发生巨大转变,由雅变俗:

> 小说中的佼佼者《红楼梦》自然成为俗文人的追逐对象,

他们用《红楼梦》来附和现代性,用小说来填补空虚的心灵,为此不惜将《红楼梦》"研究"请上学术殿堂的高阶,将其"金玉其外",造成学术繁荣的假象,一方面遮掩无聊文人的偃蹇狭陋与喜新厌旧的浮躁心理,另一方面无须劳神,通过炒《红楼梦》冷饭而将自己留名于中国文学史。

作为曹雪芹、《红楼梦》的研究者,虽然自惭学问浅薄,却不敢舒心自受,以无聊文人自居(鄙人治学,除红学研究外,尚有曹学考证、园林史地研究,虽然个人以为这些文字也多为曹雪芹生活环境,属于红学范畴),唯有全璧奉还给作文者而已。

4. 关于《红楼梦》与哲学

王文元还有这样的说法:

还有一位专家将《红楼梦》与《周易》并提:在汉语语言文化历史上,我认为有两本书是天书,一本是《周易》,一本是《红楼梦》。将《红楼梦》与《周易》并提,与把体育与哲学归于同类有何差别?

王文元是哲学家,故将《红楼梦》与《周易》并列非常不屑,以为是将体育与哲学等观,唯其不知道,《红楼梦》的阅读和理解并未见得一定比《周易》更来得容易,而清代具有综合国学素养,自然也懂《周易》的学人却在《红楼梦》中看到"易",不唯能看到"易",也能看到王文元力崇的其他哲学、文学著作。

护花主人王希廉《红楼梦读法》写道:

《石头记》一书,不惟脍炙人口,亦且镌刻人心,移易性情……以读但知正面,而不知反面也……

《石头记》乃演性理之书,祖《大学》而宗《中庸》,故借宝玉说"明明德之外无书",又曰"不过《大学》《中庸》"。

是书大意阐发《学》《庸》,以《周易》演消长,以《国风》正贞淫,以《春秋》示予夺,《礼经》《乐记》融会其中。

《周易》《学》《庸》是正传,《石头记》窃众书而敷衍之是奇传,故云:"倩谁记去作奇传。"

致堂胡氏曰:"孔子作《春秋》,常事不书,惟败常反理,乃书于策,以训后世,使正其心术,复常循理,交适于治而已。"是书实窃此意。

"世事洞明皆学问,人情练达即文章。"是此书到处警省处。故其铺叙人情世事,如燃犀烛,较诸小说,后来居上。

《石头记》一百二十回,一言以蔽之,左氏曰:"讥失教也。"

《易》曰:"臣弑其君,子弑其父,非一朝一夕之故,其所由来者渐矣,故谨履霜之戒。"一部《石头》,记一"渐"字。

王希廉的论断是否正确姑且不论,但就《红楼梦》涉及的内容广度与深度,似不是我们现代西方文学理论下"《红楼梦》只是一部写得好的小说"所能容纳的。但王文元无疑就是这么看待《红楼梦》的。

5. 关于王文元的红学观

实际上，王文元之所以对《红楼梦》的评价较低、不把红学研究视为学术，除了其眼界所限不了解红学研究的历史与范畴外，还与他对《红楼梦》的小说定位、红学就是小说评论的基本定位有关：

> 《红楼梦》是中国优秀古典章回小说，作者的想象力与表达力都是异乎寻常的，对此我丝毫不否认。我想强调的是，《红楼梦》仅仅是一部小说，小说是可以评的，但必须把它当小说评，而不能当历史评、当自传评，更不能把评小说当作单独的一门学问看待。

这种看法与当年顾献樑的"曹学论"、余英时的"红学论"丝毫未见不同，且把"红学"归结于"评小说"，可见其视野之狭窄。一部红学史，既包括了《红楼梦》著作权、原始著作权、作者生平、家族、时代、身份、交游、思想诸多方面的研究，也包括版本、异文、批评、时代意识、文本分析、文本相应学术研究的研究，"评小说"只是其中重要的一种研究方法而已。

即便说，近几十年《红楼梦》的研究确实存在王文元所指出的问题，那也不等于"红学"的全部，也不影响"红学"的品格，因为学术向来如此，一个时代的研究往往只是为后来人提供基础，甚至反面素材，红学如是，王文元先生研究的哲学更如是。

八、结语

任何经典的解读都存在两个方向：一是向后的，即结合时代意识和个人意识，使作品向现实低头，这是功利主义的，这种研究不需要考虑作者的创作原意；二是向前的，即努力回到作者的原意，这种研究往往通过对作者时代、作者生平、作者交游和原典的考据来实现。

《红楼梦》自然也不例外，如果要研究曹雪芹的"原意"，可行的路子自然是要回归曹雪芹的时代与身份——而不是由经典的"局域接受"看经典的"原意"。

离开了这一学术基础，一切有关《红楼梦》的研究和解读就容易成为关于《红楼梦》的附会——当然这种研究自有其价值存在，唯与曹雪芹、《红楼梦》无甚关系。

第十二讲

《红楼梦》的主张与当今生活：《红楼梦》与中国哲学精神

一、"复杂"的命意

《红楼梦》就是一部小说，这是当代最主流的"学术"观点。但也需要看到，这种观点是近代西方文学理论传入中国后，才被冠到《红楼梦》的头上的。

实际上，曹雪芹早就在书中设下了对所有读者的"挑战"："都云作者痴，谁解其中味？"

假设《红楼梦》只是一部小说，哪里又有什么"谁解其中味"的问题呢？所以，在传统的中国就出现了这样的情况：

> 《红楼梦》是中国许多人所知道，至少，是知道这名目的书……单是命意，就因读者的眼光而有种种：经学家看见《易》，

道学家看见淫，才子看见缠绵，革命家看见排满，流言家看见宫闱秘事……①

鲁迅在《绛洞花主》"小引"中这段半调侃的话语，说出了一个历史的真实，即不同学术背景的人眼中的《红楼梦》的主题（也即鲁迅所谓的"命意"）不同。

明斋主人在点评《红楼梦》时写道：

《石头记》一书，脍炙人口，而阅者各有所得。或爱其繁华富丽；或爱其缠绵悱恻；或爱其描写口吻——逼肖；或爱随时随地各有景象；或谓其一肚牢骚；或谓其盛衰循环，提瞶觉聩；或谓因色悟空，回头见道；或谓章法句法，本诸盲左腐迁；亦见浅见深，随人所近耳。②

有影响力的著作，主题是决定作品的根本——或者是作者关注的根本，技法都是其次的事情。

《红楼梦》是伟大的，作为研究者，应该对其有足够的尊重和谦卑，做自己尽可能的工作。正如李辰冬先生在其博士论文《红楼梦研究》中指出的那样：

我们深知，要了解像《红楼梦》这样的著述，不是一年两年的时光，一个两个人的精力，和一个两个时代的智慧所能办

---

① 《鲁迅全集》第八卷《集外集拾遗补编 〈绛洞花主〉小引》。
② 《增评補图石头记》卷首《明斋主人总评》，作家出版社 2014 年版。

到的。研究者的眼光不同，它的面目也不同；时代意识变异，它的精神也变异。

客观地说，研究者不应该首先给自己和作品定位，《红楼梦》仅仅是一部小说，笔者已经彻底读懂了曹雪芹和他的《红楼梦》。

二、关于文学与哲学的关系

实际上，这个题目是《红楼梦》复杂命意中的一个而已。

近代文学研究者引西方文论，往往以小说视《红楼梦》，用各种理论和概念解析它，认为其以现实主义、浪漫主义的手法描写了一个封建大家庭的没落、宝黛爱情的毁灭等。但是，曹雪芹仅仅要讲一个故事吗？

中国传统文学历来有"文以载道"的指导思想，比如，《庄子》以寓言而传道，刘勰《文心雕龙》将"原道"列为第一，传统文人往往视文学为传道的工具，虽然很重要，但那个道才是根本！因此，读故人书，"不欲解其本意"恐辜负了作者；况且曹雪芹自己在书中写"都云作者痴，谁解其中味？""字字看来都是血，十年辛苦不寻常"，可见，曹雪芹的《红楼梦》绝不是仅仅写了一个故事而已，曹雪芹对读者能否"解"《红楼梦》之"味"也表示怀疑。

王希廉在《红楼梦批序》中写道：

客有笑于侧者曰:"子以《红楼梦》为小说耶?夫福善祸淫,神之司也;劝善惩恶,圣人之教也。《红楼梦》虽小说,而善恶报施,劝惩垂诫,通其说者,且与神圣同功,而子以其言为小,何诇其名而不究其实也?"

又云:

《石头记》一书,全部最要关键是"真假"二字。读者须知真即是假,假即是真;真中有假,假中有真;真不是真,假不是假。明此数意,则甄宝玉,贾宝玉是一是二,便心目了然,不为作者冷齿,亦知作者匠心。

可见,早在道咸时期,传统知识分子中《红楼梦》读者不是简单地视《红楼梦》为小说的。

因此,了解《红楼梦》的主题,弄明白曹雪芹通过这部书要"表达什么",并不是一件容易的事情,这就涉及《红楼梦》中哲学与文学的关系问题。

仅就这一点而言,在中国古典文学阅读和研究中,《红楼梦》也足够令人着迷了。

不能在《红楼梦》研究之前,先做一个"《红楼梦》只是一部小说或者首先是一部小说"的定性。当然,就题材而言可以这么说,但这并不意味着可以以《红楼梦》是一部小说,排斥对《红楼梦》主题思想的探讨。

《红楼梦》到底要讲什么（《红楼梦》之味是什么），除结合《红楼梦》的文本描写外，也还需要结合《红楼梦》上的脂批，还需要结合曹雪芹时代的社会思想与文化……

唯有如此，才不致将曹雪芹视为今人，也才能使今人的解读不致脱离曹雪芹与《红楼梦》的"本意"。

三、脂批所谓《红楼梦》的"纲"

1. 四句乃一部之总纲

《红楼梦》第一回《甄士隐梦幻识通灵　贾雨村风尘怀闺秀》中写道：

> 二仙师听毕，齐憨笑道："善哉，善哉！那红尘中有却有些乐事，但不能永远依恃；况又有'美中不足、好事多魔'八个字紧相连属，瞬息间则又乐极悲生，人非物换，究竟是到头一梦，万境归空。"[1]

甲戌侧批："四句乃一部之总纲。"

四句盖指"乐极悲生，人非物换，到头一梦，万境归空"。

也就是说，至少在曹雪芹的亲友那里，他们是将此四句作为《红

---

[1] 黄霖. 脂砚斋评批红楼梦 [M]. 济南：齐鲁书社，1994.

楼梦》的总纲来看的。

2. 此二人乃同部大纲

《红楼梦》第五回《游幻境指迷十二钗　饮仙醪曲演红楼梦》中写警幻仙姑赋,甲眉批:

> 按,此书凡例,本无赞赋闲文,前有宝玉二词,今复见此一赋,何也?盖此二人乃通部大纲,不得不用此套。

宝玉乃通部大纲自然好理解,因《红楼梦》通书写与宝玉相关诸人物的活动,何以警幻亦是除宝玉外唯一通部大纲呢?

这是因为,警幻仙姑司人间之风情月债、掌尘世之女怨男痴,而宝玉前身神瑛侍者"凡心偶炽……意欲下凡造历幻缘,已在警幻仙子案前挂了号"①,最终还需要回到太虚幻境销号。

实际上,不唯宝玉,《红楼梦》中诸人(风流冤孽)最终都要到太虚境警幻仙姑处销号,方能完成他们在世间的命运。

由以上两处脂批,《红楼梦》似乎是在写佛教的人生苦观、解脱观和因果观。当然,这只是作批者的理解,未必等同于曹雪芹本人的思想,而且,即便这是曹雪芹的思想,仔细分析下去,《红楼梦》主题的复杂也要远过于此。

---

① 《红楼梦》第一回《甄士隐梦幻识通灵　贾雨村风尘怀闺秀》。

四、《红楼梦》中的毁僧谤道与崇佛信道

宝玉平日不唯"毁僧谤道,调脂弄粉"①,还时时表现出对儒家经典的不屑,但是,实际的情况要复杂得多。

贾宝玉平时常读之书,除古今人诗作(《红楼梦》第十七至十八回《大观园试才题对额　荣国府归省庆元宵》中宝玉对古人诗的熟悉和引用)外,主要是贾政和贾代儒要求(实际上,是明清时代科举考试要求的)他读的儒家图书。《红楼梦》第三十六回《绣鸳鸯梦兆绛芸轩　识分定情悟梨香院》中写道:

那宝玉本就懒与士大夫诸男人接谈,又最厌峨冠礼服贺吊往还等事……或如宝钗辈有时见机导劝,反生起气来,只说"好好的一个清净洁白女儿,也学的钓名沽誉,入了国贼禄鬼之流……真真有负天地钟灵毓秀之德"!因此祸延古人,除"四书"外,竟将别的书焚了。

袭人曾道:

"……背前背后乱说那些混话,凡读书上进的人,你就起个名字叫作'禄蠹';又说只除'明明德'外无书,都是前人自己不能解圣人之书,便另出己意,混编纂出来的。"

---
① 《红楼梦》第三十六回《绣鸳鸯梦兆绛芸轩　识分定情悟梨香院》。

"明明德",见"四书"之一的《大学》:"大学之道,在明明德,在亲民,在止于至善。"

既然,宝玉对儒家知识分子多无好感,又焚毁诸书,何以又偏偏对"四书""明明德"保持敬畏呢?

己卯诸本脂批:"宝玉目中犹有'明明德'三字,心中犹有'圣人'二字,又素日皆作如是等语,宜乎人人谓之疯傻不肖。"可见,宝玉并非肆意妄人,唯是与常人对圣贤经典的理解和态度不同而已。

此外,《红楼梦》第一一八回《记微嫌舅兄欺弱女　惊谜语妻妾谏痴人》中有所透漏:

宝玉拿着书子,笑嘻嘻走进来递给麝月收了,便出来将那本《庄子》收了,把几部向来最得意的,如《参同契》《元命苞》《五灯会元》之类,叫出麝月秋纹莺儿等都搬了搁在一边。

《庄子》是道家经典之一,也是儒家知识分子学习文章最基本的教材之一;《参同契》,即《周易参同契》,汉魏伯阳撰,述炼丹大道与《周易》道契;《元命苞》,即《春秋元命苞》,"春秋纬"(纬,相对于"经"而言,以天人感应说为指导,结合神秘现象,对儒家经典进行解释)之一;《五灯会元》,南宋以前禅宗公案集,南宋淳佑十二年(1252),杭州灵隐寺普济编集(五灯,指五部记叙禅宗世系源流的灯录)。

可见,贾宝玉日常所好者,既有儒家作品,也有道家和释教作品,不过,这些书都偏向于神秘主义和轻灵。

从这个意义上说,宝玉对儒释道三家经典和思想都不排斥,他所排斥、毁谤的是世俗的理解、信仰与操作。

那么，在宝玉的意识中，三教原典是怎样的一种关系，他们又是如何统一在一起的呢？

五、《红楼梦》中对"三教归一"的描写与三教归一

作为时代意识的代言人，作者将时代意识、个人意识注入作品中，因而，了解作品主题，需要从作者的时代意识、个人意识和作品意识三面着力。但就文章本身谈文章是解决不了什么问题的，尤其是像《红楼梦》这种真假时现、古今参用的作品——这也是对《红楼梦》的研究重视作者、家族、时代研究的根本原因。

作为研究者，我们能做的只有强化自己对作者时代、意识、作品的全面深入了解，以期能够离曹雪芹、《红楼梦》的真实立意更近些。

1. 三教归一：曹雪芹生活的时代

曹雪芹（1715—1763）生活的 18 世纪，是中国传统文化集大成的时代。

这一时期，不仅有结合儒释道三教元素而成的理学（其中，又分为从格致世界求道的程朱学派、以从心看世界的陆王学派），对原始经典的整理、刻印、阅读、反思也非常盛行，尤其是儒学内对原始经典的反思，促进了明朝中叶即已形成的儒学经典考据，并扩

展到诸子学、地理学、金石学诸多方面。

作为一个生长在大藏书家家庭（曹雪芹祖父曹寅、舅祖李煦、表叔昌龄都是当世著名的大藏书家）的知识分子，曹雪芹博览群书、博学多知，随着家庭的变故和成长经历，对三教典籍都有涉猎和思考。

曹雪芹生活的 18 世纪[①]，儒释道三教原典不仅在社会上存在大量的信众，融合三教元素而成的程朱理学和陆王心学也各自存在大量的接受者，学术视野较宽的知识分子除了要精研四书、理学经典外，也要对三教的原典有相应的涉猎与理解，只是所"主"不同而已，比如纳兰性德涉猎佛教，但以儒教为主；赵执信、王冈等则对道教痴迷有加。

曹雪芹家族的许多人在学术方面都涉猎广泛，如李煦、曹寅都是当世著名的大藏书家，皆由儒学起，中晚年后，一主于道家，一主于佛教禅宗。

曹雪芹尤其是一个学问广博的人，这在《红楼梦》的描写中可以看得出来。也就是说，曹雪芹对儒释道三教都有涉猎是有时代特殊背景的，当然也有其个人的因素，唯是他能够打通三教，而不是仅拘于一家而已。

2.《红楼梦》写作中表现出的三教归一

在《红楼梦》中，儒释道三教原典思想不唯支配着贾宝玉的思想，也支配着曹雪芹的意识，这主要表现在其对三教思想与贾宝玉

[①] 汤一介. 论儒、释、道"三教归一"问题 [J]. 中国哲学史，2012（3）：5-10.
张雪松. "三教合一"概念的历史钩沉 [J]. 党政干部学刊，2014（11）：24-29.

等人命运的处理上。

《红楼梦》以石头下凡起，而携其下凡的是一僧（茫茫大士）一道（渺渺真人）。在二人谈及红尘"瞬息间则又乐极悲生，人非物换，究竟是到头一梦，万境归空"（脂批谓此四句系全书总纲）后，写道：

这石凡心已炽，那里听得进这话去，乃复苦求再四。二仙知不可强制，乃叹道："此亦静极思动，无中生有之数也。既如此，我们便携你去受享受享，只是到不得意时，切莫后悔。"

"静极思动，无中生有"盖出于《周易》与《老子》。《周易·系辞上》云："动静有常，刚柔断矣。"《老子》第二章云："有无相生，难易相成……恒也。"第四十章又云："天下万物生于有，有生于无。"

这"到头一梦，万境归空""静极思动，无中生有"，已经明显地显示出作者对儒释道三家观点的打通与会一。

在曹雪芹笔下，来化甄英莲的是一僧一道，引甄士隐出家的是渺渺真人，要化黛玉的是茫茫大士，给宝钗金锁的是癞赖和尚，引柳湘莲出家的是跛道，引宝玉出家的是一僧一道。

此外，在《红楼梦》中，"甄士隐"是一个重要却被忽视了的人物，其人名"费"，字士隐。研究者一般按照脂批"托言将真事隐去也"的提示，强调甄士隐是暗示《红楼梦》部分情节来自现实，却忽视了"甄费"二字的意思。

《中庸》第十二章云"君子之道费而隐",可知,甄士隐还意味着儒家君子之道。

在《红楼梦》故事尚未展开之时,曹雪芹先安排甄士隐(其名甄费代表着儒家之道)闻渺渺真人(代表道家之道)《好了歌》(代表着佛教之道)而悟,出家从道。

六、超越与回顾:《红楼梦》对三教归一的讨论

1. "心"清净:三教归一的"一"

历来,人们往往将儒学定为入世法,将道教与佛教定为出世法。

这种定位总体上说不上不对,但是,在各教创始人的思想里,他们并不做如此的定性,他们自己是将他们的思想看作人生的"至道",并不讲求脱离现实。

儒学自不待言,《道德经》中处处可以看到老子对如何对待世事的指导,只是最高境界是"无为无不为"而已。

释迦也对世法"非常明了"。《大般涅槃经》卷第三《寿命品第一之三》云:"尔时,如来善说世法及出世法……所谓如来常乐我净。"

但是,三圣承认人智慧的差别。《论语·阳货》载:"子曰:'唯上知与下愚不移。'"《道德经》第四十一章云:"上士闻道,勤而行之;中士闻道,若存若亡;下士闻道,大笑之,不笑不足以为道。"

《大般涅槃经》卷第四十则称:"佛言:'善男子……知四圣谛有二种智,一者中二者上。中者声闻缘觉智,上者诸佛菩萨智。'"

那么,如何分别教化呢?可以简单地划分为,老子主张与佛陀所说大乘经为上上慧根者说,孔子所说与佛陀所说小乘经为中慧根者所说。

那么,三圣所说共同的根本指向又是什么呢?

实际上,三圣都认为生存需要以外的过多欲望影响人自身的生存质量,也即三圣通过对天地之道的考察,证明唯有人心清净,世事可为,人人利我,则万事皆休。

不同的是,儒家以规则导人以诚。《中庸》云:"诚者,天之道也。诚之者,人之道也。诚者不勉而中,不思而得,从容中道,圣人也;诚之者,择善而固执之者也。"《道德经》则以无为作为"道"之根本,第三十七章云:"道常无为而无不为。"第四十八章云:"为学日益,为道日损。损之又损,以至于无为,无为而不为。"《杂阿含经》亦云:"尔时,世尊告诸比丘:'常当修习方便禅思,内寂其心。'"《大般涅槃经》卷第十三《圣行品第七之三》则云:"佛言:'善男子,言实谛者名曰真法……善男子实谛者,一道清净、无有二也。善男子,有常、有乐、有我、有净,是则名为实谛之义。'"

正如《中庸》所言:"天命之谓性,率性之谓道,修道之谓教。"三教之与天命的关系正是如是:三教所言只是率性之教,不扰天命,故清净。

我们一般都觉得三教有区别,实际上,我们知道孔子曾见老子,对老子有极高的评价与认同。《史记·老庄申韩列传》载:

孔子适周，将问礼于老子。老子曰："子所言者，其人与骨皆已朽矣，独其言在耳。且君子得其时则驾，不得其时则蓬累而行。吾闻之，良贾深藏若虚，君子盛德，容貌若愚。去子之骄气与多欲，态色与淫志，是皆无益于子之身。吾所以告子，若是而已。"

孔子去，谓弟子曰："鸟，吾知其能飞；鱼，吾知其能游；兽，吾知其能走。走者可以为罔，游者可以为纶，飞者可以为矰。至于龙吾不能知，其乘风云而上天。吾今日见老子，其犹龙邪！"

说明孔子对老子是认同的。《论语·先进篇第十一》载：

子路、曾皙、冉有、公西华侍坐……"点！尔何如？"
鼓瑟希，铿尔，舍瑟而作……曰："莫春者，春服既成。冠者五六人，童子六七人，浴乎沂，风乎舞雩，咏而归。"
夫子喟然叹曰："吾与点也！"

孔子何以认同曾皙呢？因为曾皙所言正是孔子的理想，正是无为而化的场景。所以，《论语》中"子曰：'予欲无言。'"，《道德经》亦言"不见可欲，使民心不乱"，又云："知者不言，言者不知""我无为而民自化，我好静而民自正"。

2.《红楼梦》论三教归一

关于曹雪芹对三教归一思想表达得最明白的文字，是《红楼梦》

第一一八回《记微嫌舅兄欺弱女　惊谜语妻妾谏痴人》宝玉与宝钗关于"赤子之心"的争论：

宝钗道："我想你我既为夫妇，你便是我终身的倚靠，却不在情欲之私。论起荣华富贵，原不过是过眼烟云，但自古圣贤，以人品根柢为重。"

宝玉也没听完，把那书本搁在旁边，微微的笑道："据你说人品根柢，又是什么古圣贤，你可知古圣贤说过'不失其赤子之心'。那赤子有什么好处，不过是无知无识无贪无忌。我们生来已陷溺在贪嗔痴爱中，犹如污泥一般，怎么能跳出这般尘网。如今才晓得'聚散浮生'四字，古人说了，不曾提醒一个。既要讲到人品根柢，谁是到那太初一步地位的！"

宝钗道："你既说'赤子之心'，古圣贤原以忠孝为赤子之心，并不是遁世离群无关无系为赤子之心。尧舜禹汤周孔时刻以救民济世为心，所谓赤子之心，原不过是'不忍'二字。若你方才所说的，忍于抛弃天伦，还成什么道理？"

宝玉点头笑道："尧舜不强巢许，武周不强夷齐。"

宝钗不等他说完，便道："你这个话益发不是了。古来若都是巢许夷齐，为什么如今人又把尧舜周孔称为圣贤呢！况且你自比夷齐，更不成话，伯夷叔齐原是生在商末世，有许多难处之事，所以才有托而逃。当此圣世，咱们世受国恩，祖父锦衣玉食；况你自有生以来，自去世的老太太以及老爷太太视如珍宝。你方才所说，自己想一想是与不是。"

宝玉听了，也不答言，只有仰头微笑。宝钗因又劝道："你既理屈词穷，我劝你从此把心收一收，好好的用用功。但能搏得一第，便是从此而止，也不枉天恩祖德了。"

宝玉点了点头，叹了口气说道："一第呢，其实也不是什么难事，倒是你这个'从此而止，不枉天恩祖德'却还不离其宗。"

……

那宝玉拿着书子，笑嘻嘻走进来递给麝月收了，便出来将那本《庄子》收了，把几部向来最得意的，如《参同契》《元命苞》《五灯会元》之类，叫出麝月秋纹莺儿等都搬了搁在一边。

宝钗见他这番举动，甚为罕异，因欲试探他，便笑问道："不看他倒是正经，但又何必搬开呢。"

宝玉道："如今才明白过来了。这些书都算不得什么，我还要一火焚之，方为干净。"

宝钗听了，更欣喜异常。只听宝玉口中微吟道："内典语中无佛性，金丹法外有仙丹。"

"赤子之心"见《孟子·离娄下》，云："孟子曰：'大人者，不失其赤子之心者也。'"《老子》五十五章"含德之厚，比于赤子"。

"浮生聚散"四字见《全唐诗》卷五六九录李群玉《重经巴丘追感（开成初，陪故员外从翁诗酒游泛）》诗，云："浮生聚散云相似，往事微茫梦一般。"

"不忍"亦见《孟子·离娄上》："……圣人既竭目力焉,继之以规矩准绳,以为方员平直,不可胜用也;既竭耳力焉,继之以六律,正五音,不可胜用也;既竭心思焉,继之以不忍人之政,而仁覆天下矣。"

脂批薛宝钗为"知命知身,识理识性,博学不杂","可称为佳人"之人。①

"内典语中无佛性,金丹法外有仙丹",这完全是禅宗的主张,要求排除一切文字和外象上对"人性"的束缚,回到人性的原点,即"赤子之心"。正如《金刚经》第十品《庄严净土分》云:

> 佛告须菩提。于意云何。如来昔在然灯佛所。于法有所得不。不也。世尊。如来在然灯佛所。于法实无所得。
> ……是故须菩提。诸菩萨摩诃萨。应如是生清净心。不应住色生心。不应住声香味触法生心。应无所住而生其心。

修行的关键在于自心的认识、了知圣人所传的精神,不在于圣人的著作。这正是宝钗所谓"不看他倒是正经,但又何必搬开呢"和宝玉所谓"这些书都算不得什么,我还要一火焚之,方为干净"的来由。

宝玉所言"尧舜不强巢许,武周不强夷齐"是说,圣人所行在精神上是一样的,在表现上则视情景和个性各不相同。

---

① 《红楼梦》第八回《比通灵金莺微露意 探宝钗黛玉半含酸》"甲戌夹批"。

3．空空与非道

《红楼梦》第一回《甄士隐梦幻识通灵　贾雨村风尘怀闺秀》中，空空道人抄写石头上的故事：

> 空空道人听如此说……方从头至尾抄录回来，问世传奇。因空见色，由色生情，传情入色，自色悟空，遂易名为情僧，改《石头记》为《情僧录》。

何以空空道人可以"因空见色，由色生情，传情入色，自色悟空，遂易名为情僧"呢？

这里面就涉及佛教的辩证法。《大般涅槃经》卷第五《如来性品第四之二》云：

> 解脱者，名不空空。
> 空空者，名无所有；无所有者，即是外道尼揵子等所计解脱；而是尼揵实无解脱，故名空空。
> 真解脱者则不如是，故不空空。不空空者即真解脱，真解脱者即是如来。
> 又解脱者，名空不空。如水、酒、酪、酥、蜜等瓶，虽无水、酒、酪、酥、蜜时，犹故得名为水等瓶，而是瓶等不可说空及以不空。若言空者，则不得有色香味触；若言不空，而复无有水酒等实。解脱亦尔，不可说色及以非色，不可说空及以不空。若言空者，

则不得有常乐我净；若言不空，谁受是常乐我净者？以是义故，不可说空及以不空。

空者，谓无二十五有及诸烦恼、一切苦、一切相、一切有为行。如瓶无酪，则名为空。不空者，谓真实善色，常乐我净，不动不变，犹如彼瓶色香味触故名不空。是故解脱喻如彼瓶。

外道尼揵子，毗舍离国外道，其人"聪慧明哲，善解诸论，有聪明慢，所广集诸论妙智入微"，与佛辨论"我"与"色""受、想、行、识"的关系，为佛所折（佛以无我立论），皈依佛教①。

《大般涅槃经》中"解脱亦尔，不可说色及以非色，不可说空及以不空"，确是佛教的真旨。

正是因为，佛教的解脱是自心对真知的了然与清净，不可以"空""不空"简单说明，不应执著于外相。是故《金刚经》第六品《正信希有分》中云：

诸众生。无复我相。人相。众生相。寿者相。无法相。亦无非法相。何以故。是诸众生。若心取相。则为著我人众生寿者。若取法相。即著我人众生寿者。何以故。若取非法相。即著我人众生寿者。是故不应取法。不应取非法。以是义故。如来常说。汝等比丘。知我说法。如筏喻者。法尚应舍。何况非法。

是故，《金刚经》第十四品《离相寂灭分》则云："我相即是

---

① 《杂阿含经》有《佛陀度外道萨遮尼揵子》，云："如是，火种居士，身婴众苦，常与苦俱，彼苦不断、不舍，不得乐也……我今善求真实之义，都无坚实。"

非相。人相众生相寿者相。即是非相。何以故。离一切诸相。则名诸佛。"

七、意淫与悟道解：甄宝玉之与《红楼梦》

1. 贾宝玉的"意淫"

《红楼梦》第五回《游幻境指迷十二钗　饮仙醪曲演红楼梦》中，警幻仙姑许贾宝玉为"意淫"，与社会上男女性爱的"皮肤滥淫"相对：

忽警幻道："尘世中多少富贵之家，那些绿窗风月，绣阁烟霞，皆被淫污纨绔与那些流荡女子悉皆玷辱。更可恨者，自古来多少轻薄浪子，皆以'好色不淫'为饰，又以'情而不淫'作案，此皆饰非掩丑之语也。好色即淫，知情更淫。是以巫山之会，云雨之欢，皆由既悦其色、复恋其情所致也。吾所爱汝者，乃天下古今第一淫人也。"

在传统社会，发出"天下古今第一淫人"八字评价，是需要相当的智慧与胆识的。甲戌侧批云："不见下文，使人一惊，多大胆量敢作如此之文！"

下文写道：

宝玉听了,唬的忙答道:"仙姑差了。我因懒于读书,家父母尚每垂训饬,岂敢再冒'淫'字。况且年纪尚小,不知'淫'字为何物。"

警幻道:"非也。淫虽一理,意则有别。如世之好淫者,不过悦容貌,喜歌舞,调笑无厌,云雨无时,恨不能尽天下之美女供我片时之趣兴,此皆皮肤淫滥之蠢物耳。如尔则天分中生成一段痴情,吾辈推之为'意淫'。'意淫'二字,惟心会而不可口传,可神通而不可语达。"

甲戌侧批云:"按宝玉一生心性只不过是'体贴'二字,故曰'意淫'。"

2. 仙境、贾府、世间

学者探讨《红楼梦》、曹雪芹思想多及于"意淫"此,而少将此与前后文对照理解,前文云:

偶遇宁荣二公之灵,嘱吾云:"……嫡孙宝玉一人,禀性乖张,生性怪谲,虽聪明灵慧,略可望成,无奈吾家运数合终,恐无人规引入正。幸仙姑偶来,万望先以情欲声色等事警其痴顽,或能使彼跳出迷人圈子,然后入于正路,亦吾兄弟之幸矣。"如此嘱吾,故发慈心,引彼至此。先以彼家上中下三等女子之终身册籍,令彼熟玩,尚未觉悟;故引彼再至此处,令其再历饮馔声色之幻,或冀将来一悟,亦未可知也。

"幸仙姑偶来，万望先以情欲声色等事警其痴顽"处，甲戌侧批云："二公真无可奈何，开一觉世觉人之路也。"文末，甲戌侧批："一段叙出宁、荣二公，足见作者深意。"

后文接叙：

"今既遇令祖宁荣二公剖腹深嘱，吾不忍君独为我闺阁增光，见弃于世道，是以特引前来，醉以灵酒，沁以仙茗，警以妙曲，再将吾妹一人，乳名兼美字可卿者，许配于汝。今夕良时，即可成姻。不过令汝领略此仙闺幻境之风光尚如此，何况尘境之情景哉？而今后万万解释，改悟前情，留意于孔孟之间，委身于经济之道。"说毕便秘授以云雨之事，推宝玉入房，将门掩上自去。

……

警幻道："此即迷津也。深有万丈，遥亘千里，中无舟楫可通，只有一个木筏，乃木居士掌舵，灰侍者撑篙，不受金银之谢，但遇有缘者渡之。尔今偶游至此，设如堕落其中，则深负我从前谆谆警戒之语矣。"

戚序夹批："看他忽转笔作词语，则知此后皆是自悔。"

鉴于本回在整部大书中的地位，如何理解上面这些文字与批语就成为探究《红楼梦》主题思想的关键。

以上文字将仙境、宝玉生活环境、世间三个层次区分、打通开来：

仙境：贾府诸女之最终结局、灵酒、仙茗及绝色之可卿（"鲜艳妩媚，有似乎宝钗，风流袅娜，则又如黛玉"）。

贾府：贾府诸钗及宝玉所好之青年男女。

世间：不过令汝领略此仙闺幻境之风光尚如此，何况尘境之情景哉？而今后万万解释，改悟前情，留意于孔孟之间，委身于经济之道。

《红楼梦》中并无闲文，何以曹雪芹使警幻仙姑将贾宝玉的未来定为孔孟、经济呢？

3. 甄宝玉的醒悟

《红楼梦》中除贾宝玉外，金陵甄家还有一甄宝玉。此人在《红楼梦》中出现不多，但意义重大，似值得进一步探求。

《红楼梦》第二回《贾夫人仙逝扬州城　冷子兴演说荣国府》中：

雨村笑道："去岁我在金陵，也曾有人荐我到甄府处馆……他说：'必得两个女儿伴着我读书，我方能认得字，心里也明白；不然我自己心里糊涂。'……其暴虐浮躁，顽劣憨痴，种种异常。只一放了学，进去见了那些女儿们，其温厚和平，聪敏文雅，竟又变了一个。

"不然我自己心里糊涂"处，甲戌侧批："甄家之宝玉乃上半部不写者，故此处极力表明，以遥照贾家之宝玉，凡写贾家之宝玉，则正为真宝玉传影。"

两个宝玉不仅性格相类，模样也一样。《红楼梦》第五十六回《敏探春兴利除宿弊　时宝钗小惠全大体》中：

众媳妇听了，忙去了，半刻围了宝玉进来。四人一见，忙起身笑道："唬了我们一跳。若是我们不进府来，倘若别处遇见，还只道我们的宝玉后赶着也进了京了呢。"一面说，一面都上来拉他的手，问长问短。宝玉忙也笑问好。贾母笑道："比你们的长的如何？"李纨等笑道："四位妈妈才一说，可知是模样相仿了。"

又写贾宝玉梦中见甄宝玉云：

宝玉听说，心下也便吃惊。

只见榻上少年说道："我听见老太太说，长安都中也有个宝玉，和我一样的性情，我只不信。我才作了一个梦，竟梦中到了都中一个花园子里头，遇见几个姐姐，都叫我臭小厮，不理我。好容易找到他房里头，偏他睡觉，空有皮囊，真性不知那去了。"

宝玉听说，忙说道："我因找宝玉来到这里。原来你就是宝玉？"

榻上的忙下来拉住笑道："原来你就是宝玉？这可不是梦里了。"

宝玉道："这如何是梦？真而又真了。"

一语未了，只见人来说："老爷叫宝玉。"

唬得二人皆慌了。一个宝玉就走，一个宝玉便忙叫："宝玉快回来，快回来！"

甄、贾宝玉真正相见，是在《红楼梦》第一一五回《惑偏私惜春矢素志　证同类宝玉失相知》中：

甄宝玉道："弟少时不知分量，自谓尚可琢磨。岂知家遭消索，数年来更比瓦砾犹残，虽不敢说历尽甘苦，然世道人情略略的领悟了好些。世兄是锦衣玉食，无不遂心的，必是文章经济高出人上，所以老伯钟爱，将为席上之珍。弟所以才说尊名方称。"

贾宝玉听这话头又近了禄蠹的旧套，想话回答。贾环见未与他说话，心中早不自在。倒是贾兰听了这话甚觉合意，便说道："世叔所言固是太谦，若论到文章经济，实在从历练中出来的，方为真才实学。在小侄年幼，虽不知文章为何物，然将读过的细味起来，那膏粱文绣比着令闻广誉，真是不啻百倍的了。"

甄宝玉未及答言，贾宝玉听了兰儿的话心里越发不合，想道："这孩子从几时也学了这一派酸论。"便说道："弟闻得世兄也诋尽流俗，性情中另有一番见解。今日弟幸会芝范，想欲领教一番超凡入圣的道理，从此可以净洗俗肠，重开眼界，不意视弟为蠢物，所以将世路的话来酬应。"

甄宝玉听说，心里晓得"他知我少年的性情，所以疑我为假。我索性把话说明，或者与我作个知心朋友也是好的"。便说道:"世兄高论,固是真切。但弟少时也曾深恶那些旧套陈言,只是一年长似一年,家君致仕在家,懒于酬应,委弟接待。后来见过那些大人先生尽都是显亲扬名的人,便是著书立说,无非言忠言孝,自有一番立德立言的事业,方不枉生在圣明之时,也不致负了父亲师长养育教诲之恩,所以把少时那一派迂想痴情渐渐的淘汰了些。如今尚欲访师觅友,教导愚蒙,幸会世兄,定当有以教我。适才所言,并非虚意。"

贾宝玉愈听愈不耐烦,又不好冷淡,只得将言语支吾。幸喜里头传出话来说:"若是外头爷们吃了饭,请甄少爷里头去坐呢。"宝玉听了,趁势便邀甄宝玉进去。

不少学人将《红楼梦》后四十回目视为高鹗著,以为八十回后文字不能尽合曹雪芹原意,对该段文字也少加注意。

唯有数题当思,学人相信曹雪芹在书中不设等闲文字,则曹雪芹何以要设置甄宝玉这一个人物呢?甄贾宝玉是否当会面呢?若不会面,甄宝玉当如何结局呢?甄贾宝玉若会面,当如何处置呢?

反思过这些不可解决的问题,再结合《红楼梦》神瑛侍者"结缘归境"的大格局、曹雪芹对儒释道三教似乎矛盾实则崇拜的态度,我们才可以认识到后四十回中甄宝玉行为活动的"天然合理性"。

醒悟后的甄宝玉就是《枕中记》中醒后的卢生,不同的是,卢生悟到了人生功利执着的万境归空,而甄宝玉悟到的是三教不殊,吃饭睡觉即是禅,百姓日用即是道,道不远人,人自远之,正所谓"世事洞明皆学问,人情练达即文章"。

4. 悲剧说

自王国维《红楼梦评论》倡《红楼梦》为最大之悲剧说始，学界即以悲剧说定性是书。

唯此论为后人认识，未必为曹雪芹之见解。以《红楼梦》文本、脂批、传统中国思想结合而论，《红楼梦》是真知书、大透彻书、得大喜乐书，何来"悲剧"？悲剧者，自众生而言，非自曹子而言。

《红楼梦》第一回空空道人"因空见色，由色生情，传情入色，自色悟空，遂易名为情僧，改《石头记》为《情僧录》"，正是因为破除了执著与色相，得真正的清净，了知空、色、情无异，唯在自心分别，正合了《心经》所谓"五蕴性空……色不异空，空不异色。色即是空，空即是色。受、想、行、识，亦复如是。舍利子！是诸法空相，不生不灭、不垢不净、不增不减"的道理。

附　录

樊志斌答听众问

主持人：让我们再一次以热烈的掌声感谢樊志斌先生为我们带来的精彩讲座。听了樊志斌先生对《红楼梦》的独到理解，大家有没有问题想和樊志斌先生交流？现在进入互动交流环节，机会难得，欢迎大家踊跃举手提问。

提问：薛小妹为什么没有入选"金陵十二钗"正册？您觉得曹雪芹为什么这样安排？

樊志斌：这个问题以前似乎有人提过，但在我的讲课过程中，还是第一次听到，很新颖。

我个人是这样理解的，《红楼梦》中每一个人物都跟整个故事的架构有着直接的关系，重要与否，不在于他本身的能力或者魅力，而在于曹雪芹对《红楼梦》整体结构的一个预设。

《红楼梦》讲什么？从故事架构上讲，是讲与神瑛侍者有关系的一干人等，也就是书中所谓的"一干风流冤孽"到人间"了结前缘"的故事。薛小妹自然才貌双全，但从小说的整体架构来讲，也就是说与神瑛侍者的关系来讲，似乎没有那么亲近，至少我们在判词和小说的暗示中看不出来。

在《红楼梦》中，与神瑛侍者因缘最紧密的，除了林黛玉，再一个就是薛宝钗。你们看"金陵十二钗"的判词，只有薛宝钗和林黛玉是一个判词。我有一篇文章专门谈曹雪芹《红楼梦》的写作技法，当然这篇文章还没有发出来。曹雪芹写《红楼梦》时，采用了国画虚实对照的写作方法，有些地方点出来，有些地方则半含着、不明确点出来。比如薛宝钗的前生和贾宝玉的前生姻缘就没有点出来，但是在判词里面写到了。

薛小妹呢，从整个故事的"结缘"进而"了缘"过程中，应该不作为主要人物出现，所以，尽管才貌双全，又深得贾母的喜欢，但是，跟贾宝玉产生不了什么关系，她只是作为一个漂亮的女孩子，一个有才华的女孩子，与梅翰林的儿子去结婚。

所以，我们看《红楼梦》里面每一个人物也好，每一个情节也好，都要尽可能放在曹雪芹对《红楼梦》整个故事的架构里面去看。

提问：樊志斌老师，您研究《红楼梦》这么多年，您认为《红楼梦》中最有争议的人物是谁？

樊志斌：最有争议的肯定就是薛宝钗，因为在对薛宝钗的理解上存在一个问题，在哪里呢？

就是我们现在很多人，包括民国时期很多研究者，都把薛宝钗当作封建文化的一个卫道士来看。但是实际上，你去看《红楼梦》对她的描写也好，还是脂批对她的评论也好，都把薛宝钗作为一个完人理解，说她知礼知性，虽然如此，但不是女夫子，也有小儿女性情。

另外，很多人往往从宝黛婚姻破坏者的角度看她，觉得她虚伪，很多事情是有意为之。我觉得，这种看法过多地掺杂了个人情感，并不是曹雪芹的想法。如果能够客观地看待宝钗与黛玉的判词写法，就可以知道，薛宝钗命中注定就是贾宝玉最后的结婚对象，而林黛玉只是他们结婚之前那个还泪的人儿而已。

薛宝钗的行为既不做作，也不虚伪，她只是按照自己的认同、修养自然地行事，只是读者达不到她的修养，用没有修养的眼光去看待有修养的行为，往往会有做作或者虚伪的感觉。

从我本身看来，薛宝钗这个人实际上在某种程度上代表着儒家思想，而林黛玉则某种程度上代表着道家文化。

这是不是就是说，道家文化就比儒家文化更高明呢？不是这样的。如果你去细看《论语》，你能发现，孔子是很明白道家学说的，道家的人也很明白孔子，只是他们走的路不一样而已。也就是说，因为他们的学说宣扬对象不同，所以宣传的内容和方式也就产生了区别。

也就是我们刚才讲到的，老子、孔子方向一样，但需要教化的人层次不同，学说只有适合哪部分的问题，没有谁高谁低的问题。

所以，佛教里说各大菩萨的悟道之途都是圆满方式，无分高下。

那么，儒家也是从人性的角度来谈修养方式的，宝钗是比较宽厚的人，学识比较渊博，随分从时，这一点是极难的。实话说，自古至今，能够修到这个份儿上的也不多。

清朝人有喜欢薛宝钗的，有喜欢林黛玉的，甚至有的好朋友还因为这个打起来。鲁迅先生也说，根据读者自己的"眼光"不同对《红楼梦》的命意理解不同。对人物的理解也是如此。"眼光"不同，为什么不同？因为个人的学术背景、学术素养和审美层次不同，所以导致看待《红楼梦》的命意、看待《红楼梦》中人物的态度各不相同。

我们现代人看《红楼梦》，往往或多或少地受到"文革"评红的影响，把薛宝钗当作一个封建礼教的卫道士，作为一个阴险的破坏宝黛婚姻的小人看待。在我们这个时代，我想我们似乎不应该再抱着这种观念性和符号性的观点来看《红楼梦》和《红楼梦》中的人物。

我们从整部小说的写作来看也好，从脂批的评点来看也好，我认为《红楼梦》当前在学界或者是红迷中争议比较大的人物还是薛宝钗。但是，这种争议在某种程度上说是受到一些暗示的，有些已经完全离开了曹雪芹的原始描写。

提问：我们知道脂砚斋评的《红楼梦》至少在红学界是地位很重的一本书，对于我们普通读者来说，我们阅读《红楼梦》的时候，您推荐我们看像脂砚斋这种带批注，还是不带批注的？如果是看脂批《红楼梦》，我们应该怎样利用这些批注，或者是这些批注能给我们一些什么样的启迪呢？

樊志斌：带批注的好，为什么带批注的好呢？

第一个，我们看学界对脂批的评价，不管是中国文学史、中国小说史，还是小说理论史的研究者，大都给予脂批以很高的评价，认为脂批对传统文论和《红楼梦》有很高见解；第二，这些作批者比外人更了解曹雪芹和曹雪芹的时代以及作者的某些写作用意；第三，他们不是带着很多情绪去批《红楼梦》的。

我们因为离曹雪芹的生活很遥远，不太了解曹雪芹的文化素养，也不了解那个时代的审美思想，而且我们也不能把《红楼梦》跟其他古典小说进行很好的横向对比，在这种情况下，脂批帮我们点出的很多事情就能够引起我们的关注，能在《红楼梦》的赏析中，起到画龙点睛的作用。

从这一点来讲，看有脂批的，往往能够看出一些"味外之意"。

还有一个问题，就是要把脂批和原本结合起来系统看待《红楼梦》的写作。

脂批虽好，但也存在问题。一个是，作批者毕竟不是曹雪芹本人，再一个，《红楼梦》的后四十回并没有在作批者中间真正流传过，所以，作批者对《红楼梦》中某些问题的评价未必一定恰当，尤其是对涉及后四十回内容的一些评点，有可能陷于曹雪芹早期的预设，而不是最后的写法。

比如说，关于《红楼梦》中诸钗数量的问题，周汝昌先生有

108 钗的提法,他是从脂批上"探佚"得出的;但是,我们去看贾宝玉神游太虚境一回,说金陵女子只有重要的入册,只有正、副、又副三册、36 个人,其他人就不入册了。也就是说,至少在《红楼梦》一开始就没有谈到 108 钗的问题。从这个例子,我们看脂批很重要,但还是要综合来看,不管做学问还是自我欣赏,都不要被一些暗示带着走。

但是还是要强调,脂批很重要,它确实能够带给我们很多自己看无批文本时看不到的一些味道,包括《红楼梦》中原始素材的问题、《红楼梦》对其他古典小说的继承和超越的问题,所以,我觉得还是看带批的好。

如果说到本子,我对现在市场上的版本不太清楚。原来,齐鲁书社出过一个黄霖校点的本子,那个书现在很难找,也比较贵,印刷也糙,但比较好用。另外,天津古籍出过一个汇集批语的本子,朋友说错误不少,并且它上面的批语是红色的,看起来很晃眼。还有一个是霍国玲女士她们做过的一个带批的本子,是以"戚序本"为底本的。

另外还有人民文学以"庚辰本"为底本的本子,中华书局"程甲本"的本子,这些本子影响都很大,有专家注释,但是没有批语。我觉得也可以用来阅读和借鉴。

但是,总体上说,我觉得带批的本子对我们理解《红楼梦》或者是深度阅读《红楼梦》,要比没有批的好。

提问:历来都有很多学者以一种解谜心态读《红楼梦》,尤其

是阅读《红楼梦》的诗词的时候。比如说,经常听到很多人这样说,《红楼梦》中每一首诗词都是曹公抛出的一个谜面,我们从中可以解出谜底来。但是,我看到大家对这些谜底的解释不同,经常也会不时有一些人抛出新的解释,莫衷一是。比如说薛小妹那十首诗,有人说这是暗示着王熙凤的命运,也有人说这是整部《红楼梦》的总写,暗示着贾府最后的结局,还有说这薛小妹在写自己。我看谜底有时解得非常牵强,有时候不同的人解出来的谜甚至会打架,老师对这种现象怎么看?这种现象有没有哗众取宠的意思?

樊志斌:第一,我们还是抱着美好的愿望,希望他们是从喜爱和学术研究的目的出发去做这件事情的,希望这些研究者不是哗众取宠。

第二,我不做这样的事情。为什么呢?因为,解诗本身是件很难的事情。诗是写意的文字,不是写实的文字。如果脂批给我们点出来了,或者《红楼梦》前后的相关文字暗示出来了,我们可以进行一番探索和研究;但是,如果没有这两点暗示出来的话,做这样的事情,可能也只能自娱自乐或者是枉费精神了,因为没有标准和答案,曹雪芹也不会站出来说"你解得不对,我不是这意思"。

但是,我们分析有些人对此乐此不疲,可能还是有一些可以理解的原因。

第一,曹雪芹确实很善于运用诗词和谐音暗示一些东西,但是,这是不是就意味着《红楼梦》里所有的诗、音都是这样呢?我不清楚。

第二,《红楼梦》里面很多诗词是为了表达人物的性格和学养，是按照当时人物的环境、心情来随时写就的，未必处处都是暗示，如果都是暗示的话，我觉得其他文字很难写得那么流畅、随意、自然。

所以呢，我自己不做这样的事情，我也不愿意就这样的事情枉费精力，因为对曹雪芹、《红楼梦》的研究，就我自己而言，还有很多事情没有解决，而且，我觉得解决那些问题比做这种根本没有答案的事情更有价值。

我个人认为，不管鲁迅先生说的也好，还是李辰冬先生说的也好，我们只有更多地去了解曹雪芹的时代、家族、生平，将《红楼梦》的文本与这些前提研究结合起来，才有可能解读《红楼梦》，才不至于"说梦"。

也就是说，只有当我们实现了《红楼梦》研究中的时代、作者、作品三位一体时，我们才有可能更接近曹雪芹的原意。

曹雪芹的高度，我个人认为，确确实实不是我们能够达到的。但是这样做，也许比说《红楼梦》就是一部小说能离他更近一些，也才不至于像鲁迅先生说的那种论文就文章说文章近乎说梦的情况。

提问：刚才谈到了薛宝钗和林黛玉，可能薛宝钗跟林黛玉本身就是一个人，然后有的地方也可以得到一些印证，秦可卿的乳名就是兼美，还有就是在脂砚斋的点评当中也有一些暗示，说她们两个是一个人。对于这样一种说法，请问您是怎么看的？

樊志斌：第一，肯定不是一个人，因为大观园中有一个人叫薛宝钗，有一个人叫林黛玉，这怎么说是一个人呢？

但是，这二人确实如双峰并峙、二水分流，不分高下，曹雪芹没有有意地排挤一个或者是贬低一个，他将两个人写得都很高明，都很有特点。但是，确确实实有你刚才这样的说法或者讨论，为什么会有这样一种说法呢？

第一，在判词中，这两个人的判词确实放在一块儿了；第二，实际上，还要回到你所谈到的贾宝玉神游太虚境那一回中，这一回中说警幻仙姑的妹妹乳名"兼美"字"可卿"，书中写到此人"鲜艳妩媚，有似乎宝钗；风流袅娜，则又如黛玉"。说可卿"兼美"，是说太虚环境中这个可卿在长相、气质上似乎兼有宝钗、黛玉二人之美，如此而已。

实际上，曹雪芹设置太虚幻境中的这个可卿，是大有用意的。仙姑何以非得让宝玉与她一同起居呢？书中写道：

如尔则天分中生成一段痴情，吾辈推之为"意淫"。"意淫"二字，惟心会而不可口传，可神通而不可语达。汝今独得此二字，在闺阁中，固可为良友，然于世道中未免迂阔怪诡，百口嘲谤，万目睚眦。今既遇令祖宁荣二公剖腹深嘱，吾不忍君独为我闺阁增光，见弃于世道，是以特引前来，醉以灵酒，沁以仙茗，警以妙曲，再将吾妹一人，乳名兼美字可卿者，许配于汝。今夕良时，即可成姻。不过令汝领略此仙闺幻境之风光尚如此，何况尘境之情景哉？而今后万万解释，改悟前情，留意于孔孟之间，委身于经济之道。

可知,之所以警幻仙姑让宝玉和兼美同居,是因为警幻仙姑认为,贾宝玉迷恋林黛玉和薛宝钗的色相,所以让他与兼具宝钗和黛玉之美的可卿云雨一番,但感受也不过如此而已,回去之后就不要再迷恋这些东西了。

警幻仙姑提到的贾宝玉令祖"宁荣二公剖腹深嘱"的事情又是什么呢?前文写道:

"吾家自国朝定鼎以来,功名奕世,富贵传流,虽历百年,奈运终数尽,不可挽回者。故遗之子孙虽多,竟无可以继业。其中惟嫡孙宝玉一人,禀性乖张,性情怪谲,虽聪明灵慧,略可望成,无奈吾家运数合终,恐无人规引入正。幸仙姑偶来,万望先以情欲声色等事警其痴顽,或能使彼跳出迷人圈子,然后入于正路,亦吾兄弟之幸矣。"如此嘱吾,故发慈心,引彼至此。先以彼家上中下三等女子之终身册籍,令彼熟玩,尚未觉悟;故引彼再至此处,令其再历饮馔声色之幻,或冀将来一悟,亦未可知也。

"万望先以情欲声色等事警其痴顽"处,"甲戌侧"批:"二公真无可奈何,开一觉世觉人之路也。"段末复有批道:"一段叙出宁、荣二公,足见作者深意。"

这完全是佛陀教人的翻版,佛陀教育沉迷于声色者,往往以骷髅幻象告诉沉迷者,色相不能长久,而曹雪芹则借宁荣二公和警幻仙姑之口告诉世人,神仙也不过如此,何况尘世,又有什么值得执着的呢？

可见，历来我们推崇赞颂的贾宝玉的"意淫"（天生一段体贴），虽然比"皮肤滥淫"高尚，但在圣人、神灵看来，那也不过是"执着"于"圈子""虚幻"内而已，做人应该跳出这些虚幻不实的"外相"，寻找最能让内心清净踏实的"实在"。

儒释道三教的圣人很了不起，他们苦口婆心地讲了很多，关于处世、避世、出世，他们都不排斥，或者说他们都很明了，儒家不用说了；道家，你们看《老子》，处处反映着对社会的关照和指导，《金刚经》中说："如来善说世法及出世法……所谓如来常乐我净。"

他们很了不起的地方，就是首先在对现实进行关照的前提下，告诉你可以走一条什么样的路。所以，我个人认为，说道家、佛家是消极的现实观，是值得商榷的。

宝玉从梦中醒前，警幻仙姑告诉他要"留意于孔孟之间，委身于经济之道"。

大家看这一段的时候，有没有过反思，是否就是按照一般小说语言看完就完了？

我们说道家不是空灵，道家是自然天真，你应该怎么样，就怎么样发出来就完了。儒家也是，喜怒哀乐都可以发，但是发了可以，不能伤身，实际上也是讲世情，也就是说，儒家并不压迫人的欲望，只是说有一个适当的限制，因为如果没有一个限制，可能就会极端化，就会出现对自己的伤害，或者说对社会不理解，这种主张是很合乎人性的。佛教更是认为，要用正确的态度入世，表面形式上的出世不是真的出世，心出世才是出世，从佛教教人清净的角度看，

出世入世本就是一回事。

《礼记》里说:"天命之谓性,率性之谓道,修道之谓教。"三教只不过都是在修道而已。《红楼梦》里说:"世事洞明皆学问,人情练达即文章。"这才是参天地、通鬼神、贯三教的学问。原来,毛主席也引过这句话,现在习总书记在全国文艺座谈上的讲话中也专门谈到这句话。

所以,不管从小说的人物设计和描写上,还是我认为二人分别代表的哲学倾向上,我个人并不认为,宝钗、黛玉是一个人,这是不可能的。如果是一个人的话,不管判词也好,还是小说也好,没有办法讲,讲不通。

但是,如果放长远看,从她们分别代表的儒学和道家学说的共同性、共通性上来说,曹雪芹在设计和描写这两个人物的目的上,要表达的东西是一样的。

提问:我想问一个问题,您刚才谈到后四十回的问题。现在,我们高考是要考名著的,《红楼梦》当时也被当作重点让学生读,教育局的要求就是前八十回加上程高的后四十回。我读的时候很明显感觉到后四十回一些语言或者是情节处理上跟前八十回有很大差距。当时,很多朋友很抗拒后四十回,或者是干脆不读的那种。我想问一下,我们这样普通的《红楼梦》爱好者,应该纯粹去阅读前八十回精粹的东西,还是宏观来看后四十回的一些参考借鉴价值呢?

樊志斌:我在铁岭开会的时候,专门写过一篇文章《红楼梦八十回后系曹雪芹著辩》,当时没有发出来,后来收录到《红楼梦程甲本探究》这本书里。如果大家方便,可以找来看看。

关于《红楼梦》后四十回是否为曹雪芹所著这个问题,有一个文化现象大家可以关注,即:为什么在《红楼梦》出现后那么多年清朝人几乎没有几个人能够看出后四十回与前八十回不一样?

大家想过这个问题没有?为什么我们现在是个人都能看出来?是我们比他们审美水平高吗?

不是,是因为我们受了一些东西的影响,也就是受到胡适《红楼梦考证》为首的一帮新红学家们的研究影响。

胡适凭什么定《红楼梦》后四十回不是曹雪芹的原笔?只有一条证据,即张问陶《赠高兰墅(鹗)同年》自注:"传奇《红楼梦》八十回以后,俱兰墅所补。"

学界以前的争论焦点,在这个"补"字上,是补写,还是整理?争论来,争论去,也没有彻底辩论清楚。

实际上,有那个"俱"字已经说明,张问陶认为《红楼梦》后四十回都是高鹗补写的了。但是,问题在哪里呢?从法律学上来说,张问陶有没有作证的资格,这才是重点。

第一,我们知道诗是写意的艺术,真实并非第一考量因素,夸奖一个朋友一定会"归美"。

张诗的题目叫《赠高兰墅同年》,肯定要将高鹗在后四十回整理过程中的地位夸大,否则有失于写诗的基本宗旨。比如,今天这个活动是曹学会和区委宣传部和咱们人大学生会一起做的,但是,如果我想在某个场合强调某一个单位的贡献,一定会说,这个事情

是谁主办的,是一个道理。

第二,我们要考虑张问陶跟高鹗什么关系?这两个人的关系,讲得通俗点,就是十三年前一起考大学,十三年后一起主考了一场考试。《赠高兰墅同年》中写:"逶迤把臂如今雨,得失关心此旧游。弹指十三年已去,朱衣帘外亦回头。"可见二人之不熟。因此,张问陶对高鹗的了解、对高鹗和《红楼梦》关系的了解,是值得怀疑的。

而程伟元"序"中说得非常明白,我看到《红楼梦》有一百二十回的目录,想到世间应该还有后四十回的内容,经过几年的搜求,才收到二十多回。有一次,在一个打鼓担的挑子上看到一堆烂书,拿起来一看,也是《红楼梦》后四十回的内容,一看还能凑得上,于是,邀请高鹗一起整理。

胡适说没有这么巧的事,这是作伪的话。可是,胡适在一年之内陆续收得《四松堂集》、甲戌本《脂砚斋重评石头记》两部书,尤其是"甲戌本",一开始他是不想要的。这事发生在他身上,他就觉得是幸运而不觉得巧了,是作伪了。客观地说,这种思辨不是研究者应有的思辨方式。

发生在俞平伯身上的事更是巧得很。俞平伯坐黄包车,《红楼梦辩》的手稿丢在黄包车座位上,还是顾颉刚坐黄包车时发现了,给送回来的。俞平伯虽然觉得"巧",但也没有将这事跟胡适大谈程伟元的"巧"是作伪联系起来。

另外,有些人说怎么能在收破烂的挑子上发现《红楼梦》呢?说这种话,就是不了解历史上的商业行当了。以前的打鼓担并不都是收破烂的,一种是收破烂的,什么都收,还有一种,是专门收购金银珠宝、首饰字画的,如同现在的文物公司、拍卖行征集古董,程伟元碰到的应该是后一种。

另外,假设后四十回是高鹗写的,那干吗还要扯上程伟元?署上自己的名字不挺好吗?要是程伟元作伪,何必再给高鹗署名,那时候,谁出资署谁的名,是再正常不过的事情。

还有,学界在《红楼梦》后四十回研究问题上有两种长期坚持的思维方式,实际上,非常要不得。

第一,你看高鹗这个人,人品很坏,所以他续的《红楼梦》也很坏,然后就大力攻击高鹗的人品,再反过来骂《红楼梦》后四十回如何不好。

高鹗怎样坏呢?查张问陶的诗集,知道张问陶的妹妹嫁给汉军高氏,受虐而死,然后就以为这高氏就是高鹗,高鹗就是张问陶的妹夫,他都把一个才女虐待死了,人品还不差?人品都差了,他续作的《红楼梦》后四十回自然也就应该被摈弃了。

可是就没有想过,张问陶《赠高兰墅同年》里有这样一句诗:"侠气君能空紫塞,艳情人自说红楼。"这是赞语呀,如果妹妹死于高鹗之手,张问陶一代诗宗,诗集中还能保留这样的句子吗?!

再一个,后来一查,发现张问陶的妹妹嫁得根本就不是高鹗,原来骂了几十年高鹗白骂了。

这就反映了我们对《红楼梦》后四十回研究上存在着根本的"思维问题",就是不理智,跟着情绪走。我觉得,这不是学术研究应有的态度,我们对《红楼梦》后四十回的阅读和研究,一定要避免再持这样的态度。

第二，我到各大学做讲座，许多人都问《红楼梦》后四十回的问题。我说你们认为后面不如前面好，是自己读出来的呢，还是看了某些专家的书之后再感觉出来的呢？

实话讲，到目前，我还没有看到一个人说觉得《红楼梦》后四十回不好是自己读出来的。大多数人对后四十回的偏见、认为不好，是受了学界一些未必正确结论的暗示。

另外，你们可以去看一下红学史，搞哲学和史学的人研究、阅读《红楼梦》的，几乎没有人认为后四十回是高鹗续的。

但是我也承认，后四十回中确实有一些东西不如前八十回好看。之所以如此，我个人分析有两个原因：

第一，我们大多数人喜欢看风月繁华，就像鲁迅先生批判的那样，大众喜欢大团圆的结局，看小说中故事环境轻松时候的心态和看抄家前后时候的心态是不一样的。所以，很多人愿意接受前八十回很轻松、幽默的描写，心情愉悦。但是，《红楼梦》写的就是一个家族在走向毁灭，走向灭亡，它势必要出现很多大多数人不想看到的问题。这就是林语堂说的，包括一些清朝评论家说，不难写前八十回富贵，难写后四十回之破落。

曹雪芹可不会管我们喜不喜欢，因为他写《红楼梦》也不是为了让大众喜欢，他的目的很明确，写生活，写大众的生活态度，写应该的生活态度。

第二，程高说得很明白，后四十回中，包括前八十回中，很多东西都是他们整理的，因为程伟元得到的后四十回稿子前后虽然基本连贯，但很多地方是残的，必须要整理，前八十回本子又多，做书的话也得有选择和整理，否则没法形成一部完整的、可以传阅的作品。

咱们现在能够举出来的、认为后四十回写得不好的那些例子，到底是程高整理的，还是曹雪芹原来就是那么写的，我们现在没法辨别。

首先，不能拿程高补的文字的水准，否定后四十回中曹雪芹"原有"的文字和水准。

现在好多学人即用这样的路子断定后四十回非出自曹雪芹。可是，当你仔细分析他们举出的例子，你就会发现，如果去前八十回中找，很轻松地能够找出许多相反的例子。所以，现在很多学人认为，后四十回中固然有不少程高的整理，但多数是曹雪芹的原笔，因为好的太好，差的太差。

而且这些年来，我一直在苦读《红楼梦》后四十回。如果考虑《红楼梦》第一回和第五回设计，你会发现后四十回与前八十回完全合得上。而且在某一些具体细节的描写上，看"人物的合理性"，符合得简直令人叹为观止，这些都不可能不是曹雪芹的手笔。

再者，还有一个问题大家也应该考虑，即假设现存的后四十回是高鹗补的，不是曹雪芹原笔，那么《红楼梦》有那么多的续书，为什么除了作者和作者的几个好友外，大众只接受"这一部"，而对其他续书不屑一顾呢？

难道是程高有超越众人的能力吗？如果说程高有这样的能力，我们看出来的那些不好的文字又怎么理解？

我想这些问题都是大家在谈《红楼梦》后四十回时应该首先考虑和解决的。在此基础上，再去探讨《红楼梦》后四十回的作者是谁这个问题，才能做到有的放矢。

正因为现在学界主流认为《红楼梦》后四十回中很多文字的好不是高鹗能够续出来的，所以，人民文学最新版的《红楼梦》，将原来"曹雪芹、高鹗著"的署名换成了"曹雪芹、无名氏著"。

可是，这里又带来另一个问题，程伟元、高鹗这么高素养的人都写不出来，无名氏就能够写得出来吗？

如果不受张问陶诗注的暗示，如果不认为张问陶诗注有比程高自序更高的可信性，我们再去看《红楼梦》，感觉完全不一样。

因为《红楼梦》后几十回很明确地是在写一个家族的灭亡，这样我们在阅读这一部分的时候，要学会控制自己的情绪，尤其有些女孩子感情比较细腻，很容易被那种一个很往下走的情绪感染，从而认为《红楼梦》后四十回写得不如前面好。

其实完全不是书本身的问题，而是我们的情绪出了问题，我们的主观愿望和思想高度跟不上曹雪芹的意识。

实际上，《红楼梦》一直在写一个家族的没落，《红楼梦》里没有一个由盛转衰的过程，《红楼梦》始终是在写一个家族的末世，不管是冷子兴演说荣国府也好，还是贾宝玉神游太虚境也好，都已经指出了这个问题。

《红楼梦》中的元妃省亲，修建大观园，只是贾府最终大败落结局前的一个回光返照而已，而这个返照不是要告诉我们贾府的辉煌，它的出现只是要给"金陵十二钗"和贾宝玉创造一个脱离贾府、现实的文化空间罢了。因为如果没有大观园的话，这些女孩子和贾宝玉就没有一个独立的空间出现，就没法演绎书中那些预设的结局，实现曹雪芹的价值讲述。

曹雪芹在写作很多东西时，往往在前面已经有了全盘的考量，在前面的写作中，已经埋伏下了伏笔，也就是脂批所谓的"千里伏线"。

所以以我的感觉，如果不带着情绪，不带已有的暗示去看《红楼梦》的后四十回，我们可能就能看到后四十回中我们原来意想不到的一些好。

提问：您刚才提到一个问题：曹雪芹为什么要写《红楼梦》？蒋勋先生的观点认为，《红楼梦》是曹雪芹在家族衰败之后的一种自省和反思，写出了底层人物的悲哀，作者用悲悯情怀来描述这些故事，樊老师的看法和思考呢？

樊志斌：蒋勋先生的讲座和书都卖得很好，而他的这些观点，某种程度上讲，是当前学界的主流观点，不是蒋先生独有的。

但是，我想刚才我们一开始就谈到了，原典解读和研究有两个方向：一种是去谈我自己的感想；另一种是按照我们今天所讲的这种思维向原典的初衷回归。

我不清楚他们所谓的曹雪芹、《红楼梦》对社会也好，对家族也好，所谓的反思是什么，曹雪芹到底反思了什么，曹雪芹想表达什么？好像谈这些话题的人，包括蒋勋先生并没有谈清楚。如果是反思了曹家或者贾家衰落的原因,那又何必书名定为《红楼梦》呢?而且在王熙凤协理宁国府、秦可卿托梦王熙凤的时候,不都已经讲清楚了吗?后面的文字似乎没必要再写了。

我想《红楼梦》关照的不是社会底层,至少说不仅仅是社会底层,《红楼梦》关照的是整个社会,整个人类。你去看它里边的描写对象,既有贵妃、王爷,也有贵族如宁荣二府,也有普通知识分子,也有小农阶层,还有真正的社会底层,所以,《红楼梦》的关照面很宽。

曹雪芹写作《红楼梦》是不是要通过描写反映什么,或者就是为了反映这个社会呢?

我刚才已经谈到了,《红楼梦》要说的是各个阶层的人应如何对待自己人生的问题。或者换一种说法,我们在一生这短短几十年中,也许六十年,也许七十年,也许八十年,我们应以什么样的态度度过的问题。

这个结论说起来简单,但也确实不是简单的三两句话能够论证清楚的。为什么?恐怕要等大家把"四书五经"、《老子》《庄子》《金刚经》《涅槃经》等系列经典过一遍,再稍微能做打通,才能有一个比较深刻的理解。

就这个问题,要么你结合《红楼梦》,去看儒释道三教原典,要么去看我将要发表的《红楼梦与中国哲学精神》这篇文章。

当然,《红楼梦》是一部小说体裁的作品。《红楼梦》比其他小说,比有所主张和建议的小说了不起的地方,是它不板着脸告诉你要说什么,要表达什么样的政治思想、哲学思想。曹雪芹是怎么办到的呢？

他用小说的体裁，让小说中的人物按照小说的环境、按照人物在小说中的身份和特定时刻的心境去感悟这些问题、去讨论这些问题，这些讨论散落在各相关章节、相关人物身上，作为读者只有系统地看待这些问题，才不负曹雪芹十年辛苦不寻常。

我建议可以看一看《红楼梦》后四十回中宝玉、宝钗结婚后他们关于"圣人""赤子之心"和如何对待经典图书的讨论，再结合我们刚才谈的、结合清代思想史和哲学史的研究，这样对《红楼梦》表达目的的看法可能会更明确。

后 记

近年来，我们承接了清华园街道办举办的《红楼梦》讲座工作。

接受工作以来，我们按照社区群众需要和社区工作要求，积极组织各方面专家，将最专业的讲座、活动送进社区。

其中，樊志斌老师的红学讲座最受欢迎，也最成体系。在工作中，我们也为他的执着、扎实、视野、高度所折服，深深感觉《红楼梦》是全人类的文化瑰宝，曹雪芹是中华民族的文化英雄，应该将樊志斌老师在清华园的讲座系统地整理出来，与同好分享，这既是对我们工作的总结，也是文化认知、文化自信的基础工作和最有意义的工作。

讲座内容中或有重复，但基本尊重于讲座顺序、逻辑、内容，没有做过多调整，以保证我们工作思路的正常展示和工作过程的原貌。

王震宇

2021 年 10 月 2 日